故纸边上的圈点

伍立杨 著

四川文艺出版社

图书在版编目（CIP）数据

故纸边上的圈点 / 伍立杨著. -- 成都：四川文艺出版社，2021.7
ISBN 978-7-5411-6012-7

Ⅰ.①故… Ⅱ.①伍… Ⅲ.①随笔—作品集—中国—当代 Ⅳ.①I267.1

中国版本图书馆CIP数据核字（2021）第098782号

GUZHIBIANSHANGDEQUANDIAN
故纸边上的圈点
伍立杨 著

出 品 人	张庆宁
策　　划	最近文化
责任编辑	梁康伟
封面设计	吴亦可
内文设计	史小燕
责任校对	文　雯
责任印制	喻　辉

出版发行　四川文艺出版社（成都市槐树街2号）
网　　址　www.scwys.com
电　　话　028-86259287（发行部）　028-86259303（编辑部）
传　　真　028-86259306

邮购地址　成都市槐树街2号四川文艺出版社邮购部　610031
排　　版　四川最近文化传播有限公司
印　　刷　四川五洲彩印有限责任公司
成品尺寸　165mm×235mm　　开　本　16开
印　　张　18.5　　字　数　250千
版　　次　2021年7月第一版　　印　次　2021年7月第一次印刷
书　　号　ISBN 978-7-5411-6012-7
定　　价　68.00元

版权所有·侵权必究。如有质量问题，请与出版社联系更换。028-86259301

目 录

卷一

报纸和文言	003
出恶声与两极分析	005
大雅云亡	008
风格辨伪	010
辩证读古书	012
识字难　未必然	014
解诗大异其趣	016
两本胡适传	018
鲁迅、钱锺书讥国画之弊	021
民初译文的衣香鬓影	023
品物者的心情	
——谈《毛诗品物图考》	030
奇美之境	
——谈流行书风	032
钱锺书遣词法略谈	034
钱锺书与读书笔记	036
如厕就读及其他	038
"汝准是发了疯矣"	040
水浒评论三奇书	042
"外来语"古已有之绝非外来	049

文章无味甚于黄瓜 ……………………………… 052

闻芬芳　寻旧径 ………………………………… 054

艺文翻译：趣味及选择 ………………………… 057

译文水准之我观 ………………………………… 062

印象式结论的可疑 ……………………………… 065

语文忧思小札 …………………………………… 067

直观的文学印象 ………………………………… 071

中学国文试题及其他 …………………………… 073

卷二

大梦谁先觉 ……………………………………… 079

大师之间的敌视和蔑视 ………………………… 085

大手笔 …………………………………………… 092

大哉《盐铁论》 ………………………………… 094

风景与悲慨 ……………………………………… 101

各地人物性情说略 ……………………………… 104

古人的现代性 …………………………………… 108

刻刀下的真性情 ………………………………… 111

空间距离　催生悬想 …………………………… 114

慢速度的风月观览 ……………………………… 117

民国篆刻说略 …………………………………… 121

惊险百出的柔性艳情

——张恨水先生的《平沪通车》 …………… 124

深邃隐约的智慧体察 …………………………… 127

时间深处的怀想 ………………………………… 129

书法妙喻之别笺 ………………………………… 133

我敬魏默深 ………………………………………… 136
闲坐想起陆放翁诗 ……………………………… 139
黄仁宇、唐德刚异同说略 ……………………… 142
方志的文笔之美 ………………………………… 145
文学史：在泛滥中怀旧
——以《中国文学史稿》为例 ……………… 148
抗战时期的路、车、人 ………………………… 152
徐霞客和他的世界 ……………………………… 159

卷三

文言、白话宜相安 ……………………………… 167
山川与岁月的惊叹 ……………………………… 171
诗人幕僚命途蹭蹬 ……………………………… 177
兵学奇才辛弃疾 ………………………………… 182
饶汉祥大笔如椽 ………………………………… 193
美与力的大手笔 ………………………………… 203
愁如大海酒边生
——论郁达夫的旧体诗 ……………………… 219
曾氏传记三种评骘 ……………………………… 233
遥望孙中山先生 ………………………………… 251
文化与自由的火种
——抗战时期的文化人生活侧面 …………… 259
傅增湘《藏园游记》印象 ……………………… 274
回忆录：史识与文采 …………………………… 278

附　录 …………………………………………… 288

卷一

JUAN YI

报纸和文言

文言文是中国人内心的东西，几千年的文化积累，使文言文中产生了许多漂亮的句法和表达方式，思之无尽，味之无穷。然而，意识形态的转换，生活空间的转型，世人好尚的转变，终使文言文的气味日渐稀薄，影响日趋缩小。

报纸文体，作为一种新闻报道，应该简捷、明了、普及、客观，而文言文的简洁、有力、醒豁、雅健、优美，正可借鉴取法，同时更能在全民的文化意识培养上，收潜移默化之功。而我们当前的报纸文体，所最缺乏者，就是这一点。尽量用白话，当然是语文的改革，奈何白话文的正宗基础太薄弱，积累不深也不厚，久之，俚浅的俗语单性繁殖，传统中文优美的表达方式，味道深郁的字汇词句，势将湮灭殆尽，这是很可忧虑的一件事情。

相对来说，台湾地区的报纸文章所保留的文言成分要多一些。尤其在副刊和专栏上，颇有几支意气风发、文采炳蔚的妙笔，令人赏心悦目，掩卷融融。当然，此之外，随心所欲，率尔操觚者也不在少数，余光中先生指出台湾的某些记者，古文修养蹩脚庸浅，却每喜故作解人，结果呢，一个三流的演员死了，也是"一代佳人，玉殒香消"，任何女人偷了东西，也是"卿本佳人，奈何作贼"。而"使君有妇""河东狮吼""季常之癖"等更是经常出现在报纸的社会版或花边新闻里，变成了所谓"雅到俗不可耐"。

林纾虽然抵死反对新文学,但他以古文译西洋小说,一方面在不识ABC的情况下做了新文学的功臣,一方面也树立一代文章丰碑,影响所及,尤其是两栖于新闻和文学的写作者,受益良多。以《大公报》1918年3月11日文章为例:

> 英国大小说家司各特氏肄业于爱丁堡大学时,蠢如鹿豕,同学咸窃笑之。教授某尝语人曰:"此子生而为蠢奴,他日亦且以蠢奴终耳。"司各特卒以小说成名,教授之言遂不验。

细推其文笔,虽并非一流,难称高华,但也可谓明畅、清通,未可厚非。旧时代,报纸上这种浅易文言随处可见,而真正堪称纯正、名下无虚的,是著名记者陈布雷那支虎虎有生气的妙笔。他于1926年3月12日上海《商报》撰写《中山逝世之周年祭》,尝谓"岁月迁流,忽忽一星终矣。国辱民扰,世衰道歇,山河崩决,莫喻其危……虽然,吾人之纪念逝者,其所奉献之礼物,岂仅鲜花酒醴、文字涕泪而已乎",即可见一斑。陈先生天纵奇才,又加以文言功底深郁,真积力久,根深叶茂,发而为文,必有可观之处。大学者王力(了一)先生对他也甚为叹服,以为"他的文言文是最好的"。

文言文是一种古色古香的美的存在,现代人的文章中,若真能保留一些古文的神味,或能自古文的风调脱胎而来,于文化建设是一桩大幸事,于文章本身,也可以摒单调肤浅而渐趋丰饶。当然,那种糟蹋语法词汇,徒然在表面做手脚的伪文言,一知半解,文品卑下,只能贻人笑柄,应该尽早剔除。因为真正领会古代汉语,并不比学会一门外语容易,稍欠精熟,即出毛病。有志写作者,不可掉以轻心。

出恶声与两极分析

（一）

君子相争，不出恶声，但也难说。

20世纪90年代的中国文学，文艺评论尝有骂人者，至惹出多起笔墨纠纷、法律诉讼的事件。实则其中有相当部分是大可不必闹至法庭的。在一定程度上，骂也是一种特殊的批评形式。笔墨官司，在笔墨范畴内解决足矣。

当年美国影片《珍珠港》上映，其战争场面摄人心魄，煞是好看。此片，乃电影史上最昂贵的巨作，耗资达一亿四千万美元。但美国也有人不买账，报纸评论说它是"好莱坞垃圾剧"，"是现实事件拙劣的滑稽模仿、纯粹的白痴行为"，"是谜，是香波和睾丸的合成"（《广州日报》转美国《每日电讯》）。这一通乱骂虽然也颇解颐，却也无啥道理。好多美国人也不以为意，自身强大雄厚，不怕骂，即令是刻毒的恶骂也只仿佛毛毛雨。其国人之间也常有恶骂、趣骂。50年前，某大法官骂一议员，说是"一根剥了皮的香蕉也比你这家伙的脊梁更硬"，且不问它有无道理，却是传神到家。

20世纪20年代末期，郁达夫有感于时事的恶浊，不能有所作为，当时青年的苦闷，难以正常宣泄，文艺界思想界也歧路多多，因此他骂道："我们中国的新闻杂志界的人物，都同清水粪坑里的蛆虫一样，身体虽然肥胖得很，胸中学问全无，将外国书抄誊几张，便算博学了——人家说 kropotkin 的屁是香的，他就说某某的排泄物是甘味儿的。有一位半通的先生说伦理学 logic 应该叫做'老七'，他就说心理学该叫做'老八'了。"（《郁达夫全集》，5卷，102页）同一个时期，他也骂日本人："在日本，没有人民，没有国家、法律、思想，日本只有军部，和军部底下的许多毒蛇疯犬似的军人。"（同上，8卷，328页）郁达夫笔下的骂辞，却正是不得已而为之，并非他喜欢骂人，而是非如此唾骂不足以说明问题。

另外，郁达夫还骂日本的某一类文人为"军阀的卵袋"，这和林白水骂北洋政府的总理潘复为张宗昌的"肾囊"，有异曲同工之妙。骂的功夫在艺文人事方面是必需必要的，试看莎士比亚剧作，其中有大段笑骂、怒骂、痛骂、暗骂——或简洁扼要，或酣畅淋漓，作为其作品的枝干或魂魄存在，设若将这些部分从剧作中抽去，则全篇必然减色不少，或竟至不能成立。

有清近三百年，桐城文章成"派"，后人捧之者说"天下文章其在桐城乎！"骂之者则谓"桐城谬种"与"选学妖孽"并列，事过境迁，新问题又成堆，衡文论艺，最紧要的是辩证的眼光。

（二）

人之所以为人，其异于动物的地方，在于使用语言，会思想，能表达，而思想往往在辩驳中建立，真理也在辩驳中得显豁之效。

《汉书》，唐以前的人对它很是捧场，而郑樵《通志》却说"班固浮华之士，全无学术，专事剽窃"。初看到，让人大吃一惊。2001年5月11日的《参考消息》载阿根廷作家博尔赫斯论聂鲁达："聂鲁达诗歌平庸，是我一生中所认识的水平最差的诗人。是时势使他暴得大名。"这与通常文学史的评价,是相反的两极。这又与盲人摸象不同,盲人摸象为器局所限,只得局部"观"感,而文艺鉴赏的观点迥异,越是全景切入,所得观感越加悬殊。这往往是因为各人先有一种世界观,所得的结论就像在"各自想拳经"。

关于杜慎卿、杜少卿兄弟,《儒林外史》第31回卧评本认为"俱是豪华公子,然两人自是不同,慎卿纯是一团慷爽气,少卿却是一个呆串子",而黄评本则针对此评,辩曰"加慎卿慷爽二字大谬,加以呆字正合;少卿可谓呆矣,然纯是慷爽,其呆亦不可及"。所形成的看法,完全对立。类似最著者,是鲁迅的《魏晋风度及文章与药及酒之关系》,一反陈说,以为嵇康、阮籍在态度上不信礼教,反对礼教,实则其本心,"恐怕倒是相信礼教,当作宝贝,比曹操、司马懿他们要迂执得多"。一般认为曹孟德是礼教的维护者,鲁迅说那是"所谓崇奉礼教,用以自利"。

这种两极分析,其高明处,在如国术家的推挡腾挪,产生一种契入人心的强烈动感,在观照思想交锋的过程中,大可获取享智慧、弃庸常的乐趣。

大雅云亡

近期，某青年作家赴意大利领取该国一个文学国际奖，他顺带捎了四个翻译。回答记者问，此公即谓，他深受西方大量作家影响，但国内对他有影响的作家一个也想不出（《羊城晚报》1998年8月4日）。

忽然记起《文汇读书周报》（1998年1月3日）所载之中国当代作家最喜爱的小说，列今之小说名手凡十七位，所推崇者，均为外国小说。此二事，各家投注之目光均在一起，稍加思索，即不得不为中国文学垂涕而悼。

当代中国文学创作精品甚少，究其重要原因就在当代作家入门、创造过程中选择这一端的根本错误。在他们的作品或发言中看不到丝毫古典文学的影响，也未发现他们对国学的蓄尔兴趣；另一面，不难见到其随世风而变化的由排外到媚外的文化生成之移动。前述赴意领奖的青年作家，和当今绝大多数作家一样，不通外文，一面通过翻译交流，一面侈谈所受外国文学的影响，荒乎其唐，昏聩浅薄，简直滑天下之大稽。其所说外国文学影响，实为通过译本转达；而译本的质量，同新文学作家一样，从第一代到后来的三四五代，其下降之速，是超过了暴雨季节的大型山体滑坡的。今之作家所推崇的译本，又往往是新出炉的所谓新译本，译者的水平，事实证明他们的外文是半缸水，中文是夹生饭，常识错误多得像鸟岛上的羽毛。这种译本，不是豆腐，而是豆腐渣；不是米汤，而是潲水，原著思想给割裂得不成样子，作家即以此为文化创作之母乳，有时且大言啖啖，谓艰苦啃读此类大受歪曲肢解的作品，识者谓为白痴，真难乎其为白痴矣！这已不是食人余唾，而是食人唾余之唾。试取坊间新出之"作品"读之，文字句法则干燥庸常，淡白无味，笔墨安排则毫无定见，如一把乱丝。更加以不读原文只读译本，无法感应出西方思维模式，所以某公所受之"西方影响"，无疑就要大打折扣了。

民初及新文学第一代作家，对外来新学及本国之古老文化，多采用直接萃取法获得营养，其情状可称健康全面。梁启超、鲁迅给当时青年开列的国学书目，若《十三经》《二十五史》《全上古三代秦汉三国六朝文》《文选》……经史子集名著数十（百）种，读之齿颊留芳，真感人也。古人著作，皆雄积其毕生经验智慧，尽全身脑力精神以贯注之，风虎云龙，变化莫测，真所谓掷地金声者，成为文章，令人愈读愈喜，文采、思想形成的雄厚美感冲击力，叫人栩栩然醉倒，几难以自持，是最可珍惜的灿烂精神宝藏。而一个有独立生存能力的民族，应当尽可能地保存他固有的文化，但以协同民主思想进步为条件而已。观诸今日，与作家谈旧文学，不知有汉，似乎也毫无兴趣，隔膜之大，如巨洋横亘。前述某公谓国内作家影响一个也想不出，宜乎其想不出矣。

回想古典文学之壮美，创作方法之丰饶多样，道个大雅云亡，确为事实。今之作家创作品，观其措辞、句法，既非经提炼的方言土语，更非传统精妙之书面国语，亦非素朴之民间语，其所行文，乃一种不伦不类的翻译杜撰之白话也；作家、新译本之间辗转近亲相酱制，自觉博得艺事真传，同时又不求进取，孜孜为利，头脑中何尝有思想、美学在，不过欲借以博衣食住用而已。彼自觉摩登者，实冬烘也；彼自觉先锋者，实蜕化也。以如是之人，捉笔为文，演成怪现象，其无足观，亦奚足怪！惟中国文字本有灵之物，遭践踏蔑视若此，真"有鬼夜哭不休也"。

风格辨伪

文艺中最难仿冒的一种东西应是风格,王蒙曾说他的作品是一只翩然来去的蝴蝶,评论家用通常的寻绎方法很难捕捉他的真实影踪和内里消息;又仿佛涌泉一样,初无定质,或为"活动变人形",颇难"跟踪",要下一个长久的定义,颇不容易。这在一个作家,因了变化多端,文笔如游龙飘凤,是很可以兀傲睥睨的。不过,倘从风格上着眼,则追踪他的作品精神,也并非太难的事吧。自早期的《悠悠寸草心》《蝴蝶》,直到《杂色》《深的湖》,再到《坚硬的稀粥》,当中自风格着眼,则可见其机智如满地的星星草,闪烁不止,表情的回肠荡气,句式的跳跃变幻,以及汪洋恣肆的抒情体式,是一种很难替代的艺术魅力,从此着眼,可见那种非他莫属的个性特质是从一而贯的。

近世有人伪托张飞《铁刀铭》、关羽《三上张翼德书》,钱锺书先生说:"一题一书,为近世庸人伪托,与汉魏手笔悬绝,稍解文词风格者到眼即辨,无俟考据。"文词风格是深潜并弹跃在作品的字句、句式、文采、文理、脉络、体式内外的。对名作文风的领悟亦是鉴赏者慧眼卓识的表征。所以王蒙虽然说他的作品至难追踪,但若从风格着眼,则追踪又是可能的。

著名作家林语堂去世后,由于作品的独到魅力,至为风靡,于是尤其在台湾,伪作蜂起。林语堂先生的女儿林太乙(曾为《读者文摘》华语版总编辑）说那些伪作，往往"沾染了父亲所讨厌的欧化冗长词句的恶习"。而且在真正的林著中绝无"人们"二字，凡有这二字，而标明林著者必为伪托无疑。此为文词风格辨伪的一个显例。可叹的是当今不少文士，中文根底极浅，又以不伦不类之译文为蓝本，学而时习之，结果西而不化，画虎不成反类犬，造成一种难以下咽的文体，如掺了大量石沙的豆粥。

  风格可以辨伪，乃因作家文境、学识、性格、质材的差异。英国19世纪薄命文人季辛的《四季随笔》，文词幽奥，颇不易译，而叶灵凤认为由施蛰存来译它，最为投契，乃因其随笔的风韵，和季辛文词风格有暗合之处。人心的差异虽然不小，却也不乏异代相知，这正是中海西海心理攸同之处。倘有人伪托施蛰存译文，则明眼人也可到眼即辨。"思瞻者善敷，才核者善删。善删者字去而意留，善敷者辞殊而意显"。刘彦和很早就注意到作家的质材于风格的决定作用。因为作家质材不同，则感知方式、表达体式均不一样，这在文词风格中深潜着，做不了假。

辩证读古书

曹聚仁先生，很反对青年人读古书，他以为，好好青年，在书堆下变成了废物，哀莫大焉。他尤其瞧不起宋明理学家及章句陋儒。"知识分子平日对国家安危盛衰，不闻不问，以为那是学问以外的闲事，到了危殆不可救药，也只有叹息几句了事。"这是他在《颜李学派与读书论》中对宋儒树高义而远社会所下的痛切批评。

后人看历史，视角不同，则结论大异；心情不同，则观点悬殊。曹先生的同龄人张恨水先生于此有全然迥异的看法。他要"为宋明之士呼冤"，他以为，宋明之士讲气节，而不免国家危亡，要负责任，但较轻微。"因为他们讲气节的时候，全是在野之身，在朝握权柄的人，都是贾似道、马士英之流。读书人商量保护社稷，宰相却在斗蟋蟀、唱曲子……文天祥、史可法，武力落败。而他们那种大义孤忠，也让强敌低首下心地钦佩。"（《最后关头》），较之曹翁，恨水先生批在了根子上。

张恨水先生的视角，意在强调不能因噎废食。宋明文士，也有可师之处，但求不要流于过分的迂腐而已。他还在《苏诗书后》中说，若是公卿，都像苏东坡那样聪明，宋朝也不会亡了。诚哉斯言。真正的读书种子，正是社会、民族发展的灵魂，若辛亥时期同盟会那一代知识分子，正是读书人中的"重中之重"，是现代国家不可或缺的脊梁。他们既苦学不辍，同时也摩顶放踵地有利天下，风尘莽莽，而潜修自励不止。中华老大帝国近现代化的转型,端赖其孜孜,呕心沥血,方得以启动。设若凿去帝王专制的桎梏,宋明之士也可刮垢磨光。今之美国大学教授,迂执过于宋明儒士而从事冷门研究者,何可胜计,他们的行为,怕也说得上是树高义、远社会了,却并无危殆之状。为什么呢?人家政体上轨道,政治有办法嘛。他们并不代人受过,也不会"神仙打架,凡人遭殃"。这才是天经地义值得三思的。去除那种消磨读书人的社会土壤、政体机制,方可矫正读书人的形象、处境。如果只将读古书作为靶牌,终不免落到头痛医头、脚痛医脚的循环,因为"不读古书即可救国"这个公式,绝对不能成立;那么,总病灶还在,奈何?

识字难　未必然

陈独秀《小学识字教本自叙》尝谓："今之学校识字如习符咒，学童苦之。且漫无统纪之符咒至三千字，其戕贼学童之脑力为何如耶？即中学初级生，犹以记字之繁难，累及学习国文，多耗口力。其他科目，咸受其损。"那个时期的年轻文化改革者，如魔附体，攻讦中国文字，不遗余力，视为仇雠；持汉字拉丁化者，更有多人。其口号则云"废除汉字，改用字母"（《胡适口述自传》，138页）。那时彼辈都还年轻，气血旺盛，执其一端，铆劲往牛角尖里死钻。

且不说汉字与文化传承的意义，即以汉字拉丁化以后而言，学童学之，就易如反掌了吗？事有不然，且恐怕恰恰相反。唐德刚先生说他小时候学汉字，字、文结合，像《〈左传〉选粹》《史记菁华录》这些书能整本地背诵，"大多数的孩子均不以为苦"，家中长辈再辅之以物质刺激，小孩甚至主动地啃起《通鉴》《文选》等大部头来，且乐在其中。但是拼音文字如何呢？"由于音节太长，单字不易组合，因而每一个字都要另造出一个特别的单字来表明，如此则字汇vocabulary就多得可怕了"（唐德刚《胡适杂忆》，132页）。唐先生以其绝深的经验勘察，认为"认字"恰恰是拼音文字的最大麻烦——要读完五磅重的《纽约时报》星期刊，须认识五万单字，仅此即比《康熙字典》上的所有字还多。"五四"时的闯将们，想象力贫乏，拿着鸡毛当令箭，自然见不及此了。唐先生所以为学界巨擘，与其思与学双边充量的"全面发展"有关系，故其发论，大有百步穿杨之效，为什么呢？此无他，老先生是从实事求是出发，而非一大批"某公"般从概念或先入为主的"想法"出发。

解诗大异其趣

屈原的政治文学《离骚》，辗转复沓，怨艾悱恻，读之有心力交瘁之感。里面充斥着美人玉女、芳草佳人的意象。梁启超以为，屈原苦求不得、朝思暮想的美人形象，只是一种代数符号，倘非如此，屈原岂不成了一个拈酸吃醋的疯子。

梁氏爱之深，护之切，倒也难怪，但也不尽然，若纯系代数符号，何不将美人换为虎豹禽虫、月桂夜莺呢？

郭沫若则不然，他的《离骚》译文窃以为是解骚诸家里面最为通畅的一家。他的生发点，则与梁氏解骚形成鲜明对比，他所强调的是屈原的性心理，解"国乱流其鲜终兮"，他干脆翻成：本来是淫乱之徒，活该没好结果。定"乱流"为淫乱，也只在郭氏笔下方可见到。

郭沫若说："屈原好像是个独身生活者，他的精神确实是有些变态……读他的《离骚》《湘夫人》……等作品，不能说没有色情的动机在里面。"（《郭沫若文集》，第十卷，人民文学出版社1959年版）

梁启超虽然"笔锋常带感情"，也是一个典型的性情中人，但在男女事上，究竟谨慭。他曾为徐志摩陆小曼证婚，于婚礼上斥其二人离婚再婚的随意性，"引经据典地大训大骂，志摩面红耳赤，就是旁人也觉得不好意思"（梁实秋语）。这就难怪他替屈原回护了。而郭沫若感情外向，行为放诞，两者都各以己意出之，故对历史事典的感受也大异其趣。这也大概就是"一千个读者有一千个哈姆雷特"吧。郭老的《炉中煤》尝谓"我为我心上的人儿,燃烧到了这般模样",大学中文系老师解为热恋祖国的象征,也是多事,郭氏有知,必不同意,姑娘就是姑娘,观其解《离骚》,个中三昧可以了然。

两本胡适传

读唐德刚先生史论，叹其文笔如崇山长河之雄隽以外，实在也同时等于读哲学文学之名著奇书，其引人入胜，览之每唯恐纸尽。

唐德刚先生头脑之冷静，连类之丰饶，眼光之敏锐，记忆之可惊，会合为一种老吏断狱之能力，正像孙福熙介绍顾颉刚《古史辨》："我们当留意顾先生如何的对待、如何的取舍，他是很能用科学的方法的。"至德刚先生则将此"科学方法"推到极致，诚为当代史学的绝品。若非其作品本身，于史学界的平庸、昏昧，作一种有力的矫正，那些"史学工作者""江流石不转"般不动心的迂阔之作，尚不知将伊于胡底。

胡适之，世界文化名人。海外暂勿论，仅在国内，差不多一个世纪几代人，他都是一个硕大多边多义的文化象征。他的一生"在在都被千万只眼睛注视着"。他生活、著述的言行，薄物细故式的小故事，唐先生说"在报章杂志上不是头条，也是花边"。那还了得吗？

奇怪的是，唐先生那本最直接、最省净、最详略得当的《胡适口述自传》出来后，不特唐先生，就是读者也深感胡适的自述内容、思想无甚新鲜，虽然"访旧半为鬼"，并不"惊呼热中肠"。但出乎意料，《胡适口述自传》问世以来，无疑已成为史学探索的旷世奇书。这是为什么呢？说来也简单，那就是德刚先生为自传的每一章所写的较原著质量大大超重的注释。

唐德刚注胡适、钱锺书注宋诗，论精核，至少与刘孝标注《世说新语》、裴松之注《三国志》平起平坐；在开辟新境，关乎人文根本观念方面，那就还有过之。有趣的是，注刘义庆的刘孝标、注陈寿的裴松之都是南朝人；唐、钱二公问学、立言的时间也大致相同。

所以，1970年代的海外史学界，即盛称"先看德刚，后看胡适"，这等于说，买椟还珠，欲罢不能。传与注成一不可分割的整体，就学术价值和史料价值而言，注释部分的分量，怕还远出传文之右吧。如与胡适密切相关的白话诗、白话文、问题与主义、实验主义、罗素、杜威、文学革命、新乾嘉学派……种种影响社会甚深甚巨的文化观念的得失，如谓在胡适那里，还只是一种争论不休、好歹高下轻重悲喜未定的雏形，到了德刚先生手上，即已锤炼至得失分明、价值清楚、来龙去脉条理井然的命题，也可以说，胡适引发的文化震动是"镜中衰鬓已先斑"，德刚的注释却像一味还魂草，而令"病树前头万木春"。换言之，胡适好比"结绳记事"惹下的种种大意与错觉，皆由德刚以"进化的文字"来整个地收拾归置。

李敖写《胡适评传》，很有一番自负，他这本书，是把胡适的身世、活动、游学、交际的脉络，以及胡氏基本思想形成的轮廓搞清楚了。唐德刚的《胡适杂忆》《胡适口述自传》则不特搞清楚胡适本人活动及思想，而且把时代的思潮、风气、胡适为中心的学术趋向的得失、疑问一锅而烩之予以解决。

在众多的胡适传记中，李敖那一本也算是秀出班行的。李敖出手极快，运用资料，取舍自成一格，他腿脚麻利，腾挪得法，扣纵有序，看去条理清晰，然其优势亦仅止于此而已。李敖自称除了要画胡适的像，还要画那个时代的大舞台，及主配角、众生相；但拿去跟德刚一比，就看出李敖的自吹自擂。德刚笔下的胡适，那才真正是笼盖四野，"风吹草低见牛羊"，仿佛多层火网，立体攻略，子母连环，无使遁形，而境界全出。李敖描绘传主，仿佛撒豆成兵，来势吓人，但力量有限，虽中靶，不致命；唐德刚的笔墨，则似内家大师出拳，招招无虚，包含千钧之力，两者差异若是。

  放在一起货比货，两书同以"注"见长，但李敖的注释是在资料面前止步，平铺直叙徒有量的增加，偶有见解，也只是开玩笑自娱；唐先生的注释则大见创辟之功，形式既新，内容尤饶思辨的伟力。总之，李传灵活而浅，唐传灵动而深；李传跳，唐传稳；李传狭，唐传广；李传硬，唐传活；李传白而易，唐传雅且劲；李传适见粗硬零碎，唐传恰显深谋远虑。

  再者，李敖的胡适传出语口无遮拦，仿佛两小儿打架，在家长处争功，对事物缺少深入感；他所叙评的胡适，苍白干瘪，直是《录鬼簿》上的剪影，那是章学诚指斥的那种"史守掌故而不知择"和"昧于知时"者流。而在唐公笔下，则充溢悲天悯人的胸怀，语重心长的立意，求实存真的作风，这样传主自然有血有肉。值世局浮沉之际，唐公阐释的文化用心，更具有衔接今昔的现实意义。

    （《胡适口述自传》，唐德刚著，华东师大出版社2002年第二版；
    《胡适评传》，李敖著，友谊出版公司2001年第二版。）

鲁迅、钱锺书讥国画之弊

鲁迅推崇第一流的写意画，以为真正传神的作品，寥寥几笔而神情毕肖（《五论文人相轻》）。但他对国画又颇有看法："我们的绘画，从宋以来就盛行写意，两点是眼，不知是长是圆；一画是鸟，不知是鹰是燕。竞尚高简，变成空虚。"（《记苏联版画展览会》）

其实，鲁迅对宋元以来文人山水画的涵养，唐代佛画的灿烂，线画的空实明快皆极深寄意。他所瞧不起的，是明清以来国画界不长进的风气造成的浮靡和懒惰。这种风气酱制影响，逐渐造成一种国画的末流，而引起观者的反感。

钱锺书先生对这种末流国画也颇加讥嘲。小说《猫》中写民国时期地方老名士，不懂透视，不会写生，今天画幅山水"仿大痴笔意"，明天画幅树石"曾见云林有此"，生意忙得不可开交。这位名士向他侄儿吹嘘，说是某银行经理求画中堂，要切银行，要口彩好，西洋画没办法，让瞧他画的。"画的是一棵荔枝树，结满了大大小小的荔枝，上面写道：一本万利。临罗两峰本。"老名士又说他的《幸福图》，以一株杏花、五只蝙蝠，来切杏蝠（幸福）。他侄儿听得目瞪口呆。

鲁迅、钱锺书皆以极高的天分，纵横贯通的艺术学养来审视国画艺术，目光如炬，诊出国画艺术病笃的危殆状态。

然而艺术的恶劣因素往往具有一种惰性传染之管道。浸延至今，这种国画末流还在流布。笔墨的庸俗，取境的低劣，构图的无趣，加以官僚的上下其手，恶俗作品常有淹没精雅艺术的趋势，就像劣币驱逐良币一样。当中又因了一些有权的好事者的加盟，此类恶俗作品更是印刷精美，到处铺开。艺术本来是安抚人心的，似此则以恶情劣趣消解艺术的作用。放任下去，艺术水准速降，大众的欣赏趣味也迭遭摧残，真乃一大悲剧也。

民初译文的衣香鬓影

（一）

近世以来，西风东渐，翻译文章渐夥。观民国时期外文汉译之神采飞动，以对照今日，则今之译文，无疑为恹恹欲坠之病体也。

试观英国密尔的《论自由》一书——

1903年马君武译本：

> 苟一国之政府，将一国才智之士，尽罗而入乎其中，则必大为进步之害。盖一国之政，必须旁观徒手之多数政治家，论列指陈其利害，发出等等与现在政府反对之政论，使政府之所法戒。（第五章）

商务印书馆1996年译本之同章同节：

> 若把一国中的主要能手尽数吸收入管制团体之内，这对于那个团体自身的智力活动和进步说来，也迟早是致命的。要遏止这种貌似相反实则密切联系的趋势，要刺激这个团体的能力使其保持高度水准，唯一的条件是对在这个团体外面的有同等能力的监视批评负责。

晚清时节文化巨子严复先生1899年译本，这一节是：

使一国之才力聪明，皆聚于政府，将不独于其所治者害也；即政府之智力，其所恃以为进步者，亦浸假与俱亡焉。是故自由之国，欲政府常有与时偕进之机，道在使居政府以外之人，常为之指摘而论议，其政府必有辞以对之。

再看此书《总论》中讲到古代社会专制之害，权力集中于一人或一种一族之恶果——

严复译本：

不幸是最强者，时乃自啄其群，为虐无异所驱之残贼。则长嘴锯牙，为其民所大畏者，固其所耳。

马君武译本：

人民有不服者，用兵以摧杀之，与御外寇无异。呜呼，此国中之弱民遂如细虫纤鸟，日供秃鹫之掠食。

商务印书馆1996年译本：

权力被看作是一种武装，统治者会试图用以对付其臣民，正不亚于用以对付外来之敌人。在一个群体当中，为着保障较弱成员免遭无数鸷鹰的戕贼，就需要一个比余员都强的贼禽去压服它们。但是这个鹰王之喜戕其群并不亚于那些较次的贪物，于是这个群体又不免经常处于需要防御鹰王爪牙的状态。

将三者译文全书对照读之,其特征不难见出。严复译文奇崛深婉,用词古奥,或谓之得其寰中,有时也不免流于深涩,反害其义;甚至导致文意的走光,即文意不确。它的妙处是简古,坏处是读之拗口,阅之碍眼。但严复的译本多为开山之作。

马君武的译文,境界为三家中最高,他尽量顾及原文的叙述秩序,文藻讲究,造句练达,译序雅驯。译文相当考究传神,于原文宗旨,探其源流,明其原委,稍加组织,即为佳美中文。他所用为浅近文言,既尊重原作,也易于普及,形成理解、欣赏的最佳契机。

商务译本,其最大弊,为芜蔓不振,啰唆夹缠。仿佛在力求直译,贴近原文,实则为原文之仆役傀儡,如走路之怪步畏缩,不敢大踏步潇洒出门;如唱歌之哑嗓左调,徒增阅读障碍。其受束缚既深,又如何传情达意,而原文精神水银泻地矣。

(二)

文言的转为白话,乃是一个渐变的发生过程。漫长两千多年的文章,自有辩证的因素在内。试观《汉书》文章,因风习变异、意识形态的改易,今人读之已有难度。但从《汉书》陡然跳到清代的《碑传集》,但见其逻辑关系,接榫过脉,都更清晰丰满,文意的前后联络更为合理。二者在气质上是一脉相传的。后者更以前者为最高鹄的。唯善用古者能变古,此为善性之变。而人为的倡导白话,以为搞到清汤寡液方为白话之正传,则也不免锢蔽顽劣之病。且表现形态为强人从我,那是时代文化专霸之怪物。也有民国初年出道之时用浅近文言,晚年改习白话文者,则往往面目可憎,不忍卒读,此系自然渐变为科学,人为突变为愚昧的缘故。

民初大译家,林纾译文高古,其人以《史记》《汉书》为心法。他所标举的文言文,是直追秦汉的那种散体古文,运用纯熟而滴水不漏,所谓胎息于《史记》《汉书》。叙事文学的长篇小说译来殆无倦色，文章通体健旺，且其人博稽深思，据文意更有创造发挥，不特忠实于原文，且有改进之处。以此一点，于某数文家，钱锺书先生说是宁愿读林氏译文，不欲读原著也。林译文学，严复则多译学术著作，其简古之文，对原创宗旨之把握甚是得体。可谓遗其粗而得其精，其译文风格，颇利于学术精神之穿透性领悟。他译《天演论》《群学肆言》《群己权界论》《法意》，涉及社会、逻辑、法学、政治诸门类，为当时认知西方之一完整体系，其译文风格可谓之打通，盖无道则隔，有道则通。

译事三难：信、达、雅——即由严复译《天演论》时，在《译例言》中破题道出。翻译的大略，他以为"译文取明深义，故词句之间，时有所颠倒附益，不斤斤于字比句次，而意义则不信本文"。他译这本书的《导言》词汇深蔚，藻采纷披，以文字精神复活大自然，使之成为深具人文色彩之第二自然，端的是精美不可方物。

乃悬想二千年前……计唯有天造草昧，人工未施……不过几处荒坟，散见坡陀起伏间。而灌木丛林，蒙茸山麓，未加删治如今日者，则无疑也。怒生之草，交加之藤，势如争长相雄……四时之内，飘风怒吹，或西发西洋，或东起北海，旁午交扇，无时而息。上有鸟兽之践啄，下有蚁喙之啮伤……是离离者亦各尽天能，以自存种族而已。

起赫胥黎于地下，亦必拊掌称佳。那原作的衣香鬓影，在他笔下硬是传达得天衣无缝。真的可以使疲神顿爽，居无寥落，大慰所怀。

（三）

民初浅近文言译风盛行海内。《大公报》社论均为浅近文言写就，其潜移默化之浸透力一时无两。民初，上千种报纸刊物均以此种文风为载体,为飞翔之翼。其大放异彩,固自有其真价值在焉,非偶然也。而当时之译风,也因浅近文言造成奇观。

苏曼殊译雪莱诗,译拜伦诗,译小说,其文字,亦深合他那以情求道的心性。文字奇诡兼流丽,含峻洁、古峭、幽奇诸境界。如他自英文转译的印度笔记小说《娑罗海滨遁迹记》,"时在雨季,不慧失道荒谷,天忽阴晦,小雨溟溟。婆支迦华(云雨时生花)盛开,香渍心府。行渐前,三山犬牙,夹道皆美,池流清净,林木蔚然。不慧拾椰壳掬池水止渴,既而凉生肩上。坐石背少许,歌声自洞出,如鼓筌篌。"曼殊的性格是时而自由放旷,时而又任诞激越,时而又嗒然自伤。故其文字风格神秘、美魔,而又天真热忱,读之不觉上瘾难戒。他的文字得六朝文的哀艳凄美,他运用起来,能于悲欢离合之中,极尽波谲云诡之致。他的文辞是松风水月之清绝,但他的译文,神旨毕肖,却因他的遣词风格,深深打上他性格的烙印。有一种风趣,更有一种伤怀。这里面还有一个原因,就是他所选译的,往往和他所见略同,所以他翻译起来,有一种共同发抒的快感。

周瘦鹃先生1916年译作《欧美名家短篇小说》,凡四十七家。几乎全用浅近文言述之,全书四十余万字,译写笔酣墨饱不稍衰。其文爽脆利落而一往情深。鲁迅赞他这部译作为"昏夜之微光,鸡群之鹤鸣"。周先生的文字,观察深刻,意境隽永,下词准确,他人所苦思力索而不易得当的,他就很自然地写了出来。这是何等的天才与学力。因此我们不妨说,情节是欧美名家的手笔,文字却是周瘦鹃的手笔。他译贾思甘尔夫人的《情场侠骨》,"一日午后,日光映射于墓场草地之上,予与予友同坐一水松荫之下,水松受日,写修影于地,色渐晕渐深,夏虫匝地而噪,似唱催眠之歌。居顷之,予即向予友杰勒曼曰:君意中果以何等人为英雄?予发问后,又寂然者久之,游目观云影,方浮动远山上,为状如美人云髻。予痴望不瞬,几忘所问之为何语。寻闻杰勒曼答曰:吾意中之所谓英雄者,当尽其天职,不恤牺牲一身……"

周先生的文字是那样的婉曲、爽利,神情活现,曲尽浅近文言的含蓄、包容和附着力强的特性。20世纪60年代以后，周瘦鹃为康生嫉恨迫害，投井而亡。他后期的文字，纯用无神采的白话，呆板直腔，叙情道义大打折扣，个人境遇影响文采发扬，不免叫人深恶专制之酷烈。

（四）

民初以来，马君武、鲁迅、孙中山、蔡元培、周瘦鹃、范烟桥、叶楚伧、严复、章太炎、梁启超、王国维、吴稚晖……都曾以浅近文言译书，浅近文言为古文变来，而其得历代名文所赐，殊非浅鲜。秦文雄奇，汉文醇厚，辛亥以还，浅近文言又融入了这一代知识分子的深情博丽，他们同时也受外国文艺的影响，气质益深。林纾相信中西文章妙处的结合，只会使中文更放异彩，"以彼新理，助我行文""合中西二文熔为一片"。其大貌，要而言之，即是亦旧亦新，其人兼新派博士和老式学究之长，于文字调遣，有撒豆成兵的大将风度。观其文，或挥鞭断流、大气磅礴，或饮马长城、叱咤风云，或秋水长天、空灵明丽，或缠绵悱恻、哀感顽艳，无论治国宏策，或抒怀小品，文采艳光四射，其译文风格也全然融入了这样的才气和性情，那纯然是以自由的心境而作自由的驰驱。在他们那里，才说得上是美是自由的象征。

今之译者，尤其是国学修养几乎等于零，令其是识量卑狭，先天不足而兼以商业文体的侵袭，造成今之译文怪模怪样，遣词造句，大多扞格不入，或谓直译其文，结果大似十三女儿使千钧铁杖，步履能不蹒跚？又仿佛江湖经咒一般，读者几莫名其妙。《吉迪恩烈火》（〔英国〕J.马力克著，群众出版社1990年版）中有这样的句子："你认为这可能是对某一个用如此骇人的住房条件赚钱的房主的攻击吗？""我没法想象为什么比没有孩子更使我不喜欢的事了。"字句和意思纠结不清，为诘屈之尤；读者以为须边读边吸氧气，否则必憋气窒息……没有翻译的资格而强为之，必然力不从心。译界大量的庸手充斥其间，文字的笨拙有如木偶，求基本的用字适当、定义坚确,也不可得。强看数页,头疼不已。译文艺则不知所云,导致原作精神水土流失;译学术则悖淆其义,哲理法意搅成一锅馊粥,穷拼乱凑,去真益远。隔膜深深深几许,洵不知人间有美化二字。早期俄文翻译实为滥觞,至今已是大面积用方块字铺设的不通的外文,不着边际地当起精神上的假洋鬼子。总之今天的新译文,词汇贫弱,面目实可憎;手腕尘下,失却美与力;见识短浅,文焉不得病。可悲的是,外文原著作者结结实实地随之蒙冤,却毫无申辩的可能。

反观民初之浅近文言译本,以有比较之故,顿受震撼,惊为创获。其仪型美感,尤为吾侪精神生存不灭、巍然永峙之灵光。

一个时代的文章文体,乃国民精神智慧所寄,文化气质借此流露表现,绝非小节。严复说:"吾未见文明富强之国,其国语之不尊也。"醒豁有如冷水浇背,可堪三复斯言。

品物者的心情
——谈《毛诗品物图考》

这是一本很寂寞的书。讲一些花花草草，虫鱼鸟兽。引述古典博物书籍来梳理自己的想法，又纂辑各种图案来补充丰富对自然生物的认识。说它寂寞，是因为只宜"多识草木虫鱼鸟兽之名"，除此以外，似乎也并无太大的作用，不过这种书，最适合心情落寞的人来读。李敖曾引西哲某的话说，他认识的人越多，就越喜欢狗。我们不妨替他改一下，叫作认识的人越多，便越喜欢草木花卉，虫鱼鸟兽。

编纂这本书的是一个日本人，叫冈元凤。他荟萃群书，择善而从，为的是对读《诗》者有所帮助。天下之大、物象之繁，才构成了这个生机勃勃、幽秘万端的大千世界，就《诗经》一书所列生物择要而绍，也有近两百种，就《诗经》各句而引起，集、传、疏、证、图，各相补益，也可见出文化的积累。所以，清光绪丙戌年孟冬之月，翰林院编修戴兆春慨然为之序，他说："溯流穷源，顾名思义，因形象而求意理，因意理而得指归。"这也就是很了不起的作用了。

《毛诗品物图考》这本趣味盎然的小书，分七卷，细述草、木、虫、鱼、鸟、兽之名义，就《诗经》风雅颂、赋比兴六义所涉取的鸟兽草木，一动一静，一枯一荣，细悉纤浓，无所不至。翻开这本书，心眼也随之激活，山林沛然之生气，郁乎其间矣！他集释"投我以木瓜"这一句，引述

《尔雅》《图经》《诗集传》等，说它是"可食之物，实如小瓜，酢可食"，"其木状似柰，其花生于春末，而深红色，其实大者如瓜，小者如拳"。图案尤为兴味纡郁，线条饱满曲折，似见生物之葱郁，绿可染手，又仿佛于深山大壑中行走，林木气息如药香，空翠润泽可湿人衣。品物之品，确可品出深郁的味道来，其释意，或直接，或参照，或互证，或模糊，或简略，或细密，然就图文并茂而言，却又是诗意的，活色生香的。

像"泛彼柏舟"这样的名句，一些人早在小儿念经的时候就朗朗上口了，可是看了图考，又不免生发一种盎然的情味，晓得了所谓"柏"，是"木所以宜为舟也"，又晓得它"树耸直，皮薄，肌腻，三月开细琐花，结实成球，状如小铃，多瓣，九月熟，霜后瓣裂，中有子大如麦，芳香可爱。种类非一，入落惟取叶扁而侧生者。扁柏为贵，园林多植之。"此种诠释，说它有益人心世道，固无不宜；说它诗意盎然，令人生欢喜心，就更恰切了。作者又引述五六种古籍，详辨"莎鸡振羽"之莎鸡这种小昆虫，把它和斯螽、蟋蟀、纬车等小虫区分开来了，这样一来，泥土和花卉的气息就浓郁了，草虫的鸣声也似乎更丰富多样了。图案的作者，均不见注明，想亦是当时的画师吧，不少图案似出于一人之手，盖画风相近也。"鸳鸯于飞"一图，看到那种可爱可亲的水禽，令人生一种虽孤单却不冷落的心情。鲁迅先生说《花镜》《山海经》《毛诗品物图考》都是他少年时"心爱的宝书"，他很愿意看这种石印的图画。

喜欢这个书名。喜欢草木禽虫的情态。喜欢释意中自甘寂寞的心境。对我来说，它使我仿佛回到了西南部的深山，仿佛走进了动静交织、万类生动的大自然深处，在孤灯下，起来一种古旧的心情，思绪流逸了很远，一时竟回不到现实中来。

奇美之境
——谈流行书风

每个时代都有自己的流行书风,当代的流行书风之形成,至蔚为大观,是在世纪末的最后十年成为风云际会的美学风气。

其与传统书法的区分,乃在于,字距行距突破传统范式。结字的时候,因字赋形,揖让之得体,收放的多变,似在不经意间涉笔成趣。空间位置的倾斜,互相拗救,发挥到极致,整体气氛是散逸、疏放、悠远。间架安排,则是线条生涩,信手为字,仿佛乱石铺街一样。而其大体的气象,则是朴拙含明快,以优游出顿挫。既敛气而蓄势,也纵放而取姿。一番恣纵,一番勒控,一番停蓄,一个字即是一个有机体,浑浩流转,生意纷披。

20世纪90年代初,这种风格跟星星美展一样,迭遭物议。卫道者以传统书法自居,提出流行书风不能成立的依据,撮其大要,是说它对传统的背离、脱落。以为跟古人的初衷、古人的经验大不一样,甚至全然对立。

其实这是一种绝大的误解。

清代文学家汪容甫以为:"读书十年,可以不通。"不通二字,俗人多不能解,实则非读书积年有得,又肯虚心者,不能出此言。晚清的文论名师林纾,更肯定地说:"文章只要有妙趣,不必责其何出。"其人都是深得艺术辩证法神髓的高手。这种"不通"的境界,在书法而言,就是涩味。由那出神入化的涩，带出机趣的讲究，带出美术性造型的意味，即古人所谓"有关者自己痛痒处"，甚至不避呻吟、不避俚俗、不避拗晦、不避退缩，但这一切，都是在敛气而蓄势的机栝当中，遥控而结构之。其结果，却是一种天然出之的天真妙境。

这其中，有思想，有内涵，最为特出者，乃是它的美术性。因为美术性，造成线条的永不寂寞，似闻变征之声，士为之泣；又闻羽声，人为之怒。它有调动人心的力量，令其自然生感。

晚清时节，书法之道已烂熟，欣赏趣味，超前宽泛。刘熙载《艺概》即问世于斯时。无垂不缩，无往不收，他说；以欹侧胜者，暗中必有拨转机关者也，他说；怪石以丑为美，丑到极处，便是美到极处，不工者，工之极也，他又说。——他的通达、奇警、博大的辩证法，也全然可以用来解释近时代的流行书风。

流行书风的创造性是和它的美术性一而二、二而一的。如老杜诗歌中随心所欲的倒装句式，神龙变化的语序，流行书风是将碑学帖学融会贯通而加以重构。它对传统的理解与所谓功底派不同，功底的末流往往流于复制描摹，多失神采。也有接近古人的，但观者反不谓奇。为什么呢？力不足而强为之，气力也就在那过程中衰竭穷尽了。

也有对传统自得其神，加以综合，辩证地杂糅了多味元素，走得很远，却并没有邯郸学步，也没有"望故乡邈邈，归思难收"。而是随时可以来去自如，毫无局促之态。这就是流行书风。在它那里，传统相应变为一种隐藏得很深的"伏脉"。而且书家也更重视另一种传统：如晋人尺牍、砖瓦文字、墓志碑刻、秦汉木简……跟民国初年的文学情形相似，六朝小赋、佛经文字、晚明小品、敦煌变文、小说传奇等，大规模重新发掘，被重新赋予美学相位，艺术生命的价值，随之更为厚重，经久不灭。

钱锺书遣词法略谈

　　文章讲究词汇，在鄙薄修辞者看来是窄门小道，割裂形式内容论者更不把遣词造句放在眼里。文学界此类无知而发为高论者甚夥。实际上，古今一流作家无不重视辞藻的运用。因为辞藻的驱遣布设，词采的郁郁灿灿，乃是大家风范的一种表征，想象力的外射。

　　辞藻看似冷硬死物，而在大师的手里，它却是一片活棋，变幻万端，闪展腾挪，生机盎然，气息馥郁。有些境界固然要用白描，有些非辞藻不为工，因为辞藻往往是一种复合，借以表现意思，既可从片段看出完整，又还经济得力，并且醒豁。在文学中最能表现想象力的，无过于比喻，还有辞藻，因为词汇的蓄积和运用与思想的表达息息相关，更为有趣的一点是词汇本身也往往是凝固了的比喻，如猴急、笔直、火红、胎衍、雪白……成语中更不胜枚举。钱锺书先生用文言写成的《谈艺录》《管锥编》博大宏深，技巧精湛而多变化，其用词法也运斤成风，心手相应，吐故纳新，着手成春，最可表明词汇的活力和生命力。《谈艺录》第七十五节论王安石改诗，指出王氏屡屡偷换袭用前人意境及其句式句意，钱先生的评论用词近义而不重复，联翩而来，剀切准确，令人叹为观止。未见论师道及，今特拈出如次：

　　他若《自遣》之"闭户欲推愁，愁终不肯去。底事春风来，留愁不肯住"，则"攻许愁城终不破，荡许愁城终不开。闭户欲推愁，愁终不肯去。深藏欲避愁，愁已知人处"之显形也。《径暖》则"一鸠鸣午寂，……"之变相也。《金山会宿》则"天末楼台横北固，……"之放大也。《钟山即事》之"茅檐相对坐终日，一鸟不鸣山更幽"，按《老树》七古亦有"古诗鸟鸣山更幽，我念不若鸣声收"之句，则"蝉噪林愈静，鸟鸣山更幽"之翻案也。《闲居》之"细数落花因坐久，缓寻芳草得归迟"，则"兴阑啼鸟换，坐久落花多"之引申也。五律《怀古》、七律《岁晚怀古》则渊明《归去来辞》等之掇华也。《即事》则太白《月下独酌》之摹本也。《定林院》"因脱水边履，就敷岩上衾。但留云对宿，仍值月相寻"，则右丞《终南别业》"行到水穷处，坐看云起时"之背临也……

以上指出王安石偷换巧取他看中的前人作品，还用仿制、应声、效颦、渔猎、生吞活剥、挪移采折等词汇，活画拗相公官场文坛争强好胜的性格。无论他怎样巧取豪夺、改头换面都未能逃过钱先生的法眼。

钱先生行文精深博丽，翁郁多姿，成就之高，登峰造极。中国的老舍、英国的狄更斯，都有语言大师之谓。但他们的独到之处是在运用平民通俗的语言，有非凡的表现，钱先生的著作尤其是《谈艺录》《管锥编》则在于深厚精微的书面语言，上引王安石改诗一节所用十数个近义词，有的放矢，箭无虚发，使拗相公的装扮掩饰无可遁逃。尝见《中国文化报》1994年7月载文学青年二三子谈钱锺书，一人乃谓《谈艺录》《管锥编》如以白话写作，成就会更高。此种见识只仿佛盲人摸象，直可喷饭，实际上文言是中国人内心的东西，文言辞藻所蕴含的文化积累和文采光芒，不可丈量，难以方物。钱先生的文言文字出神入化，创造更新，达意宏深，出乎天然，句意双美，仿佛接竹引泉，潺湲之声不绝于耳，这和他并不忽视辞藻"小道"有相当关系。似乎可以说，能够领会钱氏文言辞藻之美，方算得贴近其作品精神之门墙。

钱锺书与读书笔记

杨绛先生曾撰文披露，钱锺书先生年轻时在牛津大学求学期间，养成做读书笔记的习惯，以后从未间断。后回国，历经战火、流离、动荡，仍在不断的积累中，在"铁箱、木箱、纸箱，以至麻袋、枕套里进进出出"，除成书的著作以外，这些笔记有多少呢？据杨先生文章，可知：第一类，外文笔记，包括英、法、德、意、西班牙、拉丁等文种，内容包罗万象，此类笔记一百七十八册，共三万四千多页；第二类，中文笔记，也有三万多页，与第一类相等；第三类为日札即读书心得，二十三册，两千多页，分为八百零二则。

商务印书馆已将钱先生的全部笔记手稿扫描制版，影印出版，书名为《钱锺书手稿集》。这些笔记，加上钱先生的其他业已多次重版的各类名著，其质与量，就个体的创造力而言，是何等浩瀚磅礴的超常功夫，是何等郁积万仞的思想伟力。

钱先生的著作，是对文明史及人类文化的修缮、质疑、显影、解构，更有对其所经历的时代本质的解剖和透析。在先生的作品中，诸如求是循实的作风、民主主义的理念、关心民瘼的情怀、启蒙思想的探求、人性本原的辩证，都创见极富。

海外汉学界无不承认钱锺书先生为文化超人，其意有二，一谓先生成就之高；一谓先生智力超常。早几年，杨绛先生的回忆文章曾谈到钱先生留学归来，因在国外大图书馆手不释卷，如老饕般苦读思索，曾留下头疼的病根，为此近一年时间不能观书。而钱先生70年代初从干校回到北京，首先就是清理装满几个麻袋的大量笔记本，那是钱先生大半生心血的凝聚。这些笔记本，内容就是如今杨先生披露的中外文笔记及读书心得。由此可知，钱先生不但智力超绝，同时更付出了常人几乎不可想象的巨量艰辛劳作。

钱锺书先生以辩证唯物论为神髓，对文明史所涉古今中外的考虑比勘，不是某个侧面也不是某个问题、某条路径的打通解决，而是囊括时间与空间的全盘打通，其循环畅达，有如作为小宇宙的人体身上的血脉一样，自成体系，精深详博。钱先生后半世的治学所达到的天马行空纵横捭阖的自由境界、投鞭断流神而明之的自在天地，以雄厚基础工作为底蕴，这种国术家"站桩"般的基本功贯穿他的一生，基本功与其睿智融通一而二、二而一，相互作用，还原分蘖，最终达成得之则如脱弹丸，失之则如撼大树的强盛机势，辩证联类，一意方过二意又发，二意方过三意又发，变化无穷，纵横莫测，观其刊行的巨量笔记手稿可窥一斑。

如厕就读及其他

《南方周末》（2005年4月28日）所刊《如厕就读》（冯克利）一文有云："再往后，马齿见长，不好意思翻小人书了，于是把诗歌散文小品之类渐渐请进厕所。他（周作人）有篇写厕所读书的应景文章，记一日本诗人把寺庙的方便处刻画得风雅无比，拿来跟中国寺院周围的污秽斑斑做比较。姑不论这是否有汉奸言论的嫌疑，它至少抹杀了中国禅院文化的精髓：有人问禅师：'何为禅？'禅师便答'干屎橛'。不过最令我感动的，当是在钱锺书的《七缀集》里看到，中国也有个无比美丽而我闻所未闻的雅号——'繁花似锦的故土'（the flowery land），锺书先生直来直去地把它译为'华国'，虽略显会通中西的功夫，却未免有些扫人的兴。"

以上说法问题多多。关于世界上的厕所的比较，知堂结合风景的幽佳，谈生活低俗处的美，这种风景的作用，乃在于转移矢垢的浓秽；至于中日两国的厕所，何者更为卫生，见者多多。好就是好，不好就是不好。邋遢污垢、忽视卫生的地方，总该敲打批评的，怎的就有汉奸的言论嫌疑呢，八竿子打不着的嘛。显然，作者以为禅院之精髓乃在干屎橛，不畏其脏。这是相当荒谬的。

禅宗里头确有"干屎橛"的比方，乃借象为喻，属于思维的隔山打牛，是一种神游万里的思维方式，绝不是真的要拿一包屎来说明问题，也不是污秽才近于禅，即禅院精髓与坐实的干屎橛是不相干的。知堂的比较，绝不抹杀中国禅院的精髓。相反，禅院的卫生境况是很讲究的，"清晨入古寺，禅房花木深""雾暗水连阶，月明花覆牖"（柳宗元《法华寺西亭》），日本禅院得益于唐代诗境者所在多有，参阅常建、柳宗元的诗可见一斑，非常注重风景的幽俏，林木的深蔚、清净、清爽、深郁，有助思绪的集中和放松。至于不讲卫生的污秽的禅院，离禅还很远吧！再说了，干屎橛是竹木制作的薄片，用于擦拭粪便。但在未用之时，它是很干净的。禅宗名师借它来参悟，以其为常见家什也，是为解析概念开方便之门。绝非因为脏，才情有独钟的。

至于the flowery land这个词组，钱先生将其译为华国，正大见会通的功夫。桃之夭夭，灼灼其华，华，既有花的原意，也有光彩、光辉、英华、美观……的意思，华与国连缀，则自然包括繁花似锦的含义，其简练和字面的外延，则相当深远。倘译为繁花似锦，美则美矣，却仅有单线的自然风景一方面的意义，故土虽有诗意，却又不如国字具有主权的概念。华对应flowery，妙译也；国对应land，也比故土踏实真确。妙手拈来，举重若轻。作者以为扫兴，显然缺乏意会国文妙处的能力。勺大漏盆，眼大漏神，妄下雌黄，这是很遗憾的。

"汝准是发了疯矣"

　　林纾译外国文学多家、一百余种，其中之一家为哈葛德，但钱锺书先生说，他宁愿读林译，而不欲读哈氏原文，因为"颇难忍受原作的文字"。据钱先生说，哈氏的文字，是那种古英文和现代英文的杂糅，而又极不讲究，也即谓不是善性融汇而是恶性杂凑。林译中有一句是"乃以恶声斥洛巴革曰：汝何为恶作剧？尔非癫当不如是"。钱先生说这是很利落、很明快清爽的文言。钱先生又引哈氏原文，谓其不通不顺、疙疙瘩瘩有如中文里面说："汝干这种疯狂的把戏，于意云何？汝准是发了疯矣。"

　　这种句子，让人读了颇觉滑稽突梯，不禁哑然失笑。钱先生灵心善譬，使不通英文者，也能大抵体会哈氏文字的呆板滞重。窃以为文章之文句自有一种美的条理、美的规律。当中包含学养、智慧及美感认知的天性，还有长久研习培养出来的高度经验，不是率尔操觚者所能解会，林纾穷其毕生精力，为近世文章大家，他甚至瞧不起严复的文章和译文，他对文字、语言组成文句体悟极深，然而可叹的是水流花谢，今天的语文水准抛锚、减产，造成文章、译文不忍卒读的局面，市面上大量推出的新译文，素养贫瘠，却敢硬来硬干，霸王硬上弓，因此多的是那种"汝准是发了疯矣"的怪味中文。如今人译哈耶克名著《奴役之路》第一章有谓"当文明的进程发生了一个出人意料的转折时，即当我们将其与往昔野蛮时代联想在一起的种种邪恶的威胁时,我们自然要怨天尤人而不自责"。这种严重梗阻消化不良的句子贯穿这部译文,什么叫"受到我们将其与……""转折时""威胁时"究竟什么"时"?读之仿佛走在荒草丛生、荆棘牵绊的小路上,不特满心不快,还大大影响阅读效果。哈耶克是1974年诺贝尔经济学奖得主,用这样的译文来唐突他,等于将他打折出售,原文的思想表达,也因此大打折扣。与此类木乃伊似的文字相纠缠,陡然令人生发那译手"汝准是发了疯矣"的感觉。其实就这一句而言,精通的译文应该是"当文明进程意外转折,即其脱离预想的轨道,令人联想到野蛮时代卷土重来之际,我们的怨尤要多于自责"。

古希腊人以为,美是神的语言。他们找到了一条数学证据,宣称黄金分割是上帝的尺寸。几何学天才欧几里得更进一步:他发现大自然美丽的奥妙在于巧妙和谐的数学比例大多接近1比1.618(即0.618)。

伦敦西敏寺、巴黎圣母院,说明建筑物如是,现代演员费雯丽、奥黛丽·赫本说明美人儿如是,都在冥冥中遵从黄金分割这一美的规律。其图像作用于视觉,迅速为人脑吸纳认可,深心铭感。文章也可说是一种纸上的文字建筑,前辈译家,如林纾、蔡元培、马君武、周瘦鹃、伍光建、梁实秋……其笔下文字,或晓畅清爽,或雄深雅健,或生动妥帖,总之是文采斐然,举重若轻。文字的色泽、组织调遣,以及轻重缓急自有一种天然的巧妙和谐,暗地里符合数学证据,那是作用于心灵的"黄金分割"。与前辈的智慧、文采、美感永相伴,长相依,那才端的是精神上的"持久自由行动"——浸润满身的文采思想,享受纵横驰骋之乐。

水浒评论三奇书

20世纪30年代迄今，文化界作《水浒传》文章者，夥矣。70年代甚至出现评《水浒》运动。批评赞弹方面，有三本奇书值得一谈。这三本书是：张恨水《水浒人物论赞》（1948年，万象周刊社初版），孟超《水泊梁山英雄谱》（1949年初版，1985年三联书店新版），牧惠《歪批水浒》（1997年，百花文艺出版社）。同为评论水浒人物，孟超冲动激烈，张恨水哀伤沉郁，牧惠痛愤深远。前二者成书于40年代，后者写于八九十年代，而其对社会的批评，对人生的感慨则一。

孟超哀于国事及世运的衰微，在水浒英雄谱中纳入的是一种抗拒、破坏、挑战的神思，以其愤世嫉俗达于极点，一心期望唤起国人的新生，打破社会现状重新结构。故对水浒人物评价，也完全突破寻常认识，但这样的后果，一则偏离原著精神，二则矫枉过正，由一端滑向另一端，其真正要阐发的衷曲，反而失去依托。张恨水的水浒人物论排列顺序严格按照原著座次排列，而孟超笔下，人物排列顺序则大显其个人好恶，至于爱之欲其生、恶之欲其死的境地。白日鼠白胜是一个无事东游西逛的闲汉，孟超却以之居第三位，白胜武艺稀松平常，更无冲锋陷阵的勇猛，孟先生看上他的擅用药酒麻人，在将倒的一刹那，惯说"倒也倒也"，甚至白胜的游手好闲，孟先生也为之回护，认为是皇帝"领导"不好造成的。而那句"倒也倒也"最符合孟超痛苦的心态，倒也，等于是40年代社会最底层的小知识分子给当局的咒语，好比老舍笔下晚清的老头在茶馆说"大清朝快完了"，是一样的心曲。这也难怪，孟超心灵极度痛苦而无出路，不难理解。但就文章境界来说，不免大受影响。诗中高境首在沉郁，其次才是直截痛快，评论也如此。直截了当乃至跳踉搏跃，往往影响到文章的深度、力度。孟超对宋江的评论也跟历代文论家不同，跟同时文家也大异其趣，他居然认为宋江是同劳动者穷人打成一片的，这就太抬举宋某人了。孟先生的一厢情愿，竟说出令人吃惊的话来："宋江作乱造反的胚苗慢慢发展下去，便与梁山弟兄的胸襟得到了契合，这胚苗不是别的，就是他的作为和别人称赞的那个义字。"

这真是井水河水全不搭界的事都给扯到一块来了。其实金圣叹早就断言宋江"定考下下人物"，为什么呢？以其"奸猾""无真""纯用术数笼人"（见总评及各回评）。张恨水论宋江说得明白："观其人无文章经世之才，亦无拔木扛鼎之勇，而仅仅以小仁小惠施于杀人越货、江湖亡命之徒，以博得仗义疏财及时雨之名而已。何足道哉！"又说，"实欲反赵，犹口言忠义，以待招安欺众兄为己用，其罪不可胜诛矣。"

这种有如点穴般的文学评论才真正使人物面目原形毕露，无所遁逸。

牧惠先生则攥住宋江的真真假假，褪其画皮，直达内核，而牧老文心之细，细于毫发。既在前人基础上发挥，更敏锐抓住为人所忽略的细节，层层剥笋，多边荡开，创获颇多。他由宋江言行的真真假假，半真半假，亦真亦假，多处横起一峰竖起一峰，文情跌宕，由宋江的假与伪发挥道："宋朝的开国皇帝赵匡胤说，他是被部下硬把龙袍披在身上，不得不当皇帝的，谁信谁是白痴。"说得斩截亦甚精确。牧惠一支老辣灵惠之笔更由此上溯金圣叹所揭宋江之假，几十年前"评水浒"的学者之假，由小巫托出大巫，令人心惊。又由生辰纲案发一节带出宋江的公关费这个定义，且举重若轻，随笔写出历史上到今天的贿赂种类、形式，乃至以今日社会的荒唐现象，接洽宋江走皇帝姘头李师师后门。设若孟超、恨水先生有所闻，其颔之乎？

武松在小说中，在后世论师笔下，都是一个焦点人物。此三家所论，亦各见匠心。金圣叹对他极为崇拜，说是"一百八人中，定考武松上上。""鲁达自然是上上人物，写得心地厚实、体格阔大，想鲁达已是人中绝顶，若武松直是天神，有大段及不得处"（《读第五才子书法》）。金氏整部点评以武松为最高，已达极端尊崇拜倒地步。孟超《水泊梁山英雄谱》从天罡地煞一百零八人中，选评三十二人，以武松殿后，视之为土芥。孟超激于社会现实黑暗，又拿阶级分析的观点来契入，兜头就是一盆凉水，把一顶封建卫道士的帽子给武松戴上，认为他终究只是为封建势力做保卫工作，他身上所赋有的士大夫思想更为孟超先生蔑视，"因此伦理观念，奴才道德种种的邪恶，皆在武松身上表现了个周全"。

文学原型留给后人解说的余地至为广阔，不同的角度得出的观察真是其妙万有，各各异趣。但将原型一把扯住，来个首尾颠倒，到底也容易流于简单化。甚至武松打虎，孟先生也认为那"不过是为了滋味罢了，又何尝真能意识到为一方除害呢？"这实在就是站不住脚的求全责备了。这好比我们今天拿野生动物保护法来衡量武松或者以佛家舍身饲虎的标准来要求他，一样是责任太过，难以成立的。在孟超先生的眼里，武松一落千丈，只是"囿于奴才道德的斗宵之士而已"。

道德规范，抗争的手段及方法，都有时代性，任何时代的伟人，都不可能跳出其时代环境而生活在别处。立言之顷，空诸依傍，而能眼光辩证博大者，十不一二，甚矣著述之难也。

实际上，就算从激烈前卫的批判现实观点来评价水浒人物，也不必拿武松来做牺牲开刀。张恨水先生认为，超人之志，过人之才，惊人之事，一般人只有获取其中一种，而武松则兼此三者，可谓了无遗憾。真正与武松互为知己者，又不止感动于此三点——

"只觉得是一片血诚，一片天真，一片大义，唯其如此，则不知人间有猛虎，不知人间有劲敌，不知人间有奸夫淫妇，不知人间有杀人无血之权势，义所当为，即赴汤蹈火，有所不辞。天下有此等人，不仅在家能为孝子，在国能为良民，使读书必为真儒，使做官必为纯吏，嗟夫，奈之何！世不容此人，而驱之于水泊为盗也。"恨水先生为武松长叹，而惜之、爱之、敬之。

这样看来，武松不但不是斗宵之士，反而是一个光辉万古不灭的汉子。假如我们不愿尊他为天神，照着他闪光的凛然大义换算下来，可以在后世找到他的影子：在明末名臣中，他是义薄云天的史可法；在清末他很像敢作敢为的谭嗣同；在孙中山先生周围的党人领袖，他是立身周正的宋教仁；在现代知识分子中，他很像士大夫气质浓厚的傅雷，狷介自守，士可杀不可辱……

三家评水浒，在认识武松这个人方面，最可看出其着眼点，孟超有激使然，固如上述；张恨水先生也甚奇僻鲜明，他对武松推崇备至，其论述尤见匠心；孟超论武松，采用倒两分法，流于简单化，难以服人；张恨水一往情深，读之催人泪下。牧惠论武松则较客观，设身处地，体贴入微。若武松在张都监家大开杀戒，他定之为正当防卫，牧老由此提出恕道的辩证关系。"不少人总是提倡让愚民讲恕道，宽恕那些曾经压榨过、迫害过、诬陷过小民百姓的统治阶级帮凶，自己却不独一个也不饶恕，往往一桩冤案就杀害比武松在鸳鸯楼杀的多百倍千倍的反革命……"牧老这篇《武松的合理防卫》结尾就实例"费厄泼赖"，谓那十数年前重提此观念的人，时至今日不知何感？映照水浒原著，令人思致勃勃，其开人智识有如此。

张恨水先生在《水浒人物论赞》之外，尚有小品《一个无情的故事》，载1939年9月26日《新民报》副刊，以水浒人物组成内阁讽喻当时社情：

内阁总理：铁扇子宋清（标准饭桶）

内阁总长：潘金莲

外交总长：三寸钉武大

工商总长：西门庆

财政总长：鼓上蚤时迁（善走黑市）
教育总长：黑旋风李逵
陆军总长：小霸王周通（善挨揍）
海军总长：白日鼠白胜（耗子浮水是新闻）
……

此外别无议论，真可谓不着一字尽得风流，有羚羊挂角之妙。恨水先生不愧为文章巨子，叫人油然忆及鲁迅的讽刺诗"何键将军操刀管教育"，及日军侵华时中国军阀的"长腿"，善逃跑善挨揍的将军们。他对白胜的认识显然比孟超一味的歌颂棋高一着，而影响社会的力量也更远甚之。此文发表不久，张恨水办公室军统特务悄然而至，似乎很客气地问他是否有兴趣到息烽集中营休息休息，即可侧面证明文章的打击力度。牧惠《鼓上蚤另有任用》和张恨水有类同的笔致，只是更为恣肆罢了。

聂绀弩先生回忆，孟超先生在1940年代，给人的印象是消瘦无比，但干劲十足；再者就是穷愁潦倒，一大家人常常无米下锅。不少下层知识分子遭际之惨，古今一律，至今谈者鼻酸。孟超为现实黑暗所激，日夜切齿腐心，痛恶不已。遂在《水泊梁山英雄谱》中，寄托他的忧愤，对政治不公，社会不合理，就连续发弹。但仿佛易怒之人易发抖一样，他压住扳机不停地横扫，往往弹多虚发，偏离把心不少。只是说，孟超有个基本立脚点，迫不及待改造社会，处处表现他的冲锋精神；发挥与原著错位，终究其论可商，其心可谅了。如谓"现实世界的靠背究竟比失时失色的铁券来得有势力得多"（论柴进），"七尺昂藏的林冲，莽莽天涯，孑然一身，有国难处，今去（发配）沧州，一语一泪，使人不堪卒听，更可见在高太尉集团的势力下，要想安居乐业，一起都不可能"（论林冲），都是毫不含糊、绝有眼光的拙见。至于白胜以一平凡老百姓而有反抗之心，他的游手好闲不但可以忽略不计，作者反而"我顶礼他，我向他祝福"，以及论花荣，"世代簪缨，自难与下层老百姓心意打成一片，也不会替他们说话"，俱似落入武断之障。洪秀全是个地道老百姓，他和他们打成一片了吗？为他们说话了吗？反而，晚清革命烈士的履历，"多数是留日学生和显贵世族的子弟"（《辛亥革命回忆录》136页，熊克武著，1961年中华书局版）。所以是否替老百姓说话，似应从人性人心观之，以阶级论反不中的。孟超先生长已矣，设若他地下有知，看到牧惠的《杀牛二是帮统治阶级的忙？》，不知他是懊悔还是痛切？或者再看《一九八四》那样的奇书，恐怕他的《英雄谱》一半要改写了。屠沽操刀以宰国政，衣冠涂炭，文物榛莽，其害难数，孟超并未看到这一点。

张恨水先生的文笔，低回缭绕，顿挫沉郁，千变万化之中，有忠厚，有沉痛，有感慨，而其意在笔先，颇多弦外之音，臻于沉郁之化境。诗之高格，亦在沉郁，恨水先生是以诗为文了。而他的分析，亦就人性复杂的广阔地带中展开，完全避免左翼作家人物论断二分法那种一览无余卡通化的毛病。全书用浅近文言写成，保持发扬了中文原有的特性与美质，雅洁精练，颇饶弹性。语言活跃正是思想活跃的表征，他凭着《水浒》文本，以其惊人观察，剖析出人性经验的真相。其所拈出官僚子弟堕落之由（《高衙内》），承认白胜"盗亦有道"（《白胜》），论李逵则许以天真烂漫四字，以为庶几无愧（《李逵》），论西门庆则侧笔写出《水浒传》之为愤书的实质，剖析宋朝廷的失败之症，谓在朝廷有蔡京、高俅之流作恶，在市井有郑屠、西门庆之徒横行，在农村有毛太公、殷天锡之类跋扈，"几何而不令人上梁山哉？"（《西门庆》）论潘金莲之淫恶，则认为一半由天性使然，亦承认一半由环境逼促，更论女色、婚姻、欲望对人心的傀儡般支配，直发人之所未发。思考随机融化古今人事，笔触有力而意象层现，字句间处处敲着响亮的警钟。文笔有举重若轻之美，却全无避重就轻之感，以其分析处处顾及人性震荡的自然法则。

牧惠先生是杂文大家，本来他的杂文写得开阖自如，娴熟已极，这本《歪批水浒》更是纵横妙境，游刃有余。其文章极尽曲折之妙，叫人确信，八股有法文章无法的铁则。他的《歪批水浒》一书，精力饱满，放出异彩，如满庭春花，奇花异卉，各不相模。牧老半生革命，在广东从事游击战；半生著述，力作迭出。其间受极"左"路线迫害，搁笔十数年。他多年精研古典小说艺术思想，有牵一发浑身皆动之妙。尤其关于被辱最甚的知识分子命运考索，更有自己的独立思想熔铸其间。而那些念念不忘给人洗脑的惯家，所深惧者，正是思想的伟力。他就阮小五的《打鱼》诗"酷吏赃官都杀尽"，拈出贪官污吏与皇帝的关系，澄清人们历来模糊的认识。根据水泊梁山一场游击战，引发强盗不可白做的讨论，得出官与贼、强盗三位一体的结论，看似在纠正金圣叹是书生之见，实则在给众生燃思想之灯。《斗虎易，斗人难》《王伦有王伦的理》《小心王婆洗脚水》……均正推反推，头绪多多而思绪纷纭，每每搔着社会人生的痒处，尤其对弥漫世间的荒谬症候，天罗地网的压力经验，随处有敏锐痛切的反弹。其标一义，创一例如，下笔放眼，渊然有若干观念现象流布眼前，宏识孤怀，饶有寄托。至如论王婆："王婆不愧是位惯家，每逢读到她边用手把砒霜捻成细末，边教潘金莲有关下毒的种种知识时，直觉得她就站在书上，手中捻着砒霜。"其生动、有力，富于感性，在当世文艺评论中难得一见，《歪批水浒》中，却所在多有。至于他的笔法，可借国术醉拳之醉，谓之醉笔，来释歪批的"歪"字，烘云托月，精妙反讽，最能传神阿睹。总之，其运笔之奇，联想之丰，洵为评论文中能极其妙而神其技者。

三位作家各有所长，随手一挥，皆成妙谛。其中，牧惠之作晚出四十年以上，张恨水未及见，孟超所未尝言的社会情状，被他一一纳入笔端，从容迤逦写出。其作亦犀利，亦蕴藉，大有寄托，读之使人神往。

"外来语"古已有之绝非外来

青年作家石映照先生的畅销书《读小说，写小说》第三章谈小说的语言，有所谓"汉语的灾难"一节。其中说：

> 有一个很残酷的事实是我们不能回避的，那就是我们现代汉语中有着大量的外来语，主要是日语，据王彬彬、雷颐等人的统计，现代汉语中的日语词汇数量惊人，特别是今天使用的社会和人文科学方面的名词、术语有70%是从日本输入的，比如吧：服务、组织、纪律、政治、革命、政府、党、方针、政策、申请、解决、理论、哲学、原则、经济、科学、商业、干部、健康、社会主义、资本主义、法律、封建、共和、美学、文学、美术、抽象、电话、个人、民族、宗教、技术、哲学、民主、进化、俱乐部、形而上学、文据……

石先生更引他人的论断，表示赞成："王彬彬说，离开了日语'外来语'，我们今天几乎无法说话。"

此说振振有词，实为想当然，可谓见风即雨，洵属不审之至。因为这些词汇老早在中国的典籍中就已创建使用，绝非阁下言之凿凿的什么"外来语"；并且往往古义和今义差别不大，或者说古义仍在，日本人只是从中攫取，普遍用于新写的、翻译的社科著作中，广其义，扩其容，增其度，使之面目转进，或者赋予表达的需要而已。

近代以来，日本译书成风，译量极大，它需要很多词汇来衔接兜承西来的思潮、学说，于是一头栽到中国古籍里面搜寻，果然武库丰赡，有很多足供借鉴的资源，有很多足堪借用的内容。于是出现大量词汇的翻新、增容，而那些书籍热络惹眼，纸贵一时，观者为其学说所眩惑，以为这些词汇都是日本人的发明创造，殊不知其真正来源，还在中国的古籍里头。

中国古人的心思、头脑、智慧，凝结成词汇、文章，日本著作者嗅觉灵敏，纷纷取为己用，导致今天作家惊叹"我们现代汉语中有着大量的外来语，主要是日语"，并以为它们"是从日本输入的"，这就不是一个"很残酷的事实"，而是一个很残酷的笑话了。

您说，离开了日语"外来语"，我们今天几乎无法说话。而日本学者会说，离开了中国古籍，他们无法说话呢，或者换一说法，离开了中国古籍，日本著作几乎无从着笔呢！

王云五先生拈出众多所谓新名词，考出其来源，证明其在中国历朝古籍之中，屡屡见之，并不足奇。人们疏离古书，突于日本书籍上见其回流，颇觉陌生，云五先生说："在未尝多读古籍者视之，则视若著作家或政治家之杜撰……似此数典而忘祖，殊非尊重国粹之道……在这许多名词中，有一部分为现代事物的代表，由此可以概见我国古代的发明与发现，由此也可以想见古代中外之交通与人类之殊途而同归……"（《王云五论学文选·新名词溯源》）

云五先生分商业、政治、艺术、教育、哲学、社会、历史、科学等十数类，详细罗列了三百余个新名词，明确指出其来源，较著者有："文部"盖即"吏部"之意，见于《旧唐书·百官志》，"浪人"见于柳宗元《李赤传》，"意识"见《北齐书》，"实体""演绎"见《中庸》，"阶级"见《后汉书·边让传》，"代表"见徐伯彦文，"同志"见《后汉书·班超传》，"经济"见《文中子·礼乐》，"政治"见《书经·毕命》，"总统"见《汉书·百官志》，"民主"见孙楚文，"政府"见《宋史·欧阳修传》,"民法"见《书经》,"公法"见《尹文子》,"契约"见《魏书》,"条约"见《唐书·南蛮南诏传》,"主义"见《史记·太史公自序》,"计划"见《汉书·陈平世家》,"建设"见《礼记》,"时髦"见《后汉书》,"幽默"见《楚辞》……其他诸如"艺术""共和""著作""拥护""纪律""世纪""卫生""处方""师范""牧师""天使""专利"……众多新名词,在并不生僻的古籍里头所在多有。

中国古籍词汇的词源学历史发展脉络,浩荡犹如大江,支流无数;日本译述者的翻新只是在下游支流增添一些水量而已。中国多量、丰盛的词汇,表意广泛深远,自有其词源学词族构成的内在规律,这些词汇诞生、形成以来,即在中国历朝历代文字中反复断续出现,词义有所修葺增进,葆有内在生命活力,并非昙花一现,专等日本译述者前来发掘。

近代以还,中国社会屡经板荡,文化遭受毁灭性的破裂,几沦澌灭之境。我们的文化记忆,菲薄得像阳光下的草上晨霜,守成很不像样,求新又欠积极,于是出现惊呼"外来语"这样的滑稽判断,这表明今人在保存和刷新民族语言方面,论力道则弱不禁风,论视野则老眼昏花。我们端的是愧对古人!古人创造的文章词汇,存储凝结着前人的思想意识、生命图景以及经验智慧,它们是长期昏暗年代里,闪烁明灭的点点烛光,它对后人的文化记忆,起着坚实而微妙的搭救作用。日本人因政改维新,提早绍介西学,充量求助于中国古籍,有其聪明之一面,但不能因其善于挖掘搜觅,借用改用,而冠其发明权创造权。国人忘却源头所在,莫名惊诧,不免令识者与后人惊诧莫名了。

文章无味甚于黄瓜

读那些大打哈欠的文章，大有堕入文字业障之感。仿佛置身巨洋，而无丝毫援手之可能，情绪终在绝望中不能自拔。这种可憎文章数量之多，每日联翩招摇于各类传媒，避都避不开。如谓："听他的话，在密雨斜风的深夜里，我望着阴沉的天空，为第一线的人祈祷。"以下仍每一句无间隔密集着"……的世界……的事……的奇迹……的现象……的传统……的力量……"（以上并非排比句）

又如："自由是人们长期追求的，自由总是与风险联在一起的。自由就意味着个人选择，有时这种选择也是痛苦的，因为未来是不确定的。"（以下以篇幅所限不能俱引）

一个"的"在句腹，像是中医所说的噎塞不通之症；一个"的"在句尾，像云南人说的是憨包说话。同样"的的"不休，叫人好生不耐！还有被动语态，也是众写家下笔不能自禁者，"所伐之木积满山坡"要写成"山坡被那些被砍下来的木材堆满"，"风暴困住我们了"要写成"我们被恶劣的气候困住了"。另如"被认为……被当作……被受到奖励……"等充斥报章文句。文章发表出来，昭彰在人耳目，说重一点，生产大量这样的文字，其作者可谓毫无心肝。

作家创作，也包括广义的文化写作，应以个别代替一般，此为表现力之要素，忽略不得。然而看看铺天盖地的传媒，不知有多少蹩脚者在那里故作解人，下笔汗浸，结果，是拙劣成为常态。

其表现乃是瘫软无骨，四平八稳，既不能时时激起漂亮的浪花，更难以形成思想之冲击。其所造成，乃以懒思考、不读书、无追求、乏情趣之状态盘踞心胸。而形式与内容本是一物之两面，一看文章的样貌，他能生产出怎样的"思想"来，也就可知。然而这些下笔不休者，且又往往以思想专家、文化学者面目出现，其人由少而壮，自壮而老，一辈子都在一成不变中生产这种定型产品，他们就这样安步当车，仿佛修得正果，通篇一贯，板结不化，尽是呆相死相，简直看不到活人捉笔的迹象！

词汇贫乏到蕞尔之微，句法又如此疲沓不振，加上他们那庸常的思想，懒散的头脑，传统中文的大气活泼、充实凝练，也就给糟蹋到了极端，其乐此不疲而码字洋洋成篇者，也竟称为文章，每天大量出现于报端，在得过且过中，潜移默化蚕食国人精神，也在一种消极推进的同时得以完成。其戕伤国文元气，真是罪无可赦。

正像宋代诗文整体不如前代，乃以文治武功大逊之故，今日文章之庸俗无力，面目可憎，也同寡情卑下的世风相关，两者正是孪生般的亲戚，即今偶有一二才智之士，不愿为此常格所限，然其辉光，也转眼淹没于浩浩无际的死水文字里面了。

清末民初那种浅显文言，或文白融会得当而成佳偶的文章，往往能得传统中文的神妙之处，大开大阖，收放由心，如巨匠之运斤；而章法谨严，隶事精切传神，若邵飘萍、黄远庸的时评、报道，孙中山之大量演辞及论文……化得古人神髓，值得反复玩味。20年以前，掰开一根黄瓜来，小孩咬上一口，清香注满整个院子；今日则掰断整筐黄瓜也是白搭，食之无味，弃之可惜，叫人气馁；化肥破坏土壤、农作物，导致其质量下降之速度可惊可叹。心灵出品也若此，旧时文章其味深永，著者往往煞费苦心；今则纸腐墨朽，文字无灵而至人物无良，滑落之速，不啻"骏马下注千丈坡"也，文字惨况，实更有甚于黄瓜者，说来有太多令人愧对前人之处！

闻芬芳　寻旧径

语文水准多年连续下滑，人文境界疲沓不振，导致民族文化气质黯然失色。百年干戈相寻，乱世国运衰微，文化受连累，造成永久性内伤。迁延至今，大学文科博士写不成一张像样便条，已非鲜见、罕见，指摘者甚众。文章无家可归，文字著译面目可憎，于人心、社会、文化建设略无益处，此又不特社会底层语文水准可虞，即在号称知识分子的庞大人群中，也是学风薄弱、文风恶劣；其笔下文字，不像活人运笔，倒像塑料模具在卖弄。这种文化的悲哀已令有识之士痛心疾首，吁求改进，曾见全国人大常委会副委员长许嘉璐先生呼吁改进文史教学，夯实国学底子，真明眼人也。他认为，多年极"左"政治运动导致文化断层，教训惨痛，学生对汉字的敏感甚至远逊日本、中国台湾。他建议以古诗文名篇为先导，拓开回溯国学的管道，"历代诗文汪洋大海中的珍品，都是人生哲理、中国魂，字不虚设，一篇顶若干篇。"（详见《人民日报》2000年2月25日）此痛切之言，亦见道之言也。

身处现代，必不容我辈与古人等视，也决不可能倒行复古，但引进西学，仍应以强厚国学素养为背景、基础，方可真正融会贯通，成为我文化血脉中新生、自然之一部分。否则如重危病人猛而进补，药性与体能不合，性质歧出，其不斫丧本元命脉者，未之有也。哈耶克，大经济学家也，近年其著述大量译介进入中国，可惜几种译本俱不理想，通篇充斥这样的恶性欧化译文:"在一个社会将消灭贫困和保障最低限度的福利视作自身职责的事态,与一个社会认为自己有权确定每个人之公正地位并向其分配它所认定的个人应得之物的事态之间,实在存在着天壤之别。"整部译文如此夹缠梗阻,噎塞不通,句义不明,文义模糊,负面效应大于正面意义,有何裨益?费力看到头涨,昏昏然不知所谓,失却迻译的意义,不如不译。就算商务印书馆汉译名著丛书,该算顶尖的译著了罢,读来也大多似是而非。其实近年西书译本,多有民国时期的旧译,我们何不回头寻宝呢?如穆勒(一译密尔)的《论自由》,就早有严复及马君武先生的两种旧译,译笔灵动劲丽,妥帖传神,且极富游刃有余的从容,译述作者原意,真是登堂入室,把臂入林,全无隔膜。如此则于他人思想的绍介,不负拿来主义的大旨,何似今人重三倒四,捉襟见肘,各种著译,厚似砖头,绕来绕去,如入无趣之迷宫,雾水满头,不知所云,此不特浪费资源,且是扼杀生命。可悲者,恶劣的商业文体已泛滥于媒介,迁入学术文体,触目皆是这样的文句:"没有比知道我们怎么努力也不能使情况改变这件事更使一个人的处境变得令人难以忍受了,即使我们从来没有精神上的力量去做出必要的牺牲,但也要知道这一点,即只要我们努力奋斗就能够摆脱这种处境,就会使许多令人难以忍受的处境成为可以容忍的了。"(《通往奴役之路》中译本)蹩脚拗口,生搬硬套,一至于此。细揣其意,不过是说——费尽移山心力而处境仍旧,悲莫逾乎此者。就算心血付出尚少,但是,倘若坚信发愤可改善窘状,则逆境也未始不能容忍。

笔者如此加以改译,两者比较,是否清通明晰、文义显豁易领会,要胜乎原译的啰唆夹缠呢?

香港中文大学教授金圣华先生对"译文体"的危害忧心忡忡,他认为这种劣败文风竟得流行,不中不西,非驴非马,佶屈聱牙,从社会生活文字浸入学术文化殿堂,为时已久,文化人长年累月接触之,早已是非不分,美丑难辨了。

语文的样貌看似并不直接作用于民生经济,但它却涉及一个民族的灵魂。有其根本的重要性在。阅旧报得知，俄国总统普京甫一上台，即对民族语文畸变现象葆有绝深体认和警觉。他认为"外部世界汹涌而入，给普希金、托尔斯泰和契诃夫的母语带来了由商业行话、广告歌曲、计算机术语及外国电影俚语组成的不和谐音"（《参考消息》2000年4月1日），因此，他下令成立俄语委员会，由45位人文专家组成，任务是"清除俄语中歪曲词义、胡乱生造新词及愚蠢的外来词源源不断的现象，来扶正俄罗斯民族的脊梁，建立民族自豪感"（《参考消息》2000年4月1日）。普京乃出身克格勃系统的资深间谍，不料这个总统还真是要得！挽既衰之人文，何殊风雨鸡鸣。其对母语语文如此一往情深，令人大有"我见犹怜，何况老奴"之慨，他的文学祖宗普氏、托翁、契诃夫等地下有知，也当颔首、拊掌莞尔！而中国文化传统较之俄国历史更其深郁、灿烂、源远流长，然而，国文传统芬芳之飘零销歇，流逝之速，败落之甚，也委实令人震恐。古人视语文为灵物，乃因语言文字之内核有一种神异的附着力，今人舍此，无异舍本。是以整理国故，潜心国粹，正堪慰积年之饥渴，力挽当代人文之干涸。注入生机，抢救沉疴，于国学丰厚遗产之古茂渊懿，金刚智慧，实深利赖之。

艺文翻译：趣味及选择

（一）

叶圣陶赞扬吕叔湘译笔的纯美，"一方面保持原作者的美质，一方面融化为我国的语言"。原著的意趣、质地，那是原作者的功劳，而本国文字即母语的感知，则是翻译者的贡献。

苏东坡说，论画以形似，见与儿童邻；作诗必此诗，定知非诗人——文学翻译，也应参透此间的深意。

自林纾以来，伍光建、戈宝权、韩侍桁、傅雷、曹靖华、朱生豪、汝龙、王平陵……他们的译文是可以放心出门、又能坦然回家的高手，有的更臻于化境，就算有阅读外文的能力，而读他们的译文，都是一种上佳的享受。

（二）

民国初年，出现很多有趣的译名，在严复的学生周越然的笔下，夜莺nightingale译为耐听哥儿，休闲约会assignation译为安息耐性，淫乱dissipate译为的系败德，Lavrille译为懒无力。发音的音节套印语义，当时好多人有此习惯和兴趣。周越然说他的老师严复的译文"读起来好像是创作,总觉得容易懂些",实在很有他的道理。

英文天使一词Angel,早期译作安吉儿,后又作安琪儿,很有亲切的画面感。

Inspiration今译灵感,原意是指风吹动帆船之帆,促船前行,有一种默示的意思在里头,出乎自然,得来全不费力。灵感当然是最佳的翻译,还有译作神泉的,民国初年译作烟士披里纯,很有小众化、象牙塔的意思,好像一幅烟雾围绕的绅士在寻求神示的画面。

烟草在明代传入中国时,被当成治病的药草看待。原文是西班牙语tobaco,在中国早期译作淡巴菰,或淡巴姑。清代王士禛《香祖笔记》谓:"吕宋国所产烟草,本名淡巴菰,又名金丝熏。"

（三）

外国人将中文译为外文,颇多笑话,最著者,乃是将歇后语"和尚打伞,无法无天",译为:一个打着破伞云游四方的孤僧。本来原文是形容某种叛逆性格,是一句古传的熟语,结果译文仿佛很有诗意、很有哲学意趣,其实全不沾边,真可谓离题万里。译笔支绌如此巨大,殊堪惊诧。

（四）

Men in the olden times used to say,早年看到这个短语,颇感兴趣,写以示人,那些号称英文过多少级的人,翻译出来真是五花八门,有谓旧时代的人们说的,有谓先前的男人总是说,甚至有译为老男人曾经这么说的……不一而足。丁亥年盛夏,在四川眉山开会,得遇德国波鸿鲁尔大学中文系主任、汉学家冯铁先生,会间闲聊,将此句写以示之,他思索俄顷,脱口而出:"古人云。"这确是一字不易的妙译。他的英文基础雄厚，而中文修养亦甚到位，两者合成他的优势，中西打通，绝无捉襟见肘的窘态。

（五）

意大利名城佛罗伦萨，当年在徐志摩笔下译为翡冷翠，试快读一过，音节都是相仿佛的，但徐译却有一种诗人特别的会心和感悟在里头。诗意兼具画意，也是音义相协的佳译。

英国大诗人艾略特，在钱锺书先生《围城》里头译作爱利恶德，快读一过，音节极相似，但小说中是为了匹配人物性格的需要，半开玩笑的翻译，音义重合巧不可阶，收到特殊效果。

（六）

苏曼殊以为，英吉利与华语音义并同者甚众，他举出不少例子。

其中也很见曼殊先生的妙趣和巧思，但如果说先天的不谋而合，则不免牵强。事实上是他竭力以音义相同的字汇去贴近原词：fee——费，sue——诉，tow——拖，reason——理性，season——时辰，book——簿，mead——蜜，nod——诺，pay——赔，pee——皮……（见1991年影印版《苏曼殊文集》）其中既有名物，也有意识形态的概念词汇，亏他慧心寻觅，一一对号入座，居然也颇说得过去。

（七）

日本人名字，因受中国古典文化熏染灌溉，像是咏物诗中的截句，画意深处，仿佛一首浓缩的短诗，譬如松尾芭蕉、川端康成、井上红梅、森鸥外、小林一茶、井原西鹤……至于其军国打手如松井石根、梅津美治郎、重光葵之辈，名字诗意盎然，让人想起松间沙路净无泥，古渡春深，重彩的油画等美妙的画面境界，但他们辜负了这样至美的汉字，走到相反的嗜杀的极端。

（八）

明清时期中国和外国交通往还渐频，但直到清末民初，才将外国国名美化，所采用的都是气象高华的字眼，譬如，英吉利、美利坚、瑞士、瑞典、意大利、法兰西、德意志、芬兰、挪威……语词选择寓意深远、用意至诚。而在晚清时节，瑞典作绥林，挪威作那威，丹麦作领墨，芬兰作分兰，瑞士作绥沙兰，德国作普鲁社、热尔玛尼亚、日耳曼，意大利作意大里亚，又作伊大里，奥地利译作奥地里加，都是不统一的音译。

在林则徐时代英国已译作英吉利，或英伦，智利已作智利，美国作育奈士迭国，或作弥利坚国，又作美里哥。

这些是在头脑明敏的知识分子笔下，而在清朝廷，夷狄观念深重，头脑深度封闭，眼界严重模糊，晚清专制者对列强的态度是从疑忌自大转向依赖畏恐，对外国国名翻译也随之而变。早期，列强的国名或加反犬旁，或加口字旁，如咪夷，哎夷。

（九）

国际汉学大家史景迁，他的中国研究系列，如《天国之子和他的世俗王朝》《追寻现代中国》……写法上别具一格，寓判断于叙事之中，以讲故事的笔触从容推进他的观察和心得，仿佛将史事重现于纸上。此种特别的叙事方式将其与他人区分开来。关于历史和文化的解释，关于文化背后的历史必然，都循循善诱地附着其中，成就斐然。国内一家出版社将其研究系列十数部陆续翻译推出，本来这是好事。然而可叹的是这些译本大多牵强支离，文气断裂；拼凑之痕，每不可掩。中文在这些译者搬弄之下，就是不听使唤。本来很有价值、叙述尤见创辟的历史著作，因为译本的关系，失色不少。这和《通往奴役之路》《重申自由》那一套西方现代思想译丛一样，都是将上等好米，煮成了夹生干饭。一系列难以下咽的"成品"，留下无法弥补的遗憾。

史景迁的《王氏之死》研究清代前期社会底层卑微小人物命运，引用不少县志之类资料。这些资料在往回翻译时，因县志大多无标点，需译者代劳，结果就出现不伦不类的断句："大兵破城，屠之官长。俱杀绅士、吏民，十去七八。城之内外，共杀数万余人。"实则就算断句能力柔弱，也可根据逻辑关系判断，显然应是："大兵破城屠之，官长俱杀。绅士、吏民，十去七八……"

这部译文，因译者中文生硬支离，而没有丝毫行家里手的圆融，尤其by、must等词汇的照章翻译，逐字逐词的死译，使得句子毫无弹性，疲弱不振，读之头涨不已，造成一种破坏性的被动语势，和传统中文的优势背道而驰。在审美一端，更是大打折扣，既难臻雅致高华，也远离明白通畅。

译文水准之我观

外国文学的出版看似争奇斗艳，书架上也是花花绿绿，缭乱人眼，不知者，颇为其所吓倒。其实，据许钧教授指出，今之译文出版市场，旧译本中稍有价值者，几乎无一幸免被剽窃、抄袭或假冒。鼠窃狗偷者有之，公然抄袭者有之，非法盗印有之。本来属文化积累、借鉴交流之大事，反而弄得邋邋遢遢，硬拼乱凑，浊流横溢，究算甚事。

除去抄袭与假冒，尚有一个不堪的问题即是所谓重译。《红与黑》新译本竟达八成以上。然而，除了哄取懵懂读者的阿堵物以外，其译文风格，推陈出新是完全谈不上的。有时，我们会很厌烦某些备受推崇的世界名著，原因就出在译本那里。

这就涉及译文的质量问题。老一代译家，若严复、林纾、鲁迅、周作人、包天笑、郑振铎、周瘦鹃、周桂笙、伍光建、梁实秋、朱生豪，以及稍后的傅雷、汝龙，他们的译文，或善性欧化或半欧化，或典雅，或浪漫，或稳妥，或轻健，把今人早丢到茅厕里的旧文典，如盐化水般浑然无迹地插在译文里用，真实、雅驯之外，其译文尚不时有"撒野"的功力，游刃有余，占尽风流。读者除了叹服以外，更觉得无尽的熨帖、俏皮、激赏。如今看这些旧译本，也就是鲁殿灵光了。说一句无奈的话，自老一代千秋万岁后，恐怕是"广陵散绝"了！

今日之译本，即便是那些略微像样的，也还是笔下揪扯不清。因为所谓青年翻译家，对外文虽号称精通，不过是长于口语及日用会话。翻译起文学作品来，仍然和词典辗转纠缠。至于其中文水平，更是一知半解，词汇既贫乏到蕞尔之微，译文组成句子，简直毫无感觉。人家本来精彩的原文，被他拆得七零八落。通篇给人的印象是在没话找话，扯谈、梦呓；逻辑思想，前后歧出。看到头涨，也还是不得要领。绕来绕去，中文在他笔下就是不听话。如谓"那些绘画作品即使在它们并没有诱惑我们去进行那种产生众多夭折的怪物的崇高努力时，也是非常令人愉快的"，"于是受了她的牺牲品的欺骗的生活就没管他们而继续跌跌绊绊地往前走了"（摘自《伍尔芙随笔集》，海天出版社）。其夹缠、臃肿、平庸，起伍尔芙于地下问之，她不痛恨中文才怪呢——假使她以为所有的中文都如此面目可憎的话。而比这丑陋十倍的译文在种种新译本中俯拾即是。新译初起，观者心动，冀盼比梁实秋更梁实秋，比朱生豪更朱生豪的译家出现，今新译已成泛滥之势，却只有出版界有识之士急呼打假！

近代名宿汪康年的朋友陈寿彭给他写信谈译本："中国文理果佳者，弟愿为之总校。亦不患其所译之附会荒谬，非然者，虽译出为中国字，其文理与西方相去无几，校无可校，改之与重译同。岂不更多一赘疣哉。"（《汪康年师友书札》第2030页）他们那一代智识者，特别注重区分中国文理的佳胜与窳败。若下笔佶屈聱牙，或茫然无理董，如老米煮饭，捏不成团，皆为其所深恶而不取。可以说，重译就是比文笔灵气，因为原著不变，思想、内容已成事实摆在那里，无须词费。19世纪中叶上海墨海书馆的传教士尝拟庞大计划，誓将圣经新旧约全书译为平实流畅的中文。虽然他们的口语水平甚至不低于中国人，但事行未几，即感捉襟见肘，不得已，求助于名作家王韬，欲借重他深厚的国学功底。王韬看了他们"拘文牵义"的中文，说是"即使仲尼复生，亦不能加以笔削"（《韬园尺牍》卷二）。恐怕只有美化的文行，才能真正把深异的思想恰如其分地传达出来。

没有翻译的经验，不知母语之可贵。而新译家率尔操觚，却全不知珍重母语。实则语言洵为最基本的文化现象，译者的文化积累越丰厚，其笔下文字也就更耐咀嚼。今人之语言在前人基础上形成，可谓无一字无来历，靠字典词典帮忙，拿口水话来糊弄读者，那只能是永远站在文学情境之外的门外汉。

印象式结论的可疑

老作家某,前数年以饮酒过量故去,其人善谈论,作品淡远,率意而为,文体独创,人多称颂。其散文辄忆旧,记各地民俗,多印象式结论,论者盛赞之。

也正因为随意,各种印象式结论信手写来,读者屡见,久之不禁生疑,如谓:川剧文学性高,像"月明如水浸楼台"这样的唱词在别的剧种里是找不出来的(《草花集》,成都出版社,第11页)。实则川剧在地方戏里,其独特处在于戏台上之特殊技法,若谓文学性,则远逊于昆曲。所举唱词,在别的剧种若越剧、粤剧中也不难找到。

又如同书135页写四川女孩跟养蜂人私奔,即艳称为农村式的浪漫主义,又说:"四川女孩做事往往很洒脱,想咋就咋个,不像北方女孩子有那么多考虑。"

更多别处的作家,文中屡见称誉彼处女孩,辄谓不像南方女孩子那样优柔寡断。自说自话,不知信谁,思之可发一笑。这样信口道来的"见解"让人吃惊。

看到这样的文字和"结论",我总想起今之相声家,每到一地演出,段子前面,总把该地人物风俗恭维一番,极言他处所不及,信口道来,讨个口彩,原来却并不较真的。

一般说来,极肯定之判断应加以限制词,否则极易失却判断的意义,说绝对话，因为焦点集中在一处，往往需先顾及被排斥的种种。

钱锺书先生《管锥编》中之绝对判断尝多有之。如论陶渊明《闲情赋》名句："瞬美目之流眄，含言笑而不分。""谓流眄之时，口无言而目有言，唇未嘻而目已笑……陶潜以前，未见有此刻画。"这后面寥寥十字的结论，真是铁板钉钉子一样，结结实实，稳如泰岱，然而当中就不知消耗多少汗水、眼力、精神，因为非把陶渊明以前历代所有古籍看完，不能作此结论。即此不难领略什么是渊深的功力。又见张恨水先生20世纪40年代游西北的长篇散文《西游小记》，文中多有西北山水人物特殊点，即绝无仅有处，或他所罕见者，也用商量的口吻写出，绝弃一锤定音，反而显出他的大度、虚心、稳重，信是文章高手所为。

太随意的绝对话，还是少说一点好，否则适见己身学力穷乏之状而已，被判断物若有灵，亦必为之哂笑不休。

语文忧思小札

（一）

曹聚仁先生一生的书话、文论、史论达四千万字，皇皇大哉！可惊的是，这些文字皆当成作品来写，此不特于知识的增进有大功焉，即当成文学来欣赏，也有浓酽至味。其笔下文字，似不动声色，实得传统中文熏染至重。如谓："这几天，我只要有些闲暇，便把王长宝女士的遗著《欧氛随侍记》看了下去。长宝，她是王景歧先生的长女。景歧先生，他大概和国民党元老李石曾、蔡元培诸氏关系颇深，但他任上海劳动大学校长时，给我的印象是庸碌无能。"（见《书林又话》）这段话，若在当今译文体惯家笔下，在中青年学人笔下，必是："著有《欧氛随侍记》的王长宝女士是与国民党元老李石曾、蔡元培诸氏关系大概颇深而其任上海劳动大学校长时给我的印象是庸碌无能的王景歧先生的长女，这些天只要我有闲暇的时候就把她的那本著作来研读一番。"

前者是链式结构，咬合紧密，而其开合断续，能跌能起，又有相当的知性空间和领悟空间；后者是烟灰结构，看似长而紧，一弹即断毁，名副其实的死于句下。

（二）

　　传统中文遣词造句用心深郁而得天趣，跌宕起伏，断续逶迤，极饶天籁自然之势。当今社会小脚没有了，小脚式的商业文体却大面积浸延，陈陈相因，极为可厌，形体畸变，在今之知识界著述界似已无法收拾。香港中文大学教授金圣华先生对此译文体、商业体深恶痛绝，引余光中先生语，谓译文乃一种"英文没有学好，中文却学坏了的文体"。金先生举商业文体之一显例："宾馆住客须知：在浓烟中逃生时，为避免吸入有害气体，请尽量采取低姿态逃离。"英文原为"Keep as low to the floor as possible to avoid smoke inhalation."金先生认为，用地道中文来说，就"俯身而行，以避浓烟"足以概之。

　　商业体、译文体中文，看似逻辑性强，实则貌似精确而已，结果是，新名词、新句法、新表述往往化简为繁，语多冗赘，对实质内容的表达，不见增益，既无济于实用，也难供欣赏，其下焉者不中不西，似通非通，佶屈聱牙，责以修辞立其诚基本之旨，已勉强不得，于思想文化，适成天敌。大道久丧，情欲日滋，文体亦如世风，丑不忍睹。

（三）

　　传统中文如长河、巨瀑、清溪，活力溢满，生机充沛，与大自然万籁同心同形，活泼、明慧而有生气，其句式灵动富有弹性，语法对称，措辞简洁妥帖，数千年以贯，虽小有歧出，究其大端终为生命力旺沛的浩浩活水，其间智慧郁积，璀璨瑰丽；运用之妙，辄令人涵泳不尽；今之商业文体、译文体则"形而上学猖獗"，舍良性循环之本家不认，反而"富在深山有远亲"，去套用英语句式，攀亲的结果是邯郸学步，适得其偏其弊，看似准确、精密，实则恰成古之小脚，裹了一层又一层，晦涩夹缠，枯燥乏味，死气沉沉，匍匐僵卧难以洒脱而行，其不造成步履蹒跚者，未之见也。

解放小脚，净化文化学术文风，原有我中华文化数千年良性传统，背景深郁家底雄厚，怕只怕自以为是的学人文士，已不认得家门了！苏步青先生曾说："如果允许复旦大学单独招生，我主张先考语文，语文不及格，其他就不必考了。"看似恋"家"，委实绝非流连光景之语；语浅情深，当中自有沉痛的心曲，亦古人关乎时之盛衰之遗调。

（四）

民国时期的报人、作家、大中学教师，那一代文化人真的很出色，观今之文风，怕真要道个后无来者了。时运圈人，世风毁人。文化人则粗俗无文，精神产品则别扭假斯文，几十年方过去，文采思想的隔膜仿佛横亘千载，异代萧条，花落伤寒，龙不生龙，凤不养凤，该上天的，今落得钻洞不止，犹自鸡虫争斗，冥顽不悟。想张季鸾的社论，张恨水的时评，戴季陶的檄文，陈布雷的政论，雷昭性的点评，郑宾于的古诗讲义，郑振铎、钱基博的作品式的文学史，周瘦鹃、包天笑的小品与谈艺，郑逸梅、陶菊隐的杂札琐闻，蔡元培、章太炎、马君武的文章演说，俞平伯、顾随的赏析，乃至蒋百里、邱雨庵的兵书……叹文采风流今已不存，睹文自伤，感慨无限，其人皆深悉人情，兼明大义，写时事论古题，文字结撰如将百万军，宝之惜之，而又能风雨使之，真射潮之力，没羽之技，起落裕如，缓急自合，大有回风舞雪之致；字字句句，皆宜圈点，神化之妙，言之难尽。他们并不排斥西方，甚至于西学深知深解，妙有心会，然而却能扫绝依傍，独在千古，无意不足，无笔不健，文化背景深而底子厚，消化力强硕，从古人、洋人变化而出，独辟境界，真近现代文化之集大成者。

（五）

语文样貌若何，绝非蕞尔细故，具关涉民族精神心灵者甚大。杜少陵《天育骠骑歌》谓："吾闻天子之马走千里，今之画图无乃是。"寄慨深深，寓意亦悲。近有台湾台中师范学院王财贵教授，教书之余，全力推动儿童读经运动，意在寻回古典智慧，开拓中华未来。运行六年，受惠儿童达百万之众。所谓"经"包括古典文史哲科学名著，此不特语言能力大有提高，即性情、文化、智慧教育之培养同时也得增益，这与现代的科技人文教育并无矛盾。

这位王教授以为："我们已断绝了古典人才，胡适要负很大责任，胡小时候熟读古典经书，一生卖弄古典，却破坏中华文化，糟蹋中华民族。"（《参考消息》2000年4月22日）所言甚重，爱之深，则责之切，这也难免。他认为自我文化素养腹笥充盈，方可具鉴赏他人文化的眼光。"要想彻底深入吸收西方文化，必先打好传统的基础，否则所吸收的，必然是肤浅的。"说到点子上，也说在根子上了。

数十年以来的时间，说长不长，说短也不短；现代文化的生产方式决定其数量巨大，令人有传统芬芳漂泊已久的感喟，所谓"今之画图无乃是"。从基础开始，做坚实的传统、现代双向良性构建，文化的命运，方可得大方洒脱之实，而免遭他人驱迫之苦。

直观的文学印象

英语文学界主要文学奖布克奖，2004年入围作品之一为戴维的《云之地图》，叙事手法以六个人的声音和性别一再变换，叙事用层层重叠法。文学评论家称为令人眩目的大气魄的小说，一些评论家则贬之为"松松垮垮的怪物"。（《参考消息》2004年9月8日）

梵蒂冈教会更是认为，瑞典学院把诺贝尔文学奖"发给了一个江湖艺人，是一种没有头脑的选择"。可与此相悖的意见认为达里奥·福是一位"最佳的剧作家，天才的戏剧演员，富有创新精神"，也有认为1997年的颁奖是"对一位优雅、宽容、蔑视权贵的多才多艺的艺术家的承认，扩大了诺贝尔文学奖的概念"。意见分歧之大简直可以说是天壤之别。

话剧《一个无政府主义者的意外死亡》里关于达里奥·福的介绍："小丑乙的台词：谁是达里奥·福？小丑甲：一个铁路工人的儿子，一个江湖艺人，喜剧小丑，半途而废的建筑系学生，女演员拉梅的丈夫……云云。"很像林语堂写《苏轼传》开篇，这种集束式的比喻性排比，实在没有什么精彩；而梵蒂冈教会的批评，倒可以说是一种印象式的结论，因其直观，而见精彩。

20世纪60年代，台湾清华大学邀请余光中讲新诗，其间他朗诵自己的诗"天空非常希腊"等。当时在座的某教授，是一狂士，忽然大吼一声："不准再念下去了！"说是动名词不分，而且台湾的天空就不希腊了吗？

这就像毛奇龄和苏轼的"春江水暖鸭先知"较真一样，不过他无法退回宋朝去和东坡叫阵。而那教授，当时就在大会上勒令余光中停止演讲，余氏反驳，会场乱作一团。后来，余先生将这荒唐的事加以记叙，文中将清华定性为"文化的沙漠，疯子的乐园"（参见余先生同事记载）。

美国名演员约翰·戴普，是大胆批评"自己人"的名流，曾对着镜头说："美国很愚蠢，它就像一个长着尖利牙齿的愚蠢小狗，它能把你咬得遍体鳞伤。"这和美国宣扬普世价值的著述逆反，走极端，攻其一点，不计其余，骂得嘴上痛快，只是好玩而已。此类事在美国很多，安兰德，在20世纪活了八十多年的美国女哲学家，她认为，普遍的幸福不可能来源于普遍的痛苦和自我牺牲，这实在是精彩的论述。在1950年代，她对青年的影响几乎激怒了整个成人世界，父亲、母亲和左派……他们贬低她，"只有十几岁的人醉心她的学说"，"她患上癌症完全是她在哲学上和精神上犯错的结果"（《三联生活周刊》2005年第39期），骂架凶悍到不管不顾的地步了。

文人相轻的对骂，看似意气用事，其实对事物的本质或真实性，往往一语道着，增强了论战的焦点。其头脑清醒的程度如何，观照事情的深度怎样，用语不多，也能侧面窥及文人独立性和写作自由的尺度。而其在接受美学上，对读者的作用，就像候选人拉选票一样，在接近真理、深入人心等方面，推拉摇移，引发不同的反应。

中学国文试题及其他

2007年台湾地区中学国文试题，内地博士望之傻眼，莫之究诘。议者颇多，成了网络热帖。原来某君因编《国学基本教材》，随机挑了10道台湾地区中学国文考题，请大陆中文系博士生试做，结果正确答案都未过半。

索而观之，这些国文试题不过一些巧妙实用文言，或从文言作品精粹中抽绎而出，涉及实用古文（非古文运动之古文）以及交际文言、浅近文言，甚至旧时企业庆典之通用联语。出为选择题，稍有文言基础者，到眼即辨，不假思索。

其实这些试题确很高明、活泼而具有深度，但又很讲究，全然不需死记硬背。有感觉，或有较深印象者就可以从容答出正确内容。

譬如第八题是：（甲）万古丹心盟日月，千年义气表春秋。（乙）未劈曹颅千古恨，曾医关臂一军惊。（丙）天意欲兴刘，到此英雄难用武；人心犹慕项，至今父老尚称王。（丁）由仁居义，传尧舜、禹汤、文武、周孔之道；知言养气，充恻隐、羞恶、恭敬、是非之心。

问：上引对联各咏一历史人物，若依序排列，正确的选项是：（A）关羽／扁鹊／项羽／孔子，（B）关羽／华佗／项羽／孟子，（C）文天祥／华佗／刘邦／孔子，（D）文天祥／扁鹊／刘邦／孟子。

而大陆之中青年博士笔杆咬破，不能作答，勉强答之，谬误百出，贻笑大方，竟成一普遍现象。

文化的危机远非博士不能答题一端，更为内在的悲哀乃是教育的使命严重走偏，固有文化土壤层层剥落，学生对于固有文化并无记忆。其所带来的后果，是在全球文化交流多元的情况下，没有对话的本钱和能力，对于文化的再生再造，不具有任何其他的选项。学生本人不能答题的背后，也没有自主的个人，没有理性与道德的公民影子。

对文史哲经典的轻忽与轻视，文化的层面被平庸、冷漠与失落占据。学生面对数千年来先圣大贤孜孜累积的文化成果毫无叩问触摸的能力，结果产生如同生物学意义上的返祖现象，行为多出自生物食色本能的反射。

现在课程设置片面偏向实用，致使文化素养的培育成为单薄的附庸。中文系则大量的应用或商业写作，既不能做抽象之文史哲之思辨转圜，更不能体悟思想巅峰激荡之美学欣快。就是一般企业企划、单位总结、广告文案，也写得拖泥带水、恶性欧化，市面上多不可数的商业广告文体，疙疙瘩瘩，生造更来，令人头涨不已。美术系则多量的平面设计、时装设计等等。更多的师范院校竞赛似的开设影视编导课程，好像国民都是电影迷，将有无尽的市场。草台班子，仓促上马，不意竟于高校见之。教出来的学生，非特不能拍片，就是跑龙套也只勉强。大中学教学，大量的时间，竟然拿来制造次品。

片面注重实用，结果是无根之木，难以根植培育，既不实，也无用。急功近利，实为不智。

梁启超、鲁迅、施蛰存、胡适……当年都给青年开过书单，大多是中国文史哲之最基本著作，如梁氏所开书单，子部无非老庄荀韩，史部前四史加资治通鉴，鲁迅偏向子书，但都很常见而不生僻，并非钻牛角尖。这些书单乃以大学低年级、中学生为对象。而今人往往中壮年以后才去匆匆补课，或者根本陌同路人，接受融会的成分当然不免大打折扣。

中国文史之最基本，包含价值判断、古人生活经验之总结，以及伦理道德、人生哲学之观念。看似不能直接为今之学生择业所用，实则它的作用乃如文火煨药，作用价值在于潜在地长期地显现出来。当年大诗人陈衍和青年钱锺书谈艺，说若是修习文学，中国文学已经很好，又何必到外国去呢？这是老年人说的稚拙话，当年的钱锺书们留学西洋，所学远非文学一端，更多为老大中国社会转型之需要。但老人的话，细想却有至理在，尤其对于今之现实，具有查缺补漏、固本扶元的效用。

经典中，饱含建立于人性的人文观念，需今人以现代的眼光，摭拾贯穿。再说，六经皆史，其中更充溢人类智性、感性、理性历史的经验，同时也蕴藏普世价值可能性的因子。作为一种普及，百家讲坛之类随心所欲、不着边际的发挥也自有其市场、意义。但市场难持久，意义也不大。根本基础的巩固培育还需从典籍原著着手。一旦进入，非特不难，反而有无尽之乐趣。

现有名人倡议将京剧纳入小学教学内容。实则尚不如先将基本经典置入教材，使之成为不可或缺的一环，学生学得大概奠基人文素养，较修习京剧为优。后者行有余力，根据各人兴趣选择不迟。

卷二 JUAN ER

大梦谁先觉

（一）

烂柯山久享盛名，在今衢州市附近。那里有后人增补的石刻对子，"入山道道通奇观，进洞人人似神仙"，较之烂柯山那深沉的典故，这对联浅俗得小儿科了。

烂柯山之有名气，缘于晋人王质上山伐木，遇仙观棋忘返，而斧柯烂掉的故事。

因为那古远的故事，烂柯山是一座令人感伤的山。

南北朝时期任昉的《述异记》里面说："晋王质入山采樵，见二童对弈。童子与质一物，如枣核，食之不饥。局终，童子指示曰：汝柯烂矣。质归乡里，已及百岁。"

这一段故事很有意思，妙处在亦玄远，亦温馨，亦感叹深沉。以今天科学的观点来分析，好像站不住脚，但在事实上或心理方面具有相当的存在价值，并非毫无根据的呓语。

这个故事中的主人公王质，在山上只看了一局对弈，而柴斧上的结实木柄就已腐朽断烂，回到家里，百来岁了。这种情形在我国古代大量神话故事中，本不算稀奇。但其共同强调的，却都是所谓"山中方七日，世上已千年",这样强大的时间冲击波。

朱熹有感于此,有诗叹道:

> 局上闲争战,人间任是非。
> 空叫禾樵客,烂柯不知归。

孟郊《烂柯石》感慨似乎更为深郁:

> 仙界一日内,人间千岁穷。
> 双棋未遍局,万物皆为空。
> 樵客返归路,斧柯烂从风。
> 唯余石桥在,犹自凌丹虹。

记载此事的另一版本,是郦道元的《水经注》,他说:"信安有悬室坂,晋中朝时,有民王质伐木至石室中,见童子四人弹琴而歌,质因倚柯听之……童子云:'汝来已久,可还。'质取斧,柯已烂尽,便归家……计已数百年。"

与此异曲同工的,乃美国前期浪漫主义作家华盛顿·欧文的不朽杰作。他的传奇小说《李泊大梦》是以纽约的哈得逊河谷作背景,凸显了新大陆的传奇色彩和浪漫气息。《李泊大梦》中写一个农民李·普凡·温克尔上山打猎,遇见一群玩九柱戏的人,温克尔喝了他们的酒,沉睡了二十年,醒来下山,见城市、村庄面目全非。李泊对世界已发生巨变茫无所知,时间在这里制约人的一切行为。

绝妙和深刻之处在于,他一夜醒来之后,世上已经是二十年之后了。物是人非的强烈感觉,乃在于,山水依然,村路如故,但是那间村中旅馆的匾额,已从英王乔治三世像,变成了"大将华盛顿"。早年坐在这里的村民始终是倦容满面,无所事事的样子,现在则气概昂然,言论锋利,所谈论的，都是自由、议会、选举、民主、民权等他这个"隔世之人"所一无知解的概念。懵懂之间，他不知道这世界是否为妖术所变迁，或有另一种沧桑？作者的高明在于，他把变化的契机安排为专制与民权时代的交替，划时代的分水岭标志，特别醒目。

这种一睡多少年，醒来则"城郭人民半已非"的情形，属于童话学里的"仙乡淹留型"，旧时儿童的描红格有五言诗："王子去求仙，丹成十九天。洞中方七日，世上已千年！"也是这一类的故事。但是《李泊大梦》还有人生哲学之外更为超越的地方，因为它深藏着对制度的选择理念。当二十年过去，他回到小村庄的时候，问及一朋友，则云死矣，坟上木已拱矣。又一朋友，则在独立战争中有战功，已为将军，入议院为议员了。世局变幻如是，孤单无依的畸零之感，一下子涌上了老人的心头。慢慢地，他稍微适应了这样的隔世的生活，头脑略为转变过来，最为庆幸的是，他那凶悍的妻子归西多年，当人们也理解他的传奇故事时，那些家有悍妻的人，也都愿意饮其酒，做其梦，盼望重温其经历，目的就是逃避闺房的专制。所以在小说开头，作者大写其家庭的躁动，妻子的詈骂阴损，难以通融，不为无意，盖其为美国独立过程之一种象征耳。

（二）

普通人打一个盹，有的只有几分钟。喜欢感叹人生如梦为欢几何的李白，他的《春日醉起言志》则以一生为梦寐的单位：

处世若大梦，胡为劳其生。所以终日醉，颓然卧前楹。
觉来盼庭前，一鸟花间鸣。借问此何时，春风语流莺。
感之欲叹息，对酒还自倾。浩歌待明月，曲尽已忘情。

这与时间空间的关系可谓一体化，密不可分。近有英国科学家提出另一种理解时空的理论，其意思是，光阴流逝是人类最基本的体验，人们的生活建立在不可更改的过去和具有种种可能性的未来之间，倘非如此，则无法理解生活的本质，以及在过去和未来之间端坐的神秘莫测的现在。

（参见《参考消息》2003年11月3日）

但根据爱因斯坦的广义相对论，时间和空间本是不可分割的块，在时空中，过去现在和未来同时存在，因其乃一种凝固的结构，不会发生变化，在这个结构中，没有所谓时间的流逝，也没有现在的位置。

不过近日英国科学家就对此表示异议，以为重新理解，可使时间流动起来，这就是因果关系理论。在广义相对论中，时空呈四维结构，然而，今日的科学家认为，一切物体都有一个最大的运动速度，此速度的限制，意味着我们可以不从四维结构而可从事情发生的顺序上思考时空。光速的不可超越性为时空提供了一个顺序，因此就点与点之间的因果关系而言，几乎可以重组关于时空的一切。而确认时间的流动性乃是重大的审美进步和概念进步。

如此一来，根据时空不可分的原理，以及时间的流动性，可猜测李泊、王质所处地方（点），其空间结构有异于地球常规，即非四维，而是多维。

问题是时间往往与人生的社会性血肉相连，密切到不可须臾分离的地步，于是时间的感叹才如此沉重。巴金的弟弟回忆他们共同的三哥李尧林，说年轻时候在上海，生活孤寂清贫，就像《家》里面的觉慧，在那个腐朽的世纪，读书苟活，为良心为民族，做一个隐士。但他没有可爱的琴表妹——那是小说里制造出来的。她代表那时候青年知识分子的一点理想，一点幻觉。物质生活减到了零，身躯瘦弱不堪。不是什么英雄人物，他卑微得很，在这样的境况中耗费了全部的生命之力，寂寞悄然地死去，墓碑上刻着："永别了，我的心在这里找到了永恒的家。"那是从他喜欢的俄罗斯小说中摘取的。谁知道在"十年浩劫"中，就连坟墓也给红卫兵弃骨扬灰，荡然无存。

在乱世里，这是如此短暂苦恼的人生。李健吾对此大有感慨，他说："去了也好，对于清贫自守的君子，尘世真的是太重了些，太浊了些，太窒息了些。百无一用是书生。"

（三）

人生如梦耳。人生果如梦乎？抑或蒙叟之寓言乎？吾不能知。趋而质诸蜉蝣子，蜉蝣子不能决。趋而质诸灵椿子，灵椿子亦不能决……这是《老残游记》作者的感慨。

梦寐的人的醒着的痛苦，若翁同龢在碧云寺看花，听松声萧然，默坐良久，寺院东面玉兰树花事正盛，他不禁咏道"突兀看花发，苍凉奈老何"，想旧事前尘，观山河风景，一种人生蹉跎的感觉涌上心来。大梦谁先觉，这是心灵胶着的最为严重的状态，也只有从咨嗟到沉默了。他的朋友张雨生是海宁知州，他的性格坦荡冲和，翁同龢说他"于俗百无适"，他的《触目》说："升高试腰脚，已觉逐年非。"另一首病中口占："六十年中事，伤心到盖棺。"前者是时间的制约，后者是生老病死的威胁，但即令是赏心乐事，也同样生发困惑，一种梦寐中的梦寐的感觉，乐与忧的两极都向此认知靠拢。

脂砚斋是怎样认识《红楼梦》的？脂砚斋在"瞬息间则又乐极生悲，人非物换，究竟是到头一梦，万境皆空"四句旁写了一侧批："四句乃一部之总纲。"空与梦，所在无不是梦，一并风月宝鉴也从梦中所有，故谓红楼梦也。贾宝玉的心和社会俗世脱节了，所以他的孤独就只能弹奏出一曲人生如梦的哀歌。

人生如梦，早生华发，江山人物的推移，油然而生人生短暂与万事皆休的悲凉感慨。这种自嘲自解的旷达情绪，推己及人，恐怕也是人类对时间反映的一种普遍心理普世价值吧。或者譬如朝露，去日苦多；或者是但愿人长久，千里共婵娟；或者是滚滚长江东逝水，浪花淘尽英雄，是非成败转头空，青山依旧在，几度夕阳红。或者是黍离之悲的家国残破之痛；或者追慕前时间的即历史上的英雄美人，老之将至而壮志难酬的深沉苦闷；或者在乾坤（空间）相形之下在年岁（时间）的爬剔掌控之下的渺小与惭愧；或者生逢末世，命薄运厄，现实总让抱负成虚，用世也好，遁世也罢，不免自伤老大沉沦。"莺啼如有泪，为湿最高花"（李商隐《天涯》），伤春残日暮，伤感中带着时代黯淡没落的投影。这样的深沉感叹，不仅笼罩个人际遇和故事，而且笼罩古今多少事，笼罩千年历史。不知我者，谓我何求；而知我者，自然就要谓我心忧了！

大诗人李白，他大量的诗都是人生得意须尽欢之类的酒歌，很显然的，他的片刻的欢娱无非是悲观和失望的另一种形式。在他的酒歌中渗透着人生如梦的低沉悲凉的调子。虽然"公瑾当年""一时多少豪杰"，不免"逝者如斯"，或者"可怜无定河边骨，犹是春闺梦里人"。苏轼说，孟德"固一世之雄也"，但"而今安在哉？""人生如梦"。前人的思索以哲学反问方式出来谢幕。感时光蹉逝，岁月无情，叹转眼千秋已易。

生命如寄，良辰美景，稍纵即逝，风流总被雨打风吹去，"弃我去者，昨日之日不可留"，这是人类普遍的悲哀。

刘备三顾草庐时孔明午睡后的吟诵："大梦谁先觉，平生我自知，草堂春睡足，窗外日迟迟。"梦是日常生活的反映。他的人生哲学思考是在梦中完成的，人生数十寒暑，和宇宙的存在对比，眨眼一瞬耳，人生如梦，梦似人生，声犹在耳，事实上又是另一个千年！

大师之间的敌视和蔑视

章太炎以为文德一说,发自王充,杨愔《文德论》依葫芦画瓢,而到了章学诚,直是窃取。事见太炎《国故论衡·文学总略》。

但钱锺书先生全不认可太炎的这个说法。钱先生以为,杨愔主文士平日之修身,章学诚主文士操觚时之居心,则章学诚对于古人多有发明多有超越。钱锺书说:"暗室不欺,守贞不字之文,则学诚所谓有德也。王充笼统,杨愔粗疏,岂可与此并日而语哉?章炳麟徒欲荣古虐近,未识貌同心异,遽斥曰'窃',如痴儿了断公事,诬良为盗矣。"(《管锥编》第四卷)

可见大师论文,未加审慎,大而化之、想当然的情况,在太炎身上也是不免。

这只是他特强的个性在学术的技术层面的反映。

但在重大学术的认知上,情况又大不同了。

王国维是孙诒让之后甲骨文研究划时代的集大成者,他的殷周金文、汉晋竹简研究也具有拓荒的意义。

但是章太炎不吃这一套。

他于辛亥前写就的《理惑论》谈到甲骨文,尝谓:"国土可鬻,何有文字,而一二贤儒,信以为质,斯亦通人之弊……假令灼龟以卜,理兆错迎,衅裂自见,则误以为文字,然非所论于二千年之旧藏也。夫骸骨入土，未有千年不坏，积岁少久，故当化为灰尘，龟甲蜃珧，其质同耳。"他这根据的是物质必会朽坏的常识，然而却未注意到事情每有例外。

到了1935年盛夏，他已在苏州讲学，他给金祖同写了四封信，仍持异议："文字源流，除《说文》外不可妄求，甲骨文真伪且勿论，但问其文字之不可识者，谁实识之？非罗振玉乎？其字既于《说文》碑版经史字书无征，振玉何以能独识之乎？非特甲骨文为然，钟鼎彝器真者固十有六七，但其文字之不可识者，又谁实识之？"

另一封信又写道："考古之士，往往失之好奇，今人之信龟甲文，无异昔人之信峋嵝碑也……往古之事，坟籍而外，更得器物以相比核，其便于考证者自多，然器之真伪，非笔遮核实，则往往为作赝者所欺。前人所谓李斯狗枷，相如犊鼻，好奇无识者尚或信之。近世精于鉴赏者推阮芸台、吴清卿，然其受人欺绐，酿为嘲笑之事甚多，况今人之识，又下于阮、吴甚远耶？器果真，犹苦于文字难知也；文果可知，汉碑、汉器存于今世者尚多，然岂裨补汉世史事者几何？君子为学，固当识其大者，其小者一二条之得失，不足以为损益也。足下果有心为学，当先知此。"

他不信甲骨文，自有其理由。虽然不大站得住脚。晚年仍坚持之，理由就是《说文》都不认得，罗振玉如何认得？这当然是太炎的局限，然而他表露其局限都如此大气，视彼等如无物。

明明是太炎自己错了，他还那么大声，那么理直气壮，而且持续很长时间，而且显得他似乎也有道理。当然，太炎对于疑古派的怀疑，也确有根据，不完全是脾性使然。

吕思勉先生说："人多以为古书必多窜乱、伪造，其新发现者必真；书籍或不可信，实物则不可疑，其言似极有理，然古物及新发现的书籍，亦尽多伪品……又如近代所谓甲骨文，其中伪物亦极多，此等材料，取用不可不极谨慎。"（《吕思勉自述》）。

而太炎针对的不仅是甲骨文，更缘于史学界一种挟洋自重，又仅得皮毛的不良之风。他的矛头始终对准此类不良之风，未尝稍戢。1935年的秋天孙思昉到苏州看望他。谈到顾颉刚等人,太炎很不客气,就说对于此类后进,当示以正轨,不能"教猱升木,如涂涂附","今则以今文疑群经,以赝器雠正史,以甲骨黜许书,以臆说诬诸子,甚至以大禹为非人类,以尧舜为无其人,怪诞如此,莫可究诘……绝学丧文,将使人忘其种姓,其祸烈于秦皇焚书矣。好奇之弊,可胜慨哉!"

他的理由是这样充足,那些人的毛病仅出于好奇,越走越偏。他是在大处把握,他觉得阁下大处出了问题,小善他也打包忽略了。

虽说他错了,但也错得那样有气概,睥睨当世,目无余子,可见他在学界震慑力之一斑。他致金氏书信发布后,郭沫若评曰:"……甲骨文真伪为主题,所见已较往年大有改进……此先生为学之进境也。"

王国维当1927年的6月2日,独自前往颐和园昆明湖,投水自戕。他在遗书中说"五十之年,只欠一死,经此世变,义无再辱",此事在文教界及整个社会,引发极大震动。避往天津的废帝溥仪下诏封其为忠悫公。

然而章太炎对此毫无反应,全然是置若罔闻,公然一副事不关己高高挂起的样子。

原来当三年多前,清华筹办国学研究院,校长曹云祥欲请胡适之掌门。胡适推荐梁任公、王静安、章太炎这三位。其后吴宓出掌研究院,欲聘章太炎,章公坚拒之。

最后定聘王国维、梁启超、陈寅恪、李济、赵元任为导师,五星魁聚,极一时之盛。当初王国维也不欲就聘,胡适又去拜会废帝溥仪,由溥仪劝驾,王国维乃奉诏就聘。1924年底,溥仪被逐出宫,王国维镇日忧伤惶恐,辄欲自戕,家人密切监视乃免。

从清华研究院筹办,到次年二月实施,其间看不到章太炎与其有任何交集。王国维以研究甲骨文的新史学名世,而太炎对此极为反感,以为系作伪。对于梁启超,他们之间曾经又打又骂,章老也长期藐视之,可以说他对研究院的人与事,皆视作无聊。加以那段时间他忙于联省自治筹备会，往南京讲学，推荐中学国学书目，就江浙战争发表弭兵宣言、对于直奉战争冯玉祥倒戈发表国是主张……可以说忙到焦头烂额。故而在其履历中看不到丝毫对于国学研究院的意见。且在研究院筹办的1924年秋，公开发出《为溥仪出宫致冯玉祥电》："念自六年复辟以后，优待条件，当然消灭。此次修改，仍留余地，一二遗臣，何得复争私见？……"同时又有致王正廷电，"清酋出宫，夷为平庶，此诸君第一功也。"

差不多在王国维去世半年后，太炎在致李根源的信中，无限直白地自称民国遗老："老夫自仲夏还，终日宴坐，兼治宋明儒学……蔡子民辈欲我往金陵参预教育，张静江求其为父作墓表，皆拒绝之，非尚意气，盖以为拔五色旗，立青天白日旗，即是背叛中华民国……一夺一与，情所不安，宁作民国遗老耳。"

王国维投水自尽，国人念之惜之而又疑之。此前的1924年，他有《筹建皇室博物馆奏折》："窃自辛亥以后，人民涂炭，邦域分崩，救民之望非皇上莫属，非置圣躬于万全之地无以救天下……近者颇有人主张游历之说，臣深知其不妥……且皇上一出国门，则宗庙宫室，民国不待占而自占，位号不待削而自削，宫中重器拱手而让之民国，未有所得而全尽失，是使皇上有去之日而无归之年也……"（《王国维年谱长编》401页）以下还有千余字，都是替皇帝考虑的。最后说明系秘密之奏，希望领他的忠贞之情。

就算希特勒也很注意保存文化遗产，包括掠夺他国的文物也是为了德意志民族的欣赏，而王国维却要将历朝的遗珍拱手让给皇太极、多尔衮的子孙，且垂泪以告，生怕遗落在国人手里，何以他要孜孜矻矻、冥顽不化走到这样的地步呢？史可法、瞿式耜们肝脑涂地，对之毫无记忆，安龙小城十八先生沥沥鲜血，对之毫无促动，只能说，其身虽已是民国身，其心则犹是大清心。

高级知识分子这样不堪，那么，只能礼失而求诸野。

所以，孙中山先生早就看清了，民族复兴的种子，往往要到草泽江湖的帮会里头去钩沉探求、刮垢磨光。

所以，王国维死了，章太炎仅是不理不睬，而没有大呼拿酒来开怀庆祝，这算是很给他面子，很客气的了！

王国维对于西方的看法："西人以权利为天赋，以富强为国是，以竞争为天然，以进取为能事；是故挟其奇技淫巧，以肆其豪强兼并，更无知止知足之心，浸成不夺不餍之势。"（《上逊帝溥仪书》，转自钱基博《现代中国文学史》）

如此见识，和郑观应、林则徐差得天远地远，和章太炎自然也形成鸿沟。洛克说："专制是一种对谁都没有好处的制度，支配者因享有绝对的权力而使其品质恶化，被奴役者由于过度的被凌辱而暗藏杀机。"生活在如此不堪的专制环境中，难怪国人要发出如此惨烈无助的绝叫。中国与西方的距离越来越大，根子就是政体的建制完全呈背道而驰的方向拉开。

五十之年，只欠一死，经此世变，义无再辱。已经是名句，但这个账目算到谁的头上呢？爱皇帝爱到变态的地步，也仿佛"一块红布蒙住了我的眼睛"吧？没有皇帝就活不成了，一部分中国知识分子的心理，不可理喻，至此已极。知识分子自应对社会有所批判，包括自杀的方式。民国肇建，确也问题多多。但也要看批评的立足点，用力的方向，观其心理，对民治民有民享的社会，是完全隔膜的。

不知他是否记起了清初大屠杀的血光之灾，章太炎倒是血脉偾张地痛斥，他们两个，好像南北的两极。而章太炎虽然也乱闹，但他的目标非常清楚，他的批判锋芒指向中国社会的现状，即清朝专制的率兽食人的野蛮统治。"为天下之大害者，君而已矣"，他承继了黄宗羲等先贤的看法，更予以漫骂痛斥。他不但指出新的溃疡，也掀开了去之不远的被清朝征服的旧伤口。清军入关时，顾炎武不说亡社稷和亡国，而说亡国和亡天下，着眼点不仅在政权的沦亡，更忧虑文化的澌灭坠毁，从此人群沦为"禽兽"，因而痛入骨髓。

王国维似乎不知，正是长期的帝王专制，才造成社会长期压抑后的动荡，短视、浅薄、庸俗、低劣的思想趣味，奸猾无信的恶劣品质，正义感、责任感、做人良知与爱心泯灭到可怕的地步。

结果呢，王国维搞成了"我思故我不在"，他这一心疼皇帝的动作，也竟然使他"两次踏进同一条河流"。愁眉苦脸，把生活搞成连串痛苦的累积，实在也是自己给自己套上枷锁，成为恶制度的祭品。王氏的死虽然在于对时局的悲观，和盲动肆虐的刺激，但他寻找的寄托却是帝王，而不是辛亥党人那些他的同龄人，因这一旁逸斜出，遂滑向不可收拾的死胡同。

吕思勉以为，在历史的转型期，过于纯粹的书斋学者不大为人所知，大众所注目者，大概是那些和社会、政经关系密切的。在近代学术史上，最特出的有三人，就是康有为、梁启超、章太炎。

康有为，他是"可称为最大的空想派社会学家，而且具有宗教家的性质……梁任公，是多血多泪的人，其效力还是以感情方面为大。章太炎的感情，也是极激越的，然和康、梁比较起来，则其头脑要冷静些"。

梁任公的善变，确实是古今所罕见的。

至于章太炎的侃侃直节，非常明显。太炎最看不惯取巧立名的浮华之人。"最提倡甲骨文之人，就是伪造甲骨文的人。他在《国故论衡》之中揭发，更使人见得自命亡清忠臣遗老之流，没有一个是端人。背叛民族，觍颜事仇之人，其言行岂有可信之处？！"（《吕思勉自述》）

这是吕先生所下的一个非常沉重的针砭，王国维就在这当中，反而康有为都比他强。吕先生以为，康氏参与复辟之际，已经重度精神错乱，即俗称的生理上的神经病，乃是病理问题，尚非人格问题。

当1924年，冯玉祥将废帝驱赶出宫时，王国维就曾寻死觅活，邀约了几个遗老，要去跳河自戕。他后来真死了，废帝溥仪赐谥号为忠悫，事后，罗振玉邀集中日名流、学者，在日租界日本花园里为忠悫公设灵公祭，宣传王国维的"完节"和"恩遇之隆，为振古所未有"。这种谄媚和雌伏，可能是清廷长期精神施虐的结果，也可能是自身基因的变异所致。

难道顾炎武、黄宗羲、王夫之、史可法、张苍水只是章太炎的精神和种族的祖先，而不是他王国维的祖先？

赵元任对修建王国维纪念亭，不出一钱，文教界或以为怪事，实则，赵元任饱受西方思想熏陶，对王国维愚忠，不以为然，认为没有值得纪念之处。实亦别有怀抱，并非一毛不拔。

王国维、章太炎，年相若、道相似（学术概念范畴而言），且为浙中同乡。然而两人从生到死，竟素无往还。一个要推翻清廷，一个要护卫清廷；他俩的心理悬殊，他们之间的差异，大过死人和活人的区分，大过人与兽的区分，一个是前清遗老，一个是同盟会原始派的民国遗老，他们之间所有的只是敌视和蔑视。

陈寅恪《王国维先生纪念碑》许之以"独立之精神，自由之思想"。这个传诵后世的名句，用在王国维身上，是个瞎话和笑话，自由思想、独立人格和王氏毫不沾边；但是用在章太炎身上，那就恰如其分了，可谓形容到位，妥帖周详。唯大英雄能本色，是真名士自风流。自由与独立，在太炎身上，发挥到淋漓尽致。

大手笔

说起来，已经二十余年了，我刚进大学那时候，喜看各大学学报，"四人帮"刚刚倒台未两年，学术更是百废待苏，以为高深学问，尽在学报之中。举个例罢，譬如论陶渊明的论文，仅刊于学报上的，至毕业时，已读了二三十篇。二十年过去了，偶尔翻看旧时笔记，才发觉著文的老老少少大学教师，跟陶渊明非但不够知己，其隶事之失真，文笔之失神，见解之走样，简直就是陌同路人强命笔。然而，上万字的论文，他们"写"了那么多！

近时拜读张恨水先生写于1939年的短论《我哀陶渊明》，深韪其别成逻辑，惊为奇作！感到他是在和陶渊明把臂倾谈，端的是异代知己；遂觉得数十篇学报论文，几种文学史的陶潜专章，俱不中的！俱不若恨水先生笔墨那般有一种异样的手眼。

张先生说——

……自古者道个陶诗甜，杜诗苦。其实，陶诗何尝甜，甜正其不得已也。……以陶渊明不为五斗米折腰的汉子，说他终日醺醺的，只做一个糊涂乡村老头子了事，哪有此理。

……东晋以后，北方是夷狄乱华，南方是篡杀相乘。他想到乃高祖陶侃那份运甓自劳的精神，做过江东的柱石，他却毫无办法的，滚入了南朝那开始的魔境。干呢，干不起来！哭呢，不像话！笑呢，也绝无此理。于是只有一味地淡泊明志，放怀自遣。理想出那么一个乌托邦来……那一份苦闷其中而逍遥其外的句子，正不知有几千行眼泪呵！归去来兮，先生将何之？我哀陶渊明。

恨水先生为一浓厚人道主义者，其文中满含悲悯之旨，尤其古典哲学、诗学素养为学报作者所望尘莫及。以文境言之，高湛深淑，述论饶有弹力，富于体贴；且以短论复活去今颇远之历史情景，诚不可多得。文艺批评虽亦是一种"科研"，但却不是可以放在试管里面化验得来的。学报文章之属干瘪庸常，所缺乏的，正是心血的体悟，及哲学的理会。"干呢，干不起来！哭呢，不像话！笑呢，也绝无此理。"先生大手笔，我敬张恨水。

大哉《盐铁论》

（一）

《盐铁论》，实乃千古奇书，以规模及类别而言，古往今来著述之林，也极难找出同类项。

对垒双方：当朝的知识分子——桑弘羊之属，和清流知识分子——"文学"、贤良之属。

其重大区别在于：前者主张集权，后者主张分权。

"文学"并非后世的文学家之侪，文学乃儒者，所谓"善礼乐典章"（即文化、学术、政经之精英），文学、贤良"祖述仲尼"。在当时，尊董仲舒为祭酒，抨击商鞅的"崇利而简义，高力而尚功"。他们反对"与小民争利"。（参见《汉书》）

王利器整理《盐铁论》，写有近二万字的长文，竭力为桑弘羊辩护，多有昧于大义之处。鞭笞文学、贤良，指其为鹦鹉学舌、复古、阴谋诡计、血口咬人等，说董仲舒"发泄对新社会格格不入的阴暗心理"。帽子老大，吓人兮兮。

王利器更以为，董仲舒等人对经济制度大改革不甘心，遂"诬蔑为变古有灾"。此说未当。

古与今只是一个相对的时间概念。古与今并不绝对能以落后、愚昧和先进、文明来作分野。另外，迁流的时间必与常驻的空间（地域）相联，始有比较的意义。2000年的某些地区较1900年的某些地区更要野蛮、伪善、专制得多。

清流知识分子说："昔文帝之时，无盐铁之利而民富，今有之而百姓困乏，未见利之所利也，而见其害也。"（"非鞅篇"）又说，"建盐、铁策博利，富者买爵贩官，免刑除罪，公用弥多而为者徇私，上下兼求，百姓不堪，僭急之臣进……偷合取容者众。"（《刺复篇》）

桑弘羊也有他的道理："文帝之时，纵民得铸钱、冶铁、煮盐，吴王擅障海泽，邓通得专西山，山东奸猾咸聚吴园……吴、邓钱布天下，故铸钱之禁。禁御之法立而奸伪息……"（《错币篇》）

对同一种现象，双方各以不同观念契入，先入为主，自说自话。若《力耕篇》论及丰年凶年对付之法，俱引《诗经》同一句"百室盈止、妇子宁止"，来得出相反结论。

大夫说："圣人因天时，智者因地财，上士取诸人，中士劳其形……富国何必用本农，足民何必井田也？"

文学说："民朴而资本，安愉而寡求，当此之时，道路罕行，市朝生草，故耕不强者无以充虚，织不强者无以掩形……自古及今，不施而得报，不劳而有功者，未之有也。"（俱见《力耕篇》）

大夫言论似有不执着于小农的"进步"倾向，但焉知不类今之"金融泡沫"？文学言论看似保守退缩，而人之能得保命、繁衍，一切尚须索诸田园土地，斯为根本。

（二）

《盐铁论》双方辩论达十万言，论及社会、政治、经济、文化……为文化史罕见文本。辩论中，各各强调本派认定之观念，不依不饶，略无倦色。但均有流于极端片面之处，辩至激烈时，俱舍本逐末，且无限放大这个"末"，公修公德，婆修婆德，看起来很有道理，实则不然。如大夫说："富在术数，不在劳身；利在势居，不在力耕也。"（《通有篇》）明显漠视农业，强调术、势，必流于巧取豪夺，就当时而言，一切生活物品俱取诸土地，舍此无异舍本。有时候，说话间，或莫测高深，或离题万里，或跌入对方观点，替别人说话的情形也是有的。

涉及当时"意识形态"根本关节，如《孝养篇》谈孝道问题，则双方发言不敢有根本分歧，只是在如何尽孝即物质手段的高下、投入量的厚薄上有所争议，文学、贤良以为诚敬在孝道中为首；衣食供养有多少是多少，为次要；大夫、御史则以为当言华车轻裘，那才叫有面子！否则，爹妈肚皮里尽是青菜，那叫什么日子哟！（"老亲之腹非唐园，唯菜是盛，虽欲以礼，非其贵也"）。但于孝道本身，双方之尊崇则一。有似今之某些独裁小国，行专制虐民之实，而其对外仍盛称民权人道，盖以斯为世界进步之普遍价值观。这一步辩论是典型的"曼辞以自饰"（太史公《报任安书》语），但结局也隐然在目，假如盐、铁专卖，豪门垄断，则尽孝道可亟改为斗富炫贵，而小民噍类无论如何匍匐也跟尽孝无关了，长此以往，经济基础与上层建筑必成一恶性互动之趋势。

因文本的复杂性，致后人看法因循之而根本对立。双方各以子之矛攻子之盾，每有大钻牛角尖之处，不堪细究，又必须细究。后人将双方的争论附会为儒法之争，几十年来的史学界，多打压文学、贤良这一派。当然文学、贤良之说也有跟人性相违之点，贻人口实。

双方各有道理，各有依循，各有逻辑，辩驳中，多以比喻设辞，比喻起头，中间又埋伏不断之譬喻，寻求突破张扬，致整部辩驳，幻出奇彩，绚烂夺目，精光射人。

孙中山先生一方面以为："桑弘羊起而行均输、平准之法，尽笼天下之货，卖贵买贱，以均民用，而利国家，若弘羊者，可谓知钱之为用者也。"

以孙先生这样的炯眼达识，伟岸胸襟，于此事也竟看走了眼，倒也不奇怪。清末民初的政象崩离之势，迫使其思维往集权一方靠拢，但孙中山毕竟是孙中山，他一方面却又是很矛盾的，同一段话中，他还说："夫国之贫富，不在钱之多少，而在货之多少。"客观上，又与文学、贤良之意见同一机杼。总之，他意在借题发挥，所评与本事故实已无大涉。

本来，桑弘羊的改革，是针对汉武帝征伐四夷，导致国用空虚而发。派遣经济官吏到各地方，直属中央，尽管天下盐、铁，贵卖贱买，差不多提前两千年培养几多"孔祥熙"，所耗征战军费，尽取于此，战争毁灭性的奢侈耗费终必导致赤骨露体的恶果。后果尽由底层小民分担，这样的改革，无论出发点为何，皆必走样，集权困扰，竞争不公平，民用日穷，终必引致社会震荡、人心不安，所以，文学、贤良之议，"问以民所疾苦，教化之要"，说一千道一万，总还归纳到关心民瘼的轨道之上。

先做一儒法斗争的死框，硬套在两千年前智识者头上，已是居心叵测。谓其时儒者酸腐、落后、保守、顽固，更是厚诬古人。

（三）

以《盐铁论》关涉方面众多的缘故，半年来屡读屡叹，颇感困惑。寻绎后人于此事所发议论，有不得要领者，有令人啼笑皆非者，及读马乘风先生议论，乃大为服膺，其说有根有据，最为明智通达，直击要害。

民国经济学家马乘风先生，1937年商务印书馆推出其巨著《中国经济史》，下册第一编论及《盐铁论》内外，可知桑弘羊已开买官卖官之先路。贵戚佞臣即有钱人，更以钱赎罪，骄横不法之暴行遂得一法律上的保障，"政府只知道要钱，所以有钱的人，便为政府所高看，但有钱的人并非傻子，彼等所以用金钱买官爵，无非借此可以搜刮得更多的财富，买得官爵之后，必然要大肆榨取"。"武帝时财政困难，故举盐铁专卖，仅就此四字来说，无从评定其良恶，有此卖一举。私家制售被杜禁，似可由此齐众庶了,但是,事实全然不是这么一回事……反而弊端丛生,政府只顾到收入的增加,蔑视了使用者的利益,官家全权在握,自由操纵价格,且以一般人们须臾离不开盐和铁,对于任何高价只有忍受"。这就是说,给"公人见钱,如蝎子见血"开了一条通衢,小民百姓,还有什么活路吗?"猪肉不配姜,食之发大疯"(《本草纲目》卷五十),豪族与官府是猪肉,谁来做制衡约束他们的姜呢?无人,无法。专卖久行,必发"大疯",可知矣。

马先生更一一列举专卖之弊,如质量滥恶,农民不堪;官商不顾农民实际,细小农具不屑一制,种种恶果接踵而来……显然,桑弘羊等的政策,与民众的勤劳美德恰成天敌,为什么呢?打杀了积极性嘛。自由经济的分子,也由此而堵死,社会不通,噎塞之病遂生。同时道德纲常之失却公信力,也正由此辈的上下其手。

对于桑弘羊,马乘风先生说他是"事析秋毫地用尽一切心计,去剥蚀大众,把剥蚀的成果,一半供给统治阶级,一半装进自己的私囊中"。而王利器先生以为弘羊是"杰出的政治家,在针锋相对(对文学贤良)地批评文帝之政的同时,还对症下药,提出政权统一的根本问题"云云,对照观之,高下明暗岂非一目了然?

(四)

盐铁问题引起的大辩论牵涉极大。西汉昭帝刘弗陵照准。会议主持人是丞相车千秋;最初发起人,又是杜延年,他鉴于国政流弊,向主政的大司马大将军霍光献策,征召全国各地六十多位知识分子(文学、贤良),发动此次会议。辩论双方,贤良、文学诸人姓名多失;另一方即御史大夫桑弘羊及丞相、御史多人;担任总记录的,却又是著作家桓宽,记录这样的会议要求很高,所以后世讲文学的,把一半的文采算在他头上。字里行间,暗伏他的好恶孤愤,即文字含有倾向性。

久寻《顾亭林诗集》不得，庚辰年夏，忽接古典文学专家林东海先生赐《亭林诗笺释》一部。也巧，辗转摩挲中，信手一翻，即见《岁暮西还，时李生云沾方读盐铁论》，以他经世致用、讲求实学的心境，他以为"在汉方盛时，言利弘羊始。桓生书一编，恢卓有深旨。发愤利公卿，嗜利无廉耻。片言折斗宵，笃论垂青史……"

顾炎武（亭林）以他恢廓的胸襟，透视现实的眼光，民间自由经营之重要性在其心中地位极高。盐铁专控，嗜利者令其变形，亭林深恶之，遂同桓宽心曲，共指弘羊为斗宵之徒。或有指桑弘羊善理财政者，实则聚敛私豪族，理财重民用，二者渊然有别。时清廷借三藩之乱大肆搜刮民间膏脂财用，古今同慨，是故先生下笔痛诋之。

《隋炀帝艳史》第十四回卷首诗，就经济民生发议，可谓之"经济诗"，其诗略云：

> 天地生财只此数，不在民间即官库。
> 民间官库一齐穷，定是好兴土木故；
> 好兴土木亦何为？只是夺强与逞富。
> 前工未了后功催，东绩才成西又务。
> ……

作者齐东野人亦一下层知识分子，他应该早生两千年，也参与辩论，又多一文学、贤良。所以读《盐铁论》，在那两千年前既无"三权分立"又无"市场经济"的时分，知识分子的良知，到底照顾到喁喁民意，实不啻沙漠驼队、雪地暖裘呢！后人所谓贤良、文学"摇唇鼓舌，大放厥词"（王利器《盐铁论校注》前言），真是叔宝心肝，果将安在！

人孰无心？藏富于民，同样可缓国家外交、军备之急，亦可济社会之恐慌。一举而数善备，何乐而不为？桑弘羊等不知此，必以恶干硬来，代替基本规律，一任射利者借名图骗，执事者借事自肥，幸而获利，则官府更夺为抵押之物；夫信用为治世之要素，至此则信用大失，荆棘载途，苦难四合。若非文学、贤良力矫其弊，国事不为"专卖"所断送者几希。

风景与悲慨

茫茫宇宙，我们从何而来，古人从未停止这个问题的思索。越到近代，科学家越感到沮丧，觉得想一想都不是明智之举。英国科学家霍伊尔将他毕生的精力都用在回答这个问题上了。他用几十年的时间来解决宇宙起源之谜。20世纪40年代，他在美国加利福尼亚逗留时，以他的恒星能量因核聚变原理，猜测他的同行可能在研制原子武器，这种武器借核爆炸而产生巨大能量。事实果然不差。回国后，他发现超新星中的温度可能达到数十亿度。继而他在核物理学家加莫夫宇宙大爆炸理论上又跨出关键一步，他认为因恒星的热度持续了亿万年，所以有足够的时间产生创造元素所需的特殊反应。那就是碳的同位素C-12的精确共振，生命的存在即因了这种共振。他向人证明，"连一杯普通的水中都含有大爆炸的遗留物氢和亿万年后在红巨星、超新星爆发中产生的氧。总之，正如歌中唱到：我们都是星尘。关于我们从何而来这个简单又最复杂的问题，他作出了迄今为止最大的贡献。"（《参考消息》2001年2月23日）

古人彷徨山泽，仰天叹息，往往也生发此终极思索。"往古太始之元，虚廓无形，神物未生。"（《楚辞补注》）而《列子》有云："殷汤问于夏革曰：古初有物乎？夏革曰：古初无物，今恶得物？自无之外，自事之先，朕所不知也。"古人也真个实在，他们隐隐约约对世界的起源、自身从何而来有所感知，但又不能做恰切的说明。不过他们所具有的隐忧——人生的挫折感、孤单感也正在这里，一种悲剧性的自觉。所以要发出"天问"，其中又包含人事，人事的纠结与起源的灰暗不明，更加深了他们的叹惋。

除专业科学家以外，古人反较今人认识宇宙与自身的处境更为深刻。这当然不是说古人的知识信息多过现代人，但他们的智慧得大自然襄助，为其切近的一分子，从而疏离感较少以至于无。故白居易说"蜗牛角上争何事，石火光中寄此身"。金刚经则谓"一切有为法，如梦幻泡影，如露亦如电，应作如是观"。李煜的心声也是"会思考的芦苇"的共同心曲："自是人生长恨水长东"，"往事已成空，还如一梦中"。钱锺书先生说苏东坡的诗文用典波卷澜翻，绝少重复，但人生如梦这个意思，他却一用再用，不厌其烦。现代最新近科学研究表明，除太阳外，离地球最近的恒星约4.3光年，即40万亿公里，也即光速单程一趟也要4年多，而目前发现的最远的星系是130亿光年，宇宙的浩瀚，连想一想都会令思维望而生畏。但经典物理学的相对论又证明，宇宙的时空是可以改变的。当物体运动接近光速时，其他的物理条件就会发生变化，常识就会为不可思议之境所取代，这时物质的质量趋向无限大，而时间则趋向无限慢。唐人诗谓"洞里仙人方七日，千年已过几多时。""自是人间一周岁，何妨天上只黄昏。"这一类句子，举不胜举。钱锺书先生赞扬《西游记》中"天上一日，人间一年"的说法有"至理"，乃因其与现代科学发现不谋而合。

这并非古人的悲观厌世，而是他们与大自然的密切融汇，所产生的深刻的宇宙意识，刘知几这样的大史学家，对司马迁还不大了解而有微词，乃因太史公常常将"天命"挂在笔端，常常抱持一种"阴德报应"的推命委运的人生观。那当然不是迷信，而是司马迁对宇宙与人生的终极矛盾有透彻的感知，并由此抒发其不平之愤的运笔方式。这一点，也令其笔墨自具一种哲学的深度。自然，在宇宙大悲情的笼盖之下，文学不停挖掘生命中短暂的喜悦，以期突破苦闷和难堪，此亦即是生命传承不灭的因由。

自宇宙大爆炸之说为科学界正式接受以来，今人不得不相信，宇宙有一个开始，也终将有一个结束的期限。它来自"无"，也终将回归于"无"。这个过程中，它也处在无尽的消磨之中。其根据来自热力学第二定律，热量总是由热到冷，对于任何物理系统皆然。宇宙一旦到达热动平衡状态，就完全死亡，万劫不复，这种情形被称为"热寂"。古人所谓"逝川与流光，飘忽不相待"（李白），"所惜光阴去似飞"（晏殊），"易失者时，不再者年"，都冥冥中指向这一令人沮丧的事实：热寂。这和《楚辞》《列子》中关于太始、古初时分的认识，大方向是一致的，可见古人先天的敏锐，是何等的有力。曹孟德、王右军、李太白、杜工部、苏东坡……这些前贤硕彦，每当欢宴之际，或登临山川、俯仰古今之时，往往低回慨叹，情溢于词，遣词深异无以复加，词句饱含悱恻缠绵之致，其内蕴和背景，直指宇宙命运之心源，反复流连，倍感凄切，缭绕挥之不去的忧郁，蒙络着一种由深深的挫折感引发的莫可奈何的心情，成为潜在永久的主题。这种风景与悲慨的互动关系，来自万法皆幻的感悟，"我们都是星尘"，结论宿命地跟现代物理学不谋而合。如此溟漠无尽的宇宙悲剧意识，才真正是文艺的永恒主题，也是永恒难题，其思索的深广，与人类的生存同在，在漫长的时间内，它不会时过境迁。

各地人物性情说略

人是时间的动物，也是空间的动物。山川修阻声息交通不易，由是导致政治、文化的离心倾向，所以孟子谓"南蛮鴃舌之人"，打心眼里，看轻未开化的南方人。中华文化，发祥于中原黄河流域，在近古以前无大变。南方文化、语言比不上中原的先进，在心态上，处于被动地位。清人刘大槐记游击将军某，表演刀马弓弩膂力之术，清圣祖校阅，大惊，"南人也有此弓马耶！"其本心深处是从体力上轻视南方人。而宋朝开国皇帝宋太祖，更规定不准起用南方人为宰相，"南人不得坐吾此堂"，作为祖制颁令遵行。（参见《鲁迅全集》第四卷，84页）

鲁迅引《洛阳伽蓝记》等书，说是古时北方人甚至不将南方人视作同类，元朝将人分四等，汉人是第三等，此仅指北人，南人却是第四等，居最末。北方人厚重，南方人机灵，通常的看法是如此；但即在南方人中，同做一事，其性质也大不同。旧时国人迷信成风，但鲁迅说，广东人迷信势力很大，却迷信得很认真，有魄力。浙江人也迷信，却不肯出死力去做事，即令迷信，也透着一种小家子相，毫无生气（参见《鲁迅全集》第五卷，438页）。

钱锺书先生《管锥编》引中外哲人从气候、情智上观察南北方人之区别，说是北方寒而其人寿，南方暑而其人夭。"温肥者早终，凉瘦者迟竭"。孟德斯鸠谓冷地之人强有力，热地之人弱而惰。休谟谓北人嗜酒，南人好色，则在外国也有此种南北之区别。

《列子·汤问》谓"南国之人祝发而裸，北国之人鞨巾而裘，中国之人冠冕而裳"，也从地理因素解会其生活处境及性质。橘子生长在淮南则为橘子，移栽到淮北就变成了另一种东西，果实形貌味道都不大相同了。人其实和植物一样，颇受地理环境的影响，品性自然有差异。

或有一事实可证明，古代的皇帝中，简直就没有南方人，从上古三代到"洪宪"的袁世凯。南方的振起发达，是在辛亥革命以后，突然加剧了它的影响力。这当然是一个郁积渐变的过程，魏晋南北朝以还，世族南迁；以后北方游牧民族南侵，造成无数次政治、文化重心的南移。

开化了的南人，亦颇倨傲。清代那个尺牍名家许葭村，他的《秋水轩尺牍》，即对北人甚为失望，他致友人信解释尚未生子的原因："求珠有愿，种玉无田。嗣息之谋，尚在虚左。"没有润玉般的美妇人，为什么呢？他解释说："始则津门访丽，既而选美金台，买来凡骨，自此所闻所见，大都北地胭脂，终异南朝金粉，恐未必能逢如意之珠。"在北方，天津河北一带，不易找到可供倚香偎翠的美玉一样的美妇人。北地妇人，无论品性、相貌，都不能像他印象中的"南朝金粉"一般迷人，所以才无可奈何地一任婚姻大事耽误下去。这位许先生是绍兴人，鲁迅的老乡。而鲁迅在他的名文《南人与北人》中，对南人北人的缺陷、可鄙之处一律不加客气地予以痛斥。

《水经注·江水注》中，认为山清水秀之地，每每生长俊彦、人中之龙；而地险流急的地方，其人亦大多性格褊狭，不易相处。杜甫《最能行》中骂道"此乡之人器量狭，误竞南风疏北风。"

像许葭村那样反过来瞧不起北方，那也是一种事实，尤其在下层，近代北方农村民智愚陋，老百姓所得教育，仅是下层说书人以讹传讹的瞎白话，养成一种怪力乱神、成王败寇的卑下念头。加上地理环境的恶劣，旱涝频生，生命难以维持，而生冒险乐祸、暴戾恣睢之心，义和团的发生，令中国创巨痛深，也有这样的因素在内。

南北东西，地域、物产、气候等的不同，终于导致各地方人物气质、习俗、文化及行为方式的差异，古人多有饶于趣味的观察和描绘。

唐代魏征等撰写的《隋书》地理志中，道及各处的民性特征，观察集中，好玩得很。

荆楚一带的人，"劲悍决烈"，他们久处山谷，言语方音浓重，土布当衣服，如果将其唤作蛮子，则他们必然发怒。他们喜欢祭祀鬼神，又喜龙舟竞渡。

吴越地方的人，"水耕火薅，食鱼与稻，以渔猎为业，信鬼神，好淫。人性并躁动，风气果决，包藏祸害，视死如归，战而贵诈"。关于这一点，李秀成攻克苏州后，有相当的感慨，"得城之后，当即招民；苏民蛮恶，不服抚恤，每日每夜抢掳到我城边。我将欲出兵杀尽，我万不从，出示招抚，民俱不归，连乱十余日"（见《李秀成供状》）。其躁动的野性，如闻如见，可作魏征言论的印证。同样大致是这一带，也有时间的不同而有异趣的观察，阮元在《扬州画舫录》的序言中说扬州"土沃风淳。士曰以文，民曰以富"，这是因为时代、观察角度的不同，以及所谓大气候的迥异而造成的结论了。

旁边接壤的豫章、庐陵一带，老百姓辛勤务农，上层人士一夫多妻，有功名富裕者，"前妻虽有积年之勤，子女盈室，犹见放逐"。

再往下，就是岭南、两广一带了，这里"土地下湿，皆多瘴疠，人尤夭折"。包括南海诸小岛，多产奇珍异宝，人多从商致富。此地的人，虽亦尽力农事，但重贿轻死，唯富为雄。老百姓俗好相杀，好械斗，相攻鸣鼓，到者如云。

彭城（徐州）以北不远处的鲁南之地，人民劲悍，读书人讲气节，任侠，好社交。"莫不贱商贾，务稼穑，尊崇儒学"。紧连着的齐地，"人尤朴鲁，多务农桑，崇尚学业。始太公以尊贤尚智为教，矜于功名，依于经术，阔达多智，志度缓舒"。但在齐郡，"旧曰济南，其俗好教饰子女淫哇之音，能使骨腾肉飞，倾诡入目"，也有庸俗虚伪的一面，譬如大宴宾客，佳肴满席，只能轻尝辄止，否则叫作不敬，旁人都要讽刺讥诮。

整个华北一带硕大的地方，"人性多敦厚，务在农桑，好尚儒学，而伤于迟重"。这地方的老百姓则重侠使气，好结朋党，悲歌慷慨，出于仁义；另一面则浮巧成俗，雕刻精妙，士女衣着，以奢华绮丽相攀比。中原、河、洛地方，则"俗尚商贾，机巧长风，巧伪趋利，贱义贵财，邪僻傲荡"。如是可鄙，也形成相当分明的对比。

巴蜀之地，在大西南。地处偏北地方，靠汉中以南至成都以北，"质朴无文，不甚趋利"。但口腹之欲望甚为强大，即令蓬室柴门的穷人家，也想方设法要吃大肉，否则不痛快。他们喜道教，忌讳颇多。宋朝人写的《岁华纪丽谱》则说成都"地大物繁而俗好娱乐……蜀风奢侈"云云。总之，会吃会玩，自古已然，于今为烈。

成都西北的少数民族之地，"人尤劲悍，性多质直"。整个成都平原，外围山川重阻，"其人敏慧轻急，貌多蕞陋，颇慕文学，时有斐然。多溺于逸乐，少从宦之士"。这里工艺美术的精妙，超过其他地方，再往南的西康边野一带，头人富人依崇山峻岭固步自雄，"以财物雄役夷、獠。故轻为奸藏，权倾州县"。

整个大西北，地接边荒，人民多尚武之风。多畜牧、多盗寇。女淫而妇贞，不过因为"俗具五方，人民混淆，华、戎杂错"，所以"去农从商，争朝夕之利；游手好闲，竞锥刀之末"。

魏征他们写此书之时，虽系总结有史以来政治风俗的得失，同时也在为当时政治提供战斗、管理、施政的情报方略，所以观察精密，态度中立，分析定性尤见功夫。

古人的现代性

人类万代繁衍，科技发展迅猛，日常生活大异于前。几千年前的神话与传说中种种变成现实，切近可感。科技推动的魔力不可小觑。但在时刻不停滚动发展的同时，棘手的难题也陆续暴露出来，来日大难，"君将哀而生之乎？"发展的科技不能同步解决这些问题，已是新世纪，这些问题仍令最尖端的科技束手无策。

譬如，引力强大、可吞噬一切（包括光线）物质的黑洞；巨大的太阳耀斑，其瞬间亮度是平常阳光的二十倍；地球磁场反转，磁场一旦失常，太空则发生粒子爆；全球疾病流行，生态平衡的破坏，可能出现强速而令人类毫无防范能力的病菌，如此即令微生物也可能毁灭人类；全球变暖，海平面不断增高，诸多城市将成水底世界；生物技术失控，转基因植物可能带来新的病毒；环境中的毒性物质，现已有世界诸多大城市空中含有大量的柴油发动机排出的微粒，它不仅致癌，而且破坏胚胎组织，减弱生殖能力。

据《参考消息》（2000年10月20日）说，1908年一块宽约二百英尺的宇宙碎片冲入大气层，并在俄罗斯西伯利亚的通古斯上空爆炸，其所释放能量，相当于广岛原子弹的一千倍。天文学家估计，每一百年至三百年，地球就会遭到一次类似体积的宇宙碎片的撞击，体积较大者，杀伤力更为巨大。

茫茫宇宙，奥秘无限。

太空，辽阔而暗淡。浩瀚磅礴的相形之下，地球实在也只是巨浪颠簸者在"走泥丸"。这样卑微的角色，有限的体能与智力，也许人类发现的所有物理、自然规律，都不如这一条黯然神伤，那就是：人的结局，不是一个统一体，而是作为分子和原子发散到宇宙中继续存在。

古人虽不如现代人"见多识广"，但他们中的杰出者，却葆有根深蒂固的隐忧，对生命本质的认识。他们善于倾听大自然深处发出的悲鸣和天籁极致的消息。"细推物理须行乐，何用浮名绊此生。"（杜甫）注目寒江，细推物理，智慧在雾霭云翳的笼罩中破晓而出。

"天地者，万物之逆旅；光阴者，百代之过客。"天才的李白如是表达，基于这样的认识，他常有感慨，"有时忽惆怅，匡坐至夜分。"（《赠何七判官》）按说他的心性，和他的诗的基调总不是悲苦凄切的一路，而感慨却深郁难掩，以致常常对景生愁，如谓"燕麦青青游子悲，河堤弱柳郁金枝"。那真是悲从中来，先天先验的，挥之不去。

就算"一蓑烟雨任平生"的苏东坡，"想得开"仍只是其表层形态，内里还是"忧患不已"，那是一种融入自然界的大忧患，他初到海南时，看海天茫茫，凄然伤之，何时得出此岛？转念一想，"天地在渍水中，九州岛在大瀛海中，中国在沙海中，有生孰不在岛者？……念此可以一笑。"这一笑，何等无奈。

这个意思，旧时诗人尽多表达，"蜗牛角上争何事，石火光中寄此身"（白居易），"闻道长安似弈棋，百年世事不胜悲"（杜甫），"凡物有生皆有灭，此身非幻亦非真"（辛亥党人），"区区一生，愿力无用"（郭嵩焘），"百年身世浮沤里，大地山河旷劫中"（佚名）。这样忧患漠漠、寄怀悲郁的透析解悟，指向一种意识的深渊，即人在大自然中的终极荒谬。奇怪的是，现代科技的滚动发展，并不能解脱这种悲哀于万一，反而分蘖出诸多新的问题，在加重这种思索；古人固不能明确预见今日科技的成就，但在人类命运的终极关怀上，却与现代人心情冥合，其分量，其深刻性，较现代人更为饱满。阮籍、岳飞、曹寅……直到魏源，这些古人都曾夜深徘徊不寐，除却尘役之劳，那就是人类面临的最终意义，被他们敏感觉察，而无可奈何。说无常，说万法皆幻，或有人以为绝对，但在古人的提示之下，生命因迁流不住只是当前，不是过去，也非未来，这样的认识，总大抵可以达成了。

刻刀下的真性情

偶尔才有这样的机会,摈却俗务,躲进小楼,把刀弄石,胸中逸气渐生;刀石冲突与转圜之间,阡陌纵横滋生出另一个世界,诸魔羁控的种种杂念,暂时竟也扫叶都尽。

把玩刀石之余,醉倒在闲章的境界中。大抵印章艺术,自书画中半脱离出来,至清代陡起一峰,蔚为大观。《飞鸿堂印谱》即为闲章艺术之集大成,数十巨帙,透过一座座新奇而考究的印文,恍惚可见纷红骇绿、山赤涧碧,思绪逸出,邈邈难收。

读这些印文,大有抚创安神励志止痛之效。其文不外言志、感慨、情景诸类,然大率句句都是不羁之态,刀刀都是自由之魂。且看——不贪为宝,志在高山流水,林深远俗情,宦途吾倦矣——其言志的心魂,岂非醉翁之意,在乎刀石之间吗?再一类——忍把韶光轻弃,知命故不忧,满眼是相思,待五百年后人论定——感慨之深郁岂不是埋忧冲刀之顷,挥之不去吗?而又一类——只有看山不厌,积书盈房,松窗明月梦梅花,眷恋良辰美景,流连朗月清风——在下刀的腠理和石纹的肌理中,这样的情与景,似乎顿得放大、落实。大自然的无边风月,在有限的方寸之间,似乎顿获无限之效了。

近人王菊昆以为,印之大小,划之疏密,挪让取巧,俯仰向背,各有一定之理,但也不完全一定,关键在"字与字相依顾而有情,一气贯穿而不悖"。此诚卓见也。治印大家邓散木则谓"刀法有成理者,有不成理者,而施之以用,则需因时制宜。"两大家心眼机杼同一。仅翻阅卷帙浩繁的《飞鸿堂印谱》而言,千人千种刀法,或冲波逆折,或六龙回日,或蛇行明灭,或磅礴正大,或幽花自赏,或断涧寒流,刀法本身也各成一种诗料,自然茂美。这是古人在混沌的大自然中为吾侪创造的一个小乾坤,一个艺术家心灵中的小乾坤。

不管治印者外表看似如何枯寂,生活如何单调,牵萝补屋,寒蛩不住鸣,但其推刀冲决之际,其中蜿蜒寄托携带的,却正是一种破网求出的自由精神。摘句本来是传统文艺鉴赏的老路,摘句于旧诗古文经传释辞;但治印因工具所限,一般而言,比摘录段落或完整之句要为节省。单位石头的面积容量既远逊于纸张,而推刀难度也较大于笔墨的措置。这种情况下落实到石面上的印文自然带有一种厚度、深度、力度,所得想象力的溺爱似也多出几分。凝神注目,缭绕直到心绪的灯火阑珊处,玄想幻化,只觉末韵纡转盘旋,久之不绝。往昔诗文,时人作品,所截出的一句半句,甚至只言片语,在石上落实,放大再放大,语句的内在容量很容易像鲁迅在厦门眺望夜色的时分,一沉再沉,"加药、加酒、加香",其辐射力,自然是老柴般经烧常在。

我喜欢这样的句子:葫芦一笑其乐也天,竹杖芒鞋,搔首对西风,君子和而不同,志士过时有余香,闲多反觉白云忙,凡物有生皆有灭,此身非幻亦非真,人生聚散信如浮云,庾郎从此愁多,让人非我弱,每爱奇书手自抄,蜗牛角上争何事。不开口笑是痴人,挑灯看剑泪痕深……

就情景的状态而言,这些截句印文确如卡夫卡所说:"地洞的最大优点是阴凉宁静。"幽花杂卉,乱石丛筿,摇曳于穷乡绝壑、篱落水边,仿佛一颗百年孤寂的心灵,虽然看去并非激荡的热血,心中却始终洋溢着人间的关爱。细味其精神趋向,却无在不是想象力稀薄处的逆动,是草枯霜冷时分的"芭蕉叶大栀子肥",是于无声处有激烈,是无形精神枷锁限定桎梏的冲决、超越,是自由精神的翱翔,有情有趣,有胆识,更有大悲悯，这才是刀中乾坤、石上世界的真意义。

中国旧时文人，无论帝制社会怎样无情寡恩，但林苑寺庙、山庄别业的存在，到底网开一面，提供一种身心的庇护所，思想自由，多少还有表达的余裕；刻刀笃笃，仿佛打开层层枷锁和规限，寄意深深，自娱娱人，自成一统；而由专制到集权的严酷时代，则山庄林苑，悉数扫荡，秦火焰烈，谎言涂抹之下，其实是一丝不挂的流氓政治，"为人进出的门，紧锁着"（叶挺句），艺士文人，避无可避，以至自由精神丧失殆尽，空疏萧寂，门可罗雀，艺术泯灭，人皆如行尸走肉。事迹本不光明，假慈悲为因果，地狱之设，正为此辈。然而，即使在这样的时分，包含孤胆与柔情的自由思想也在严霜之下艰难寻求生长与出路。近见媒体披露1973年冬新华社记者刘回年先生写给王洪文的辞呈，大为感佩。其时王氏任中央副主席，气焰熏天，选刘为秘书，馋杀几多依草附木者，然而刘回年却一拖再拖，最后上辞呈云："首长好，任秘书我深感荣幸，考虑到首长处工作，事关重大，要求高，本人从学校出来后一直当记者，自由主义惯了，不严谨，恐难以适应……"潜台词是不想干，不来干。这其中，也正包含着"若为自由故，二者皆可抛"的真意。石在，火种不灭，此番辞呈，真堪刻成一方大闲章，刀法要率性而充溢浩然之气，印边要连贯而时见缺落，边款可沏曰：自由主义惯，伟哉刘回年。他迫于无奈，无奈中偶一挥洒，到底绾住了自由的础石。

印章面积有限，但它的内在质地，也正是这样一种人类追求自由的普遍精神价值啊。

空间距离　催生悬想

空间距离真是奇怪的东西。距离产生美，也产生硕远无边的联想。人在空间的渺小，他只是作为一个"点"而存在的。在这个点之外，有无数的终端，引发冥冥漠漠的想象。如汉代张衡《四愁诗》，即谓"我所思兮在太山，欲往从之梁甫艰"。除此以外，他的思绪还放飞到桂林、汉阳、雁门这些当时相对而言的遥远之地。四方广远之处都令他牵挂不已。但因距离的关系，不能亲往详察，故他长叹而心情忧伤、烦闷怨艾。

路远莫致，徒怀忧心。自不免有未尽之憾。庄子的《逍遥游》，有其虚设的远方，北海、南海，以及迁徙的鲲鹏，那则是想象力对人类自身局限的补偿，是渺小人力的硕大外延。鲲鹏展翅，广大如垂天之云，不知有几千里也。

这是古人放纵自身想象力，到那些不可知的远方，里面蕴含着丰富的猜想，其间，思维活跃的程度，借白居易的诗来说，就是"上穷碧落下黄泉""升天入地求之遍"。

当代人的猜想，较之古人，一脉相传。尤其是对别的星球上同类生命的好奇呼唤，引发出很多似是而非的报道。古人以为月亮上有吴刚、嫦娥，以及桂花醇酒，那是纯粹的美的对象。月亮上的神话在宇航员登月的今天已经破灭，上面只有单调的灰暗荒土和太古般的沉睡。

但是人类的孤独的本质注定他们又要到更遥远的地方寄托他们的玄

想。这在心理深处，还和山海经时代是一样的。《山海经》中，海内海外，近地远乡，大荒广漠，离奇突兀的记述，是古人最早的海客谈瀛，虽然说得有鼻子有眼，却没有事实上的根据，但古人的叙述却是津津乐道。今人对外星人的猜想不也一样吗？可是悬念也终有嗒然飘落的一天，科学巨子霍金的发言可以给我们传道解惑。他以为无论我们多么聪明，都不能快过光速。如果快于光速，我们就可以回到过去，即回溯时光隧道。阁下想返回到明末的时候，往来于秦淮水榭，和李香君等樽酒论诗吗？想和唐代的任侠儿"系马高楼垂柳边"吗？请您乘着超光速的速度！但事实上，我们最多可以"生活在别处"，而无法生活在过去。霍金还认为，自宇宙大爆炸开始至今已有150亿年。而人类现有的形式，仅200万年。因此，即使其他星球系统进化了生命，相互发现的机会，也是非常之小。

假设我们能够遇到外星人，"他将会比我们原始得多，或先进得多"。若是先进，何以不扩散到银河系来访问地球呢？霍金强调说："也许存在这样的先进种类，他们听任我们自生自灭，不过我怀疑他们会对一种更低等的物种如此体贴。"（《参考消息》2000年2月11日）这对人的先天期待来说，是一种冷水浇背般的当头棒喝。思之生趣索然。

星河如此浩瀚，地球只是一个微渺的"点"。无尽的空间中，写满人类自身的守望期待，倒也不奇怪，只不过现代人借助科技的力量，延长了自己的手和脑，却必须接受更多无可奈何的信息，更令他们的想象力和预期的悬念，零落迟暮，大打折扣，难以像古人那样容易自我陶醉和自我安慰了。爱因斯坦说过："想象力比知识更重要，因为知识是有限的，而想象力是无限的。"我们今天人为地与大自然割裂，听不到风的声音，看不到星的灿烂，感受不到泥土的温馨，我们将由此失去一些最宝贵的东西——那就是与大自然融为一体后所产生的最原始的生命的激情和植根于大自然之中的无限的想象力与创造力。所以古人在文艺上所创造的偏爱价值越老越醇，别开生面，具有永恒的美的内涵。而现代派的美术、文学挤压感荒谬感细密沉重大大盛过古人，也有空间提供的想象受到阻隔切断的原因在内。我们的空间想象受挫，但不妨寄托于古典的艺文作品，因为其中有结晶一样的不朽的"第二自然空间"。

慢速度的风月观览

阿尔卑斯山山麓的公路边，竖着老牌标语：慢慢走，欣赏啊！简洁的句型中，含有无尽的劝慰式留恋。其效果，于有心人，大可提供长久的震撼。

近见《参考消息》载文称，当今欧美数百名作家应邀列出他们最喜欢的10部文学作品，其结果汇成一书，谓之《十大名著》。发起者以为当今生活乃黄金时代，轻而易举就能获得的书籍从未像现在这样多，但如何挑选却令人头疼。结果呢，入选者均为古典作品，当代无一人其列。

这样的结果，并非大家一致好古敏求，实在更因为出版物太滥太多，眼睛既伤于缭乱，身心又受牵于事务。看不过来，只有凭先前的印象、原有的阅读经验来做搪塞交卷了。快速、快捷、快餐、快报、快递、快览、快活……这是现代的征象，是所谓慢生活的反面，似也颇显示古今生活方式的区分。

当年范成大从成都回江苏，一路流连观赏；更早前他由江苏到广西赴任，当动身之际，低回不忍遽去，由苏州出发，"夜登垂虹，霜月满江，船不忍发，送者亦忘归，遂泊桥下"。

而他由广西转成都任职，取道今广西西北，进湖南，上湖北，转重庆，入四川，更走了足足半年之久，不全是路途遥远，更确凿的原因是一路风月无边，一种前定般的牵挽令其时作勾留。他从江苏到广西，从成都回江苏都写有趣味盎然的小册子记述行路的经历见闻，分别是《骖鸾录》和《吴船录》。而由广西到成都，更有专著《桂海虞衡志》，前二者以行路经历为主线，后者作详细分类的风物参证。

探索自然界的内在生命，表达文化人对自然的别样感受，与自然天籁相呼吸吐纳，客观上从诸般束缚中摆脱出来，获得了新的艺术生命，仿佛多头点火系统一样，在其心灵，布设由点及面的敏感记录。一番发酵长养，生成人心所掌握运用的第二自然。

同样的，晚清时节，俞平伯之父俞陛云由成都返苏州，虽云归心似箭，一路上也颇作有选择的停留，迷恋山川文章的趣味和法则，自然与心灵休戚相关，在他笔下，大自然的奇迹不啻生命意志的转型再现。

今之旅游者，呼啸而来，倏忽而去，除了交通工具的便捷造成的加速而外，经济与时间的困扰，心境的浮动不宁也有绝大关涉。较之古人，看得多而快，而所得甚少。

麦克阿瑟当菲律宾退却时，转进澳洲，大海茫茫中仓皇逃命，险象环生，相当狼狈，他竟还有心观察杀机四伏的暗夜风景，虽然这种旁骛不无苦涩。海浪的疯狂拍击的力量，似在增进其心灵的充沛笃实，一种硕大的气象活力，难以方物。而当其扭转太平洋战局，予日本毁灭性打击，重返南洋大陆时，提前自舱门出，涉水向岸，墨镜、烟斗、棱角分明的面部轮廓，身后的高参……本身就构成一道历史性的风景镜头，构成象征性的符号，预示从毁灭走向新生蜕变。麦克阿瑟败北时的风景眺望，所得之感触，较之曹操的南征，在长江水面横槊赋诗，情景要凶险得多，那种气势和风范，使其内涵也深郁得多。快中有慢，慢为后来的快作了厚实的奠定。山河风景，其人其事，合二为一，丰饶了无边风月的种种层面。

中国古诗（近体诗）最多交际题材的作品，而交际诗中无风景依托者绝无仅有，古人心绪的弹着点究在何处，也可不问而知了。幽微篱落、穷谷绝塞、大漠孤烟、小桥流水、苍藤老木、残夜水榭，荒原、古寺、落日、月夜、森林等，所以具有象征意味和感情色彩，乃因其对精神的奴役是一种天然的反拨。20世纪前的俄罗斯作家，每以风景为其作品的承载之具，于其中安置他们广漠的忧伤和念想，至契诃夫《草原》的出现，奠为不可逾越的巅峰之作。他们对大自然的领略，既有猎取，更有返还；经其头脑，心智的处理，化为巧不可阶的文字建筑，乃是一种新的自然或曰第二自然，由别样文字生成的大自然。如此心智结晶，与大自然一样千差万别，几无雷同，那些一流文字所携带的文化意味和感觉，从历史的深处浮现出来，朴茂、悠远，深不可测。

对风景的赏味投入实际可分出不同的层次，人间味的注入也略有分量的区分。但其对风景的留念、依托则为同一心理背景。

不同的作者赏味的机杼轻重浓淡不同，就在同一个作者身上，也有缓急悲欣之分。像韩愈笔下的"山红涧碧纷烂漫""芭蕉叶大栀子肥"，就和"雪拥蓝关马不前"颇有心境的悬殊。

1861年，征战方酣之际，曾国藩有致其子函件，略云："乡间早起之家，蔬菜茂盛之家，类多兴旺。晏起无蔬之家，类多衰弱。尔可于省城菜园中，用重价雇人至家种蔬，或二人亦可。其价若干，余由营中寄回。"窃以为，曾氏所强调，所寄意，并非非吃自家所种菜蔬不可，读书种菜，其间有相当寓意，园中蔬菜，乃是一种贯穿意志理念的自然风景，是将山林拉到农耕风景的切近之区，人间味胜出，同时也使得快与慢的节奏达至一种均衡，但在幽深的背景上，风景留念的意味无法摆脱。

傅增湘自北京回四川江安，一别多年，近乡之际，站在高处眺望，山木河川，人间烟火，被他一番古意斑斓的文字渲染得一片凄迷，在此则人间和山林的意味等量。

美意识的延伸可说是无远弗届，而在专制社会的桎梏之下，它的延伸铺陈，就是自由部分实现的象征。古人的慢生活，也可谓另一种意义上的高速度，更支持其冷静的观察力。而今人的快速观览，于心灵的安顿，是大打折扣的，其症兆，是将头脑置于春困秋乏夏打盹的状态，乃一种疲惫的循环，造成快不如慢的尴尬境地，无从自拔。

"夜登垂虹，霜月满江，船不忍发，送者亦忘归，遂泊桥下。"何等邈远而无尽的留恋啊。

民国篆刻说略

篆刻和书法一样，虽然都是因字写意，但刀、石的坚硬与纸、笔的柔软究系两事。起刀驻刃之间，更犹豫不得。就性质而言，是遗憾的艺术之尤。

民国几十年间，艺人辈出，篆刻家也如星汉灿烂。艺术都有移情作用，观印文字体，或瘦硬有神，或圆融洁净，或流畅自然，或春花袅娜，凝神注目，仿佛可以感到铁刀起驻，用力一冲的气机风致。想着这个过程，不禁动起感情来，那清冷的寂境也不觉其寂了。这个时期的篆刻艺术于古人是一个总结，却也在寻找发展的种种端绪。其所作固然是他们所乐于从事的工作，但更是以其创作才华，透过刀、石去表达个人之民族忧伤。

闲章虽着一闲字，而最能表明艺人心迹的，也就数它。古来闲章，虽然冷凝成一古物，它的内容力量却能无限放大扩展。民国刻家，对此也真是情有独钟。经子渊"天下几人画古松"印风得汉碑的大气古厚，似见墨渖淋漓。吴昌硕"泰山残石楼"于古奥残损中见完整。齐白石"见贤思齐"大气磅礴，东西映带，交换垂缩，如长河落日，有一种戢翼长征、浩然不顾的神气在里头。黄宾虹"黄山山中人"则有老衲燕坐的静穆。李叔同"烟寺晚钟"则让人领会生命的流逝，仿佛和那烟岚钟声的飘忽是一物的两面，观其刀法的从容浑穆不禁惕然有思。至于运笔的方法，又自出匠心，长铗短剑，春花秋月，各各弄姿无限，俾抒素志。马一浮"廓然无圣"刀法稳健而多用修饰，每一画成，必下数刀，有月白风清之态，与齐白石的"我刻印同写字一样，下笔不重描。刻印，一刀下去，决不回刀"，取径万殊，而意趣也各异。

民国时期，社会动荡，风雨鸡鸣，知识分子艺术家如幕燕釜鱼，每多流离转徙。抗战爆发不久华北大片土地沦陷，寓居北平的齐白石贴出告示，"白石老人心病复发，停止见客"。其决不觍颜事敌的风骨也熔铸在刀笔纸墨之间。潘天寿抗战后为《治印丛谈》写的弁言尝谓："五月，敌人无条件投降，举国狂欢，史无前有，是篇可为寿私人抗战胜利之纪念品也。"国事蜩螗，艺术既成为人心的补偿，却也无一处不熏染时代的风雨气息。虽然时局动荡，艺术却极大发展，一方面聊避虎狼之害，一方面也是言志所需。20世纪60年代，四凶横行，艺术家惨遭灭顶之灾，作品投之炉火，用为炊事之薪，文士心血，化为一缕青烟，那才真正令人扼腕。

民国篆刻家中，其人往往兼有作家、画家、书法家、学者等各种身份，其大家如吴昌硕、齐白石、黄宾虹、经子渊、李叔同、马一浮、乔大壮、郁达夫、邓散木、丰子恺、瞿秋白、闻一多、张大千……而遭际最惨，要数乔大壮。他深谙法国文学及中国古籍，治学旁征博引，无不如臂使指。金石碑刻之学，更是冥追神悟，造乎其微，其智慧与艺术手腕，一时无两。20世纪40年代后期，因秉性耿介，哀时抚事，内心痛苦达于极点。终于在1948年7月初，风雨交加之夕，自沉苏州城边梅村桥下滔滔波中。他之所刻："物外真游""帘卷西风""十年磨剑"，用刀诡谲，收缩穿插间疾涩并举，可谓新意迭出，罕有其匹。邓散木的"忍死须臾"，郁达夫的"我画本无法"，在构架心思上都有这种特点。

天生骨头太硬，弯不下腰去，亦不能披剃入山，这样的心迹，熔铸在印文的转折行进缺落中，好像心中之曲化成了凝固的乐谱，别有一种苍凉凄楚。拿想象来补充现实，其丰神、其古意，要不外以血泪凝成一方方心灵结晶品。治印，虽看似冷硬，而艺家的精力慧心，其不付诸流水或与荒烟蔓草同归朽没者，亦端赖于此。艺术在过去的时代，实在是知识分子无路可走而寻求寄托的无量法宝。修身齐家治国的道理，都在里面；人生种种尴尬悲酸，又何独不然？20世纪40年代闻一多居昆明，虽然说刻印卖钱，而一种感慨悲歌的怀抱，也毕竟掩藏不住，无限回思之余，仿佛也就听得见闻氏奏刀的遗响悲风，顿挫疾涩之间，也就透着他的良苦用心呢！

惊险百出的柔性艳情
——张恨水先生的《平沪通车》

《平沪通车》，张恨水先生的名作。时代背景乃1935年前后。

银行家胡子云携带巨款，乘坐火车由北平赴上海，他具有一副政客的体貌（白皙乌须而态度稳重），正做着醇酒妇人的春梦。他在餐车邂逅没有买到卧铺票的绝色女郎柳絮春，乃聊之，竟然有远房亲戚的瓜葛。他见色起念，百计接近，不知女郎早有预谋，多番转折后，从他日思夜梦的虚拟幻境进入实体操作，当夜便做一处，度过火车上的浪漫春宵。次日旧情重温，晚上到达苏州站时，停车较长时间，当银行家醒来，火车已将抵上海，他的巨款早已经不翼而飞——游戏已经结束。颠鸾倒凤辉煌胜利之后，立刻就暴露了它的本质——骗术。银行家傻了，随后他疯了。又过了几年，穷愁潦倒的他又在苏州站遇一女流，像极柳絮春，他触景生情，追了上去……

火车车轮滚滚，而情节也随之吊诡谲奇。这么一个柔性、艳情的故事，写得惊险百出，笔力不稍衰。其叙事风格是稳重大方而波澜迭起。

主人公闲情横流，放肆尘想。对其艳遇益发坚信不疑。女角对其控制，也如机床齿轮之咬合，严丝合缝，动弹不得；最能迷惑人的九尾狐狸精，或如运用阿斗，心算之间就钦定了他的天下。

江山可改，人性难移，在一个混乱冥顽的物质社会，若有西施王嫱倩影入梦,那多不是巧笑美目的欢好,而是白骨精取命剜心的利刃。胡先生一时糊涂,为一己的欲望所牵制,而击毁在对方人性贪欲的遏制之下。

恨水先生的叙述笔法,有这样一种魔力,丝丝入扣,绵密紧凑,而又一波三折;每每有那关键之点,端的是针插不进,水泼不进。拆白党的女角,似乎也丝毫没有佻达不雅的作态,女角的诱惑过程,她的破绽好像微风掀起的衣襟,亦藏亦隐,很快又是夜阑风静縠纹平。也即说,您发现了破绽、不对劲,但您却甘愿受骗——您发现了骗局却并不相信这是一个骗局,您把吴钩看了,把栏杆拍遍,也还是无人会登临意。他老先生这一支健笔,好像万吨闸门,肩住了宏深的水泊,不动声色,到了开闸的时候,只见万钧雷霆,咆哮而出,悲剧之不可挽回,由是定型。当中包含的洞察与解构,稳稳当当地立定在那里。写到女郎苏州下车一段,直是惊心动魄,好像身历一场大型政变一样,种种处心积虑的计谋重锤一样砸着人心。

胡子云最后疯狂了。他又来到火车站,又看到了和先前的他一样身份装束的大亨男子,正在及时地为那不相识的妙龄女郎大献殷勤。子云叫道,喂!你不怕上当吗?"然而天下上女人当的,只管上当,追求女人的,还在尽力的追求……"读者似不能因有惨痛之一面,而忽略其有教育针砭意义之一面。西方有句谚语,说:你骗我第一次,你应该感到羞愧;你骗我第二次,我应该感到羞愧。但对于一种深入骨髓的骗术,要后悔却噬脐莫及。

女人善敲竹杠,西方谓之挖金姑娘。至不惜以最欺诈之手段达至其目标,谋划之深沉、手腕之灵敏,恰与奸商为富不仁上下其手配为佳偶。风姿绰约,明目善睐,外在身段无限柔软,而内里同样硬狠心肠。是蛇蝎,谁近之,则咬谁。此类人在社会交际中,所伤害者,为不同的个体,如在政坛上,所愚弄颠倒者乃是无数人间良善、无数的无告小民。巨奸大恶,和拆白党女角实在同一城府,同一手腕,同一邪恶;只是前者玩弄生命,杀人无算,而美其名曰理想社会,幸存者之拊膺痛哭,并不能消泯其伤害于万一。所以专制社会，最是生长骗子的土壤，情感骗子和政治骗子一样出色一样生生不绝。他们运用了组织，控制了民众，渗透了社会的阵营，施用了毒辣的谋略，真是民族之极大危机，也是人类无比的厄运！反之，在民治民有民享的社会，由于有选举制衡等有效手段，政客无论怎样的狡狯，他都难以成为"挖金姑娘"，他要有分外之想也可以，但得付出劳作和真情，还只有一分钱一分货；而人民，却能以最低的代价，享受到最大的艳福。

20世纪90年代末期，我还在读高中，初读此书，为其哀感顽艳所眩惑，久之难以释怀。

"呜的一声，火车开了，把这个疯魔了的汉子扔在苏州站上，大雪飞舞着，寒风呼呼的空气里，他还在叫着呢！"

深邃隐约的智慧体察

科学已进入飞速发展的尖端时代。然而，不用说，混沌的宇宙乃至微尘般的地球，仍充满不为人知的神秘。

不借助望远镜，人的肉眼可看见六千颗恒星。其中，太阳距离约一亿五千万公里；月球呢，科学界根据激光脉冲到达月球再返回地球约需要两秒半的事实，得知月亮、地球之间的平均距离约三十八万四千公里。很多只见微弱光芒的"小星星"与地球之间的距离，就需要光年来计算了。用天文望远镜或射电望远镜才能观测到的小行星与地球之间的距离，也大得不是我们的头脑所能想象的。如今，美国天文学家发现两个迄今为止最遥远的类星体，据《参考消息》（2001年6月7日）说，这两个类星体距离地球约八百亿光年。这个数字，这个距离，则更令我们的思力为之束手无策，望洋兴叹了。

佛经里头曾叙说，三千大千世界。此并非说是三千个世界，而是集一千个世界为一小千世界，集一小千世界为一中千世界，集一中千世界为一个大千世界。其中连环含有三个千的倍数。而此三千大千世界，只是一佛摄化之土。经中说，虚空无尽，世界无量，国土众生无量，所以三千大千世界亦无量。此外还有无量的世界，它视我们所处的地球，不亦是太空中的一粒微尘吗？天文学的发达，证明银河系中的星球多至不可胜计。而古籍中的观念世界，却很早超出了地球的范围，在很抽象很超越的思考星空的奥秘了。

唐代诗人王维受西来佛典的影响，有诗句说："已悟寂为乐，此生闲有余。思归何必深，身世犹空虚。"（《饭山僧》）柳宗元仰观宇宙，想到它的生成问题，有元气之说，他写道："一气回薄茫无穷，其上无初下无终。"近代的思想家、蔡元培的朋友宋述先生，有诗说："恒沙世界安可极，无量金石总消沏，吁嗟大地尚非坚，何况区区动与植……人间难觅武陵源，世外空思安养国，众生平等境太遐，同类相残我深急。"将无限时空与有限人生，圆融交织，同一感慨，哲思宛转。

可见古人对心境、物境的摹写，极具时空感，而且深切体悟到空间的无穷无尽，时间的无始无终，对宇宙天体的宏越浩瀚而在现实中却难以思议的征象颇有觉察，并且隐隐与现代科学的结论相吻合，他们如何解释人身渺小与宇宙混沌无际的矛盾呢？那就是思维方面的"一念三千"，恰如柳宗元《法华寺石门精室》所说："小劫不逾瞬，大千若在掌；体空得化元，观有遗细想。"这就是人脑脑力极限发挥的思索形态了。

时间深处的怀想

"女病妻忧归意急，秋花锦石谁能数？"（元稹）"落红万点愁如海。"（秦观）"白发三千丈，缘愁似个长。"（李白）"无端篷背雨，一滴一愁生。"（清人句）"一川烟草，满城风絮，梅子黄时雨。"（贺铸）愁之极境，前人已极言之。或闲愁满怀，或对景生愁，或因生存意志的怀疑，或以物质的困穷，愁雾弥漫，如影随形，挥之不去。

张恨水先生当动荡岁月，民元以后，风雨如晦，鸡鸣不已，军阀暴生，国无宁日，各地志士屡仆屡起；抗战以后，又辗转流徙，衣食住行的基本生存固成问题，书籍的奇缺，更使精神难得点滴寄托。《剪愁集》即写于这一漫长时期，遭遇坎坷，颇多难言之隐。彼时新文学已大倡，小说、戏剧、散文、语体诗，构成新文学主流。诗词之道，虽未湮没，然亦颇乏市场，新文学家更视之为远远落伍于时代的雕虫小道。北洋政府时代，老牌官僚政客往往把旧诗拿到势利场上作交际之用，与清客的媚态，相揖让唱和，而其本质，却是私欲内里，风雅其外的。就连吟风弄月、偎红倚翠都算不上，徒成其妄念贪心的装饰品。结果自然不免连累到文艺本身。新文学家固然有激使然，多弃之如敝屣，一般中青年文人，对它亦冷落，虽然他们不免有些旧文学的功底。其实就主因来说，委实并非错在旧诗本身。周氏兄弟、俞平伯先生的诗词作品价值均不在他们的新文学之下。而郁达夫的大量旧体诗作品价值均不在他们的新文学之下，近年见有论者以为其审美分量在其小说、散文、文论之上，亦可谓知言。恨水先生那样饶于老派情怀的文人，他的诗词、散文，俱为小说的巨大声名所掩，实际上他的旧体诗词既合于温柔敦厚的诗教，又能近接时代氛围，使个人品格与知识分子的怀抱相交织，同时亦将民间的疾苦、兴亡的情绪寄托其中。他的《春明外史》《啼笑因缘》《金粉世家》，虽以章回体名世，实际上也是章回体的《家》《春》《秋》，其艺术价值和社会影响都并不在后者之下的。《剪愁集》之"剪"，略等于现代文论中的宣泄、升华之说，故言愁即是剪愁。在恨水先生或婉转或直截表达的种种深隐大痛之间，对于世风的转变，时代的激荡，民族的冲击，我们后人不能不为之啼感三叹，虽然逝水流光，斯人已杳，但古今人情不相远，意识形态固已一变再变，而时代的风烟余烬里，后人亦不难找到自己类似的影子或理念。

《剪愁集》可圈可点之处实在太多。固然说欢愉之词难工，穷苦之言易好，但身处怨愁困乏，在孟郊、贾岛这些古人，一变而为通彻的绝叫，在恨水先生，却在言愁中，保持了儒者相当的敦厚，愈见其沉痛悲凉，入骨的沉郁。他的绝句承转自然，无丝毫斧凿痕，妙在言语之外，是近乎天籁的那种。七律以其格局工整，可以写景，又可以传情，无如诗中最难学的就是这一体。恨水先生以渊深的旧学功底，天才诗人的情怀，笔下律诗亦多浩气流转，往往以血性语，直搔人生的痛痒。有时造意深远、措辞谋篇巧不可阶，仿佛字字露光花气，十分醒眼；有时又出以打油之体，类似白话，一看便懂，却字字非悲风苦雨，非大手笔大力量不能妥帖。忆昔十五六年前，我们这群毛头小子正在大学听老师讲现代文学史，无非说恨水先生是典型的言情小说家，也是轻轻一语带过，误人子弟，往往莫甚于课堂，实则就先生全集而观之，言情比重并不太大，往往在抗战以后，其各类作品，无不与民主政治、抗战建国有关，他的新旧兼备的思想，又使他养成愤世嫉俗、守正不阿的态度。罗承烈先生说，所有一般"文人无行"的恶习，在恨水先生的言行中丝毫找不出来。他一生写文卖文，对世道人心有绝大的启示，却无半点非分之想。因此先生卷帙浩繁的作品达三千万字以上，而且都是站得起立得稳，从容不迫中透着泼辣犀利的，是现代文学中经得起考验的丰碑、不可低估的文化财富。

"热肠双冷眼，无用一书生。谁堪共肝胆，我欲忘姓名。"（《记者节作》）"一瓶今古花重艳，万册消磨屋半间。"（《五十九初度》）"登台莫唱大风歌，无用书生被墨磨……都传救国方还在，早觉忧时泪已多。"（《枕上作》）"百年都是镜中春，湖海空悲两鬓尘。"（《敬答诸和者》）含意无穷，哀而不怨，然读之每觉泪下难禁。不读民国史，不足以读《剪愁集》，不思索当今社会，不足以尽尝剪愁之深意。"苍蝇还到冬天死，世上贪污却永恒。""官样文章走一途，藏猫式的捉贪污。儿童要捉藏猫伴，先问人家躲好无？"（《苍蝇叹》）"这个年头说什么，小民该死阔人多。清官德政从何起，摩托洋房小老婆。""谈甚人生道德经，衣冠早已杂娼伶。"（《无题三十首》）"久无余力忧天下，又把微熏度岁阑。斗咏友朋零落尽，一年一度是诗寒。"（《丙戌旧历除夕杂诗》）灵光闪烁的古汉语，在恨水先生那里得以出神入化地运用，旧瓶所装的是新酒，更可贵的是诗人正直敢言的人格本色。言志与载道两者的水乳交融，忧患的意识以批判的锋芒出之，使之成为一种别致的杂文诗。家国之感郁乎其间矣！今读《剪愁集》，绕室徘徊，不能安坐，益觉旧诗不灭的生命力。

"满长街电灯黄色，三轮儿无伴……十点半，原不是更深，却已行人断。岗亭几段，有一警青衣，老枪挟着，悄立矮墙畔。谁吆唤？……硬面馍馍呼凄切。听着叫人心软……"（《白话〈摸鱼儿〉》）浅近文言，古白话，现代白话，在恨水先生笔下，其表现力是惊心动魄的！大俗反获大雅。似随意实讲究，如这阕《白话〈摸鱼儿〉》，其尖新与朴素，奇巧与浑厚，下词之准，状物之切，情景的逼真，声色的活现，不可思议地交织在一起，不能不推为白话长短句的典范。

20世纪30年代初虽然疮痍满目，乱象横生，文化人的生存尚有一席之地。等到40年代，国破山河在，精神和物质都无路可走之际，国人仓皇如幕燕釜鱼，文艺的色调，自然也由灵动多元衍为潦倒哀哭了，人真到了绝境，是很难幽默起来的。苏东坡以为文人之穷"劳心而耗神，未老而衰病，无恶而得罪"，是从作文那一天起，忧患即相伴随，几乎是先天的。不过以此衡量恨水先生，在言愁方面，却只说对了一半，他更多的是忧时伤世，自哀哀人。他对民间疾苦，有着近乎天然的感触。当然在创作的效果上倒是欧阳修序梅圣俞诗集所说："非诗能穷人，殆穷者而后工也。"事实上诗人与穷愁结缘，是自古而然的。只不过可穷者身，而不可穷者情志而已。狂者进取，狷者有所不为，旧时文人最多这两种，都可取。恨水先生却不是狂者也非狷者，他是堪为士范的贤者。旧道德和新思想在他身上得到奇妙的亲和融会。他的一生和他的全集一样，是一出漫长的传奇文，洋溢老派和正气，他是那种典型的老作家，重友谊，尚任侠，像长途跋涉的骆驼，这样的作家近乎绝迹了。他的小说，固是白话，而他的诗词散文，却在白话中浸透了文言气息，楮墨内外虽与时代共呼吸，而他的心情，确实很旧很旧的——令人揣摩不尽的旧时月色！负手微吟一过，满心都是温馨和苍凉。这是因为他一肩是中国文学传统，另一肩是西洋文明，他的写作生涯回忆，说他年轻时产生过才子崇拜和革命青年兼具的双重人格。他笔下是传统纯正的中文，思致宛转，尺幅兴波。今天的文场，面对弥望的翻译体，那种像掺沙豆粥的文字，别扭拗口，冗长空洞，他们的初衷是要写话，结果却是不像话。古调虽自爱，今人不多弹！这样的情势下，不免令我们越发怀念恨水先生的文字空间，怀念那醇酒一样的、陈年旧曲一样的文字。

书法妙喻之别笺

《太平御览·艺部》引前人譬喻状拟名家书法体势，具象可感。准确传神之外，别有一番风韵一番自在。激赏之余，为之笺证，非注释其出处来历。以古今杂书与之冥契道妙者为之再进一解，故谓之别笺。

"王右军书如谢家子弟，纵复不端正者，爽爽有一种风气。"——东晋谢家子弟，身着乌衣，世称乌衣郎。以乌衣的整肃大气来烘托俊逸闲雅的精神情态。辛弃疾词《沁园春》亦以谢家子弟形容山态，"似谢家子弟，衣冠磊落"。唐代《选举志》谓择人之法有四："一曰身，体貌丰伟；一曰书，楷法遒美……"若此似可见字知人了。

"王子敬书如河洛间少年，虽皆荒悦，而举止蹉跎，殊不可耐。"——唐代李廓诗《长安少年行》："追逐轻薄伴，闲游不着绯……青楼无昼夜，歌舞歇时稀。"即为这类少年写照。此言其书风行笔优柔寡断，匮于弹力而精神不振。以李廓诗证之，则其疲沓处，可跃然纸上。

"华欣书如大家婢为夫人，虽处其位，而举止羞涩，终不似真。"——大家婢欲为夫人而未为夫人者，如《红楼梦》中袭人，多造作之态，每惹人厌。言其书艺虽有名而未能进窥堂奥也。唐卢纶诗"舞态兼残醉，歌声似带羞。今朝纵见也，只未解人愁"，以其不似真，而未能解愁，固矣。

"袁山松书如深山道士，见人便欲退缩。"——此言其行笔多收敛而乏弹放。《徐霞客游记》卷一："攀绝磴三里，趋白云庵，人空庵圮，一道人在草莽中，见客至，望望然而去。"道人清隐，与外界人事隔膜悬殊，故见陌生人事，避之唯恐不及，这和武陵人误入桃花源，"村中闻有此人，咸来问讯……设酒，杀鸡作食"，恰好相反。袁氏书法之乏力，于此喻大可想见。其与活泼飞动之书风，自成两种极端也。

"萧子云书如春初望山林，花无处不发。"——此言其书风烂漫多姿，如山花映发，攒峦耸翠，涉目成赏。如杜少陵诗"黄四娘家花满蹊"，如明人甘瑾"莺燕东风处处花"，声色移人，仿佛于墨韵中见之，难免"迷花倚石忽已暝"（李白）。似幻实真似奇实确，艺术里面满是梦呵！

"崔子玉书如危峰阻日，孤松一披，有绝望之意。"——如《水经注》所谓"两岸杰秀，壁立亏天"，"回峙相望，孤影若浮"。自然造化之中，无所不有，姜白石论书法以为首须人品要高，人品书品实一而二，二而一。但书品又与心情关涉颇深，世事如波上舟，日日居苦境，即云霞满纸，能不慨然绝望？

"皇象书如歌声绕梁，琴人舍挥。"——此言其意到笔到，笔不到意亦到，意韵迂转盘旋，笔势之外，尚有袅袅不绝之想。如钱起"曲终人不见，江上数峰青"是也；如白居易"弦凝指咽声停处，别有深情一万重"是也。此喻系视听通感，转喻其难言之风神。

"孟光禄书如崩山绝崖，人见可畏。"——唐岑文本《飞白云书》谓"拂素起龙鱼，凤举崩云绝"，此喻是说他的书法有弹力，飞动惊炸，内力弥满。但也可能用力过度，矫枉过正，故"人见可畏"。

"薄绍之书字势蹉跎，如舞妓低腰，仙人啸树。"——晏几道"舞低杨柳楼心月，歌尽桃花扇底风"，韩偓咏舞女"袅娜腰肢淡薄妆"。这是说他的字势柔媚，刘熙载论书法之书气当以士气为最高，若妇气、村气、市气、匠气皆不可取。一因笔墨跟书家之性情相关联，故此君书法实有所不堪也。

"萧思话书恣墨连字,势倔强,如龙跳渊门,虎卧凤阙。"——字势恣连而倔强,似与瀑流相类。《水经注》卷三十谓:"一水发自山椒下,数丈素湍,直注颓波,委壑可数百丈",差可拟之。钱锺书先生《管锥编》引王僧虔评萧思话书"风流趣好",则其变幻疏密,当有可观。

我敬魏默深

20世纪80年代中期，我刚工作不久。日子过得颓唐不堪。有时整个礼拜天就在那间老楼上枯坐，真个寂寞到骨，与光阴共老。这样的境况中，镇日翻览徐世昌所编《晚晴·诗汇》。日子一长，略有心得，遂强分清代诗人为三类，亦消遣耳。一类则苍凉激荡，若钱牧斋、阎尔梅、吴伟业、顾亭林、郑珍、舒位等；一类则闲适逸淡，若余怀、董说、严绳孙、刘体仁、王渔洋、袁枚、黎简、法式善等；一类则感伤失意，若周亮工、贺贻孙、宋琬、屈大均、纳兰性德、厉鹗、黄景仁、张问陶、彭兆荪、龚自珍、项鸿祚、苏曼殊等。

我以为清诗的巨子，这当中也就颇有包略；殊不知后人论清诗，其最推崇者，尚非以上诸家，而是陈三立。

汪国垣《光宣诗坛点将录》奉陈三立为一百零八将之都头领，文学史更承认他为同光体之首。三立为诗生涩奥衍，用心苦而用功深，陈石遗说他"不肯作一习见语"，天工人巧相一致，他是江西诗派在清代陡起一峰的传人。其集外残句尝谓"凭栏一片风云气，来作神州袖手人"，诵之绝有愤激郁勃之沉重感，难以安座。民国副刊三杰之一的张慧剑先生更崇拜到五体投地："故诗人陈散原先生，为中国诗坛近五百年来之第一人，不仅学力精醇，其人格尤清严无滓。足以岸视时流。"（《辰子说林》）则不但高居清人之首，更视明诗人为无物。

年来温习清诗，读《古微堂诗集》一过，大为震撼。则我个人以为五百年来第一人，不是以上划分三类所涉巨子，亦非陈三立，而是魏默深（魏源）。

魏源诗之能在古今大家诗中高出一格，乃以其于山河风景之中契入悲感，且衍成一种系统贯穿、长流不止的生命情愫。而状物之工，抒感之切，因其悲感的蒙络浸润，上升到情绪哲学的高度。加上魏先生思力精锐，藻采纷披，而以其哲人式的深刻悟性，遂令诗思、诗境盘踞肝肠，深入思维，一经接读即不可辞。

"披衣坐复行，仰视天宇翔……群动何有始，列宿何有芒。每念生灭由，精微莫能详。穷年事糟粕，谁极无何乡。乐哉空山空，悲哉长夜长。"（《村居杂兴》，组诗）

"往往梦中句，欲追旋已忘。万物各汲汲，吾生亦皇皇。"

"问月月不知，占天天共仰。"

"沉沉万梦中，中有一人晓。置身天地外，何羡红尘浩。"（以上俱《村居》古体诗）

"少闻鸡声眠，老听鸡声起。千古万代人，消磨数声里。"（绝句《晓窗》）

"秋色青天地，河声变始终。"（《华岳》）

"水与山争怒，天为地所春。"（《阳朔舟行》）

其《衡岳吟》《庐山纪游》《粤江舟行》……综合李太白、杜工部那种兴亡感、沧桑感，与模山范水的一种奇警异常而共有之。

若杜工部状白帝城"高江急峡雷霆斗，古木苍藤日月昏"，深异到骨，非后世诗人所能望其项背，而魏源笔下多有之。故郭嵩焘由衷绝口赞之："默深先生喜经世之略，其为学淹博贯通……游山诗，山水草木之奇丽，云烟之变幻，翕然喷起于纸上，奇情诡趣奔赴交会，盖先生之心平视唐、宋以来作者，负才与之角，每有所作，奇古峭厉，倏忽变化不可端倪。又深入佛理……而其脉络之输委，文辞之映合，一出于温纯质

实……"（《古微堂诗序》）

　　章太炎的朋友北辉次郎，亦日本近代一有名学者，尝期化学方法日进精益，使人可以矿物为饮食，而动植物皆可恣其自生。杀心绝，交会断，人即与天神相合而离大患。实则这种心态与"邈姑射山有神人居焉"的寓言，出于同一机杼，只是一种静夜思——玄而又玄的幻想。

　　人类自身，给种种不能超越的条件所限制，微渺、劳碌、挣扎，造成自身严重局限；而魏源之诗，即将此种局限与大地万物亘古时空相形之下的深沉感慨随机高妙表现出来，这些感慨质高量多，且多发为深异明晰之比喻，将形而上之抽象问题化为具象之对比，一读之下，即有沦肌浃髓之感。

　　旧时官僚里面，不知他们做了多少诗。明清以还，印刷业进步，集部里头的数量，为之激增。但有相当一部分官宦诗文，诗非不工，律非不合，然其诗句即令看到眼熟，也了无感觉，为什么呢？就在缺少关心人类局限的深悲大痛——这种终极关怀。而魏源大笔如椽，其作品令心灵在冥冥之中与自然精神对接，而发出宇宙人生根本意义上的最高认识。字句间缭绕生命的消耗感，人生的消磨感，而字句之外都是无尽的沉痛，真所谓忧能伤人者。令人读之惕然有所惊觉，并为之兴感不已。

　　诵其诗，念其人，我敬魏默深。

闲坐想起陆放翁诗

一般以为陆游诗爽丽直捷，风格豪放。他一生作诗甚多，在整个旧诗人里面其数量要排在前几名，所以或以为在这多量创作的另一面乃是豪放有余而回味不足，或者一泻如注，减少了沉痛的分量。

以前所见仅限于陆游诗选本，至庚辰年仲夏，在溽暑热里，把陆放翁全集浏览一过，顿有别样的叹惋。原来所谓缺少韵味、一泻如注不免是一种误解，实则陆放翁原是抒写大沉痛、大悲悯的高手。这些诗非特量多，而且质高，四河九流弥漫浸灌，真所谓哀痛蚀骨，忧能伤人者。其间也就不难发现他和盛中晚唐几个时期的诗人的差别，那是一种气质气味上的异向之美，它反和清朝中晚期诗人有一种本质上的贴近。有清一代全面恢复古典各时期创作风气，从秦汉魏晋到盛中晚唐，各各投胎，转世标帜；更有影响面极广的宋诗派。但陆游和它们的缘分倒并非因为宋诗派的存在，而是血缘上的天然亲近，以哀痛为骨，悲悯为调，寄慨深深，如其"身世从来一蠹鱼。"（《道山》）"海内知心人渐少，眼前败意事常多。"（《菱歌》）"一日日穷穷不醒，一年年老老如期。"（《杂咏》）"暮年多感怆，孤梦久不成。残灯暗无焰，宿雨滴有声。"（《宵思》）"尘埃眯目诗情尽，疾病侵人酒兴疏。寄语莺花休入梦，世间万事有乘除。"（《潜兴》）至于他的《小院》："世事熟看无一可，古人不作与谁评。"则与袁寒云诗"十有九输天下事，百无一可眼中人"遥相对视，大有击碎唾壶,由生活层面具体而微的哀愁上升到整个人生的悲慨。这大抵也是整个清朝诗人的集体下意识,殊不知,远在宋代陆游就开了先河,这种悲慨成为他的诗的一种基调,差不多贯穿他整个有生之年的全部创作。

哀痛之所以分大小,乃以情绪哲学因素投入分配的轻重不同。如永嘉四灵之作,虽也不失为好诗,其哀痛到底细而小,紧而窄,扣人心弦的力量也相对较弱;而在陆游的笔墨情思里面寄慨深郁,干戈相寻、九字鼎沸,即令红尘俗事,也显水深火热,人世无常,感触愈深。其哀痛本末俱大,又以其相当高明的艺术手腕加以放大定位,其感慨的哲学蕴味也因此根深积厚,这和《诗经》里面的一部分篇章,以及古诗十九首的那种终古不散的悲绪到底一脉相承。"文章在眼每森然,力弱才疏挽不前。前辈不生吾辈老,恐留遗恨又千年。"(《文章》)交叉对世事的失望,对未来的触望。"换尽朱颜两鬓皤,流年如此奈君何……更余一恨君知否,千载浯溪石未磨。"(《初归杂吟》)

2000年5月29日《参考消息》有文章认为,宇宙最终会变成永恒冰冷的黑暗,当然,适于生命存活的状态还要维持一千亿年,这个长度也就长到人的想象力难以企及,但是说到底没有什么东西是可以永远存在的。这篇文章说,如果万有引力不足以阻止宇宙的持续膨胀,则它最终将变成一个黑暗而寒冷的世界,即衰变成一个漆黑一团的空间。有文明史以来的文学家和宿命论者认为没有人可以活着脱离生活的苦海——这当中实在包含人类思维意识的精髓,根据宇宙的不确定因素涉及膨胀理论,它始于一个像气泡一样的虚无空间。爱因斯坦也只能对那些担忧世界命运的人说:"至于世界的终局问题,我的意见是等着瞧吧!"看看,就连爱氏这样的英才彦硕也不得不发一滴飞沫之微的感慨。诗人的虚幻感又岂是偶然,岂是揣测?最高明的文学,之所以永远不会过时,而且因时间的推移愈见其精微奥博,乃因其大悲悯贯穿天地人种种极大极小的困扰,达而悲,悲而达,陆放翁诗即如此,牵想极广,挂念极深,如空阶夜雨,点滴到明,而其忧患隐隐然更与近现代科学发现相合拍,其中潜伏着永远的现在性和永远的未来性,高深圆融、博大悲悯,这是人类的局限,剖切地表达这种局限正是人类精英起迷入悟的高明之所在。

黄仁宇、唐德刚异同说略

1990年代以来的学术文化界,所受海外学者的影响,当以唐德刚和黄仁宇为最。

黄仁宇1918年生,2000年去世,活了82岁。唐德刚1920年生,2009年去世,活了89岁。黄仁宇南开大学肄业后,待在部队中的时间长达十余年。唐德刚则在中央大学毕业后,短暂参军,所以他常常开玩笑说,他是五战区的小兵,也属李宗仁的部下。

他们两位年相若,道相似。他们最直接的学术资源养分,来自民国初期成名的一代史学大师,如钱穆、陈垣、柳诒征、朱希祖、萧一山、缪凤林、郭廷以、向达、陈寅恪……他们都在1940年代后期相继赴美,留学兼打工。黄仁宇于密歇根大学攻读历史,1964年获博士学位,后在南伊利诺伊大学任教,1968至1980年任纽约州立大学分校教授,又曾任哥伦比亚大学访问副教授及哈佛大学东亚研究所研究员。唐德刚则于获哥伦比亚大学博士学位后,留校任教,并兼任哥伦比亚大学中文图书馆馆长7年。1972年受聘为纽约市立大学教授,后兼任系主任12年,其间曾任纽约文艺协会会长。

黄仁宇的代表作有《万历十五年》,以及三联书店推出的《放宽历史的视界》《中国大历史》……唐德刚的代表作有《李宗仁回忆录》《战争与爱情》《史学与红学》《胡适口述自传》《胡适杂忆》《书缘与人缘》……1990年代以来，均在祖国内地呈畅销不衰之势头。一印再印，多家出版社的不同版本，总是供不应求。近年来文化界有读史热、写史热、讲史热，诸多中青年学人热衷于模仿他们两位的笔调，一时蔚为奇观。

大致可以说，以"某某帝国往事"为代表的那一类畅销书，更多模仿黄仁宇；以"某某朝的那些事"为代表的畅销书，则更多倾向唐德刚。

这些以模仿为能事的书，一段时间内均销量奇大。但细读之，不难窥见，他们仅得唐、黄二氏的皮毛，而无其根底；仅得外表，而无其实质；仅得其做派，而无其灵魂。

唐德刚更强有力的方面在于，他善于把他的历史见解带进人的生活，与人的生存状态活泼泼地结合起来，在多头绪而又极清晰的考辨中，辅以现代思维，其间包括对以十九二十世纪为中心、辐射文明全史的各种政治思潮各种意识形态体系，以及民族、国家、社会的通透解析。唐先生逶迤连绵的文字起伏，也导引出关于世界潮流顺逆的取向和价值圭臬。历史往往以冰凉的统计数字出现，而在冰凉的数字后面，不知隐藏着多少活生生的生命的血泪故事。唐先生的如椽大笔，就有力量将数字生命化，将概念具象化，因而极具震撼力。

唐德刚先生著作陆续推出，史学界多年因各种心理背景而造成的附会聚讼遂得扫荡清理。一般史学著作，文字技术能与学识经验相副相得，已是凤毛麟角了。德刚先生落笔，无论他怎样驱遣——《胡适杂忆》是以注释形式出之；《胡适口述自传》则综合胡适为轴心的社会文化情形，调和鼎鼐；《晚清七十年》以导论连环结构扣紧、散开、收束、放射，总体上议论周匝，文字雅健。他的老友周策纵先生深有感触地说："德刚行文如行云流水，明珠走盘，直欲驱使鬼神，他有时也许会痛快淋漓到不能自拔。但我们不可因他这滔滔雄辩的'美言'，便误以为'不信'。德刚有极大的真实度。"

苏轼读孟郊诗的印象，是"初如食小鱼，所得不尝劳"，读唐先生的历史作品，感觉恰好相反，他辩证会通古今史，堪称史学界的牛顿和达尔文。他对学术真理的追寻，交融磅礴华美、诙谐多趣的气势，如碧海鲸鱼，拨浪而来。即如此，德刚先生著述宏富，以其种种面世的作品而言，仍是海面冰山，他的学养智慧，还有海平面下隐而未露的巨大体量。

虽然说黄先生的写法带来大异于传统通史教科书的新鲜感，但其认识过程则相当缓慢。黄先生的用心，似乎也可用西体中用来概括，他似乎想以此调和鼎鼐。他所强调的数字化管理，实际上是现代化的一个浅表的最耀眼的特征。然而，这个征象的事实上的造成，如果不落实到一人一票，票票等值，那永远将等诸空谈。所以，数字化管理，岂仅管理学所可包容乎！黄先生所用的是历史学的讲故事方法，至读者有买椟还珠之赞叹。不过也有论者担心，黄仁宇的故事讲得越精彩，历史的讽刺味就越浓。反之，传统组织越是致命，黄仁宇就获得越多的空间，越能精细刻画这些人物的特质与长处；而读者也越能领略中国社会的集体悲剧经验。

黄仁宇的大历史观，兼有观照的时间的长，以及空间的远、观念的高，合而为逻辑捕捉力的高。至1970年代，黄氏治学方式，已隐然自成一家，自有其体系在。环顾当时学界，可傲然无愧色矣。虽然，论者着眼点不同，所视对象之形态也大异也。

可以说，唐德刚行文是大张旗鼓，闪转腾挪，左右开弓，绝无冷场。而黄仁宇则似乎不动声色，其行文方式，一拖到底，仿佛长卷，迤逦展开，袅袅不尽，其间暗潮涌动，外部则波澜不惊，颇似陶渊明的有篇无句。

黄氏不紧不慢，从容委婉，甚至不免松散脱落之嫌，然读至终篇，则不觉之间，自为其论叙所俘虏擒获也。

台湾地区的龚鹏程教授尝论黄仁宇，有谓："我读黄先生书，辄为其缺乏中国思想、文学、艺术等之常识所惊。"又谓，"黄先生的史学和史识是根本不能涉入任何关于哲学与文学领域中的，技仅止此，便欲纵论上下古今，可乎？"

龚鹏程，才子也，以其长处，而视黄氏之短绌，似失之苛。盖所瞩目之对象重心各有不同也。

方志的文笔之美

古书中的地理名著,诸如集历史、地理、佛教、文学于一身的《洛阳伽蓝记》,系统著录水道所流经地区自然、经济地理的《水经注》,记事详瞻,不仅是研究古代历史地理的重要文献,更有超常的文学价值。文笔或雄健俊美,或秾丽秀逸,烦而不厌,后世难以超越。

其实古人所编纂的各地地方志,除了记述历史沿革、地形地貌、民族演进、史籍文化,等等,同样也有不同程度的文学欣赏价值。如素为坊间推崇的《遵义府志》,其文学价值就接近北魏文学双璧《洛阳伽蓝记》和《水经注》。它的编纂者是晚清文学扛鼎人物郑珍和莫友芝,这就不奇怪了。梁启超对该书甚为推崇:"郑子尹、莫子偲之《遵义府志》或谓为府志中第一。"(《清代学者整理旧学之总成绩——方志学》)

纂述百万言的大型方志,在郑珍、莫友芝,首在穷搜资料,详加考证鉴别,逐次引述说明,但在郑、莫二君,不愧西南大儒,创作的天赋和观察的心得往往左右逢源,不择地而出。

《山川卷》都是美妙记叙。他们在对山陵、城邑、古迹沿革、风习传说繁征博引,详加考求的同时,笔致情不自禁地跳脱出来,为山水风物造像。山川一卷在书中所占篇幅超大,有时放手去写,仿佛思绪都在千山万山之外,有时寥寥数语,却又疏落有致。叙山水奇胜,文藻奇丽,描写景物,片言只字,妙绝古今,形神毕现。"山水知己"这样一个美学命题,正是笔墨内里山水神韵所造就。

"宝峰，在城西南五十里，山拔起平原中，体皆石成，老树森错……洞顶垂乳玲珑，若宝盖，若莲花，若璎珞，若牙签、贝叶，若飞鸟、游麟，千奇万态，不可名状……石径藏万木中，盛夏不热。"

文心山，"万竹裹之，浑忘炎夏。下产葡萄石，黑质白章。""分水岭，峻岭横空，石壁巉绝，中通一径，遵、桐分界，亦要路也。岭北有木平林，岭南有苏箭棚。左右悬岩，盘腰鸟道，皆可通桐梓。"

笔触稍加濡染，即进入岁月深处元气淋漓的神秘氛围。整个构架，如拔花生，一提丛集，数柱茎叶，连着多量的子线，果实丰盈，一切是浑然天成，波澜迭起；镌刻一般，扎实醒透，又确凿不移。

这些大自然性格风貌的敏感记录，姿态各异，潜藏充量的美学信息，而又徐徐释放之。笔触仿佛与山水一般，葆有水木明瑟、清幽深邃的意态，极高明地包蕴微婉情致，信手点染，皆成妙谛。

物产的谷类，引述扬雄、左思等人诗文，然后详加解说，"玉蜀黍，俗呼包谷，色红、白，纯者粘，杂者糯，清明前后种，七八月收。岁视此为丰歉，此丰，稻不大熟亦无损。价视米贱，而耐食。食之又省便。夫人所唾弃，农家之性命也。其糜作糖，视米制更甘脆。"

方志写物产不像群芳谱，里面更充溢关心民瘼的至诚用心。又如写木姜，引述多条前人所记述，但多着眼于实用，于是在本条的末尾，作者就加一条前人未及道的特征："今郡人通呼木姜，其花味尤香美。"

《杂记卷》记刺梨："名者为送春归。春深吐艳，大如菊，密萼繁英，红紫相间而成，色实尤美。黔之四封出产，移之他境则不生。"学术价值之外，还有美学的闪转腾挪。

区域人文志书《施州考古录》，虽不大见人道及，实则常有绝妙好词，该书记载上古至清末恩施一带人文地理的衍变。作者系郑永禧，他是衢州人，于民国六年冬月担任恩施县知事，期间撰述《施州考古录》。偶见此书，为其幽深藻采所迷醉，最震撼的是这句"风琴雨管成春梦，狖鸟蛮花豁醉眸"。凭借大自然风云变幻的装点，复现原生态自然生命之美。把一种野逸幽深的古奥风景，鬼斧神工地予以再现，有一种"水色山光自古悲"的诗人移情的效力。但又不止于此，而是情绪的浸润和精神的超脱逸出同在，丛发葳蕤的古朴原生态，以并不惊诧的辞藻再现，实因境界的再创造，赋予了更深切的情绪哲学的意蕴。

至于海南方志，若《光绪崖州志》，记沉香、舆地诸篇，均有不错的文笔，值得仔细品味揣摩，当然它吸收袭用大量前人的著述文字，这是如顾颉刚所说"层累地造成的中国古史"，乃属方志编纂必要手段之一。

另有一些篇幅相对较小的书，也有耐人咀嚼的文字表述。如清后期无名氏所作小志《琼州志》，在疆圉形胜这一节中，作者写道："琼山在北，崖州在南，与安南诸国相望，东南则陵水，西北则澄迈、临高……琼、崖相去，循黎而行，千二百余里；儋、万相望，中隔黎岐，度山越岭，鸟道羊肠，外人莫到，约而计之，亦不下八九百里。"

中部高山，"皆崇山峻岭，密菁深林，毒雾迷空，瘴烟蔽野。又其内为五指山，上常有云气，峭壁悬崖，重峦叠嶂，人迹所不能到"。

书中写黎母山也常为云雾盘绕，"有攀附而登者，每迷失路，悲号祷祝竟日，始识归途，故人迹罕至焉"。

此书叙述了几条大江的来由，又描述其他水系："至各州县水源，皆出黎峒深处，自高而下，势若建瓴，疾流奔放，与中巨石相击触，滂湃轰豗，声闻数里。"

《琼州志》扼要地指出地理风貌和大致沿革，文笔不枝不蔓，稳健从容，清隽而不乏纡徐的理致，很能慢慢释放大自然惊心动魄的万千气象。其间潜藏一种典雅之美，若有深意存焉。多读方志古书，让祖先的智慧滋润我们的心眼，更丰饶其多维多元的价值。

文学史：在泛滥中怀旧
——以《中国文学史稿》为例

新时期以来，二十余年间竟有千余部文学史（参见2005年2月19日《工人日报》报道），而眼下最新的数字居然是六千多部（2008年9月22日《文汇报》），若说前一个数字令人震惊，那后一个数字则令人震恐了。不过该报评论文章说，文学史写作至此已经十足垃圾化。与次等货色周旋的滋味如何？则除逐臭之夫外，未有不掩鼻者。

今之文学史作者，对旧学的衡定梳理，不是看走眼的忧虑，而是盲了眼的问题，而且是心眼两盲。要寻觅文学史的新思想，还要到旧书里头去找。

近数十年新编写的文学史，不啻数千部，研究人员较百年前上千倍增加，然视前人著作，仍是望尘莫及。在前贤文学史的精准、精确、精切、精妙、精彩的相形之下，今人的伧俗的面目更显可憎。

郑宾于先生的《中国文学流变史》，其实是紧缩到诗词歌赋的历史，全书一千多页的篇幅，才从上古讲到南宋，可谓一部狭义的文学史。他在这条特定的文学之河腾挪翻覆，仿佛手执金箍棒的孙悟空大闹天宫，巨细靡遗，全书写得质实绵密，是拿着显微镜默察到底的文体细分。文体流变的轨迹清楚细如毫发，作者1925年动笔，写了七年才写完，甫出版就不胫而走。他观照的方式与来裕恂先生的史稿恰成两个有趣的极端。

郑振铎的《插图本中国文学史》则从上古写到明代，行文风格娓娓不倦，与郑宾于有相似之处，另外他较注意非正统的文学样式，民歌、宝卷、弹词、鼓词等均予以瞩目，颇具开创之功，他的书也写于20年代后期。

胡适之的《白话文学史》则好像一个正餐大菜吃腻了的食客，偏要去寻找野蔬山芹，行文跳荡躁进，他把杜甫、王维都拉来归功于白话文学，到底还是牵强。

像柳存仁、陈中凡、陈子展、柯敦伯、张宗祥诸位分头撰写的历朝断代文学史，合为一部《中国大文学史》，用笔都相当从容，自成一家之言。虽属集体著作，个性自在其中。

又有刘麟生、方孝岳等先生合著的《中国文学八论》，则是从文学体裁切入而撰写的文学史，分散文、骈文、小说、诗词、戏剧等，观察角度又为之一变。钱基博《中国文学史》则邃密精详，具体而微。作家合集、别集搜求殆遍，规模宏大，剖析源流，援证渊博而推阐精详，自出手眼尤见创辟。

清末民初，是现代学术创立时期。瞻前顾后，这个时期的两三代学人，仍要执学术之牛耳而巍然高耸。盖前人无此写法，今人却已失却学术土壤而难以望先人之项背。

最新旧籍新刊的则有来裕恂先生的《中国文学史稿》，尘封百年而得以重现天日，真是不幸中的万幸。他像京剧的名角，往舞台中央一站，满堂的气氛都是他的；又像国画巨子，一笔下去，满纸的气氛都出来了。总之，眉目朗然清晰。

本书绪言起句就说："置身于喜马拉耶之巅而东望亚洲，岿然一四千年之大陆国……"乃以遒练笔法振起，气势澎湃。接着简述近代国家所处困境，就古代学术之灿烂历数而举一反三，反复驳问，何以学术并未转化为进化之助力，反成重如磐石之扼制的瓶颈？先生曰："则以泰西之政治，随学术为变迁，而中国之学术，随政治为旋转也。"这才是造成困境之关键枢纽。先生又举欧陆学术之大宗,谓其以学术之力,转移政治之方,乃是开创性地以知识分子的自觉来观照学术的处境。最后讲述文学之为用,其在学术中的位置,作为著书之缘起。

全书只有十余万字的篇幅,言约意丰,简明条畅的叙述中,峰回路转,作者之用意阐发得淋漓尽致。

萧一山先生以为清代之汉学曾出现瑰丽之奇观,不幸最后走向末流,"清儒最精诣的地方,未能实施于一般社会,而只在故纸堆里盘旋,以经义训诂掩蔽了一切,买椟还珠,日趋于琐碎支离……"(《清史大纲》,62页)失却了治学的目的,难怪后人要痛诋之了。何以至此惨切的地步,则来先生绪言已将要害揭橥出来,至第九编更将汉学与宋学之对立情形所造成之拘泥拈出。

第二编第八章讲述先秦诸子的起承转合,流别异同,在分叙与综论中,抉发得失,推求的方法是何等的高明。第四编将文笔之分推至先秦诸子,眼光如炬,其间亦梳理古人文体认识的涣散,有似今人辄称近体诗为古诗。

第九编讲述清代文学,辄就经学、性理、舆地、算学……一一罗列之,虽非狭义之文学,然文学正有千丝万缕之关系,或为一体之多面,或为多体之一脉,既以总论纫之,又以各章节之内在联系串起,可谓讲文学而兼涉群经,故其整体感如控六辔在手,操纵自如。

至于具体作家定位,评人衡文,叙其性情与文风,简洁老到而传其风神。末章叙当时最近之文学情形,当预备立宪诏下,"中国之文学,自此将与欧美合乎。是又开前古未有之景象,而文学史上,又为之生色矣"。此一判断,真老吏断狱,完全吻合此后数十年文学之走向,精切如有神遇。

著书亦如酿酒然,水分愈少,其力愈厚。来先生此书,高瞻千古,远瞩八方,乃高屋建瓴地综合地把握大势。开门见山,推出考察范围最精辟的观点、结论,欲以此窥中国文学整体之概貌,而不欲囿于一部分耳。

来先生于元代诗学之后讲元代医学，唐代诗学之后辅以佛学成就，且篇幅充盈，似此虽非狭义之文学，实质却与文学具有千丝万缕的关系，一者文学并非纯之又纯的真空，二者参照系渊然而明，犹如沙盘推演，战略态势历历在目，于读者自大处把握文学之处境、学术之流别，功莫大焉。

来裕恂先生为光复会先贤，当时党人先进，自中山先生以次，身体力行，北走大漠，中察江淮，西赴边陲，沉潜观览山川大势，来先生以一会党干员，自具有宏、微观双控的胸怀，故其著书极擅大处把握，篇目章节之合纵，亦如占象州郡山川一般烂熟罗于胸中，以文学史为主轴的学术阵形朗然在目前。这需要高度的把握能力，以超群绝伦的智慧，从故纸堆中归纳、辨析、总结之。参照作者所生活的急剧转型的时代，种种观念事态的冲击，附丽近代学术的估衡，在博综的基础上触类旁通。

作者具有深邃之眼光，于人所不经意的地方，一见即能执其关纽、间隙，故其论断臻于一种超迈的境界。于古于今皆然，须知来先生著书之前，虽无系统之文学史著，却有山垒海积之诗文评，如无超卓的综合辨析功夫，焉能超乎古人自成一家？此则鉴别发挥的功力有古人未到之处；至其视今人著述，更是下望齐州九点烟，令今人难以企及。盖今人虽有数千部文学史，但其疏漏平庸与兔园册子无异，文采、思想、见识，真是"要啥没啥"，观之令人气沮。

《中国文学史稿》概括力极强，取精用宏，斐然成章。民初和民国中期的文学史虽有区别，但同一特征，即文字叙述讲究，读来舒服。这是晚清新学滥觞以来最早的文学史之一，著者的价值判断，深沉正大，书中充溢老辈匡正学术思想危机的用心与特识。他当清末写此书，可谓嘤鸣甚切，到了民国中期，则可说是友声频闻了。

抗战时期的路、车、人

（一）

公路对骑兵、战车、工兵、辎重、汽车等部队运动具有关键的作用。抗战前期，滇缅路无异于中国抗战的生命线和大动脉。

杜聿明认为，1938年春，我国开始修筑滇缅公路，1939年初通车，1940年夏天被短暂封锁，秋季重新开通（《我所亲历的印缅抗战》第5页）。

但依据《再会吧，南洋》（中国华侨出版社，2007年版）对健在老人的访问，认为1939年初，云南始动员10个民族的20万筑路民工，加班加点赶建，用8个月时间使滇缅公路全线通车。此说和杜聿明所述时间上有差异。原因是1939年春，陈嘉庚先生动员南侨总会征募汽车机修驾驶人员回国参战，正式参与滇缅公路建设，这是华侨的视角，从这个时间算起，是属于建设的高潮阶段。故两说都属正确。

当时从东南亚回国参战的华侨有5万人之多。他们的文化、技术水平很高，归属国民政府军事委员会的西南运输公司统一调配。担任较为繁难的技术、修理、教练、驾驶等工作，其主要战斗、服务岗位，与滇缅路血肉相连。1940年，日军在东南亚得手，遂以越南为基地，全线轰炸滇缅公路。因此，作为汽车运输的后勤单位和部队一样，牺牲很大。他们还要负责被毁桥梁抢修的工程技术指导，有时炸弹仍然在爆炸，空袭还没有结束，他们就开始抢修工作。

滇缅公路通车后，期间陆续加筑。1941年春，国民政府又发行1000万美金的滇缅铁路债券，发动当地民众日夜修筑路基，很快将大部分路基修筑而成。

远征军第一期作战的主要目的，即是保全滇缅公路这条国际交通线。而保全该路，首先须保全滇缅路的咽喉——仰光海港，才能保障全局。

远征军1941年底动员入缅，1942年8月惨败。该阶段仅以英军为例，参战部队4万人，撤退到印度只有1万余人，其余为战斗减员。中国军队参战10万，仅保全4万人。坦克、大炮、汽车几乎全部丢光。

远征军第一阶段失利后，退入印度，准备第二阶段的反攻。其中战略要点之一就是打通中印公路，也叫作史迪威公路。

第二阶段为驻印军，观其指挥系统表，战车指挥部的战车营、辎汽六团、骡马辎重兵团、重炮机炮团等，对公路的依赖性都很大。每个师15000人，各种车辆为300辆，各种武器弹药多依赖其运输。当时有5个师，还有众多的特种部队、直属部队。加上远征军昆明训练中心的各部队，如此算来，汽车的数量还是相当庞大的。

这个时期又有列多基地和列多公路的建设。1943年2月，由美国现役两个准将带领6000余人的机械工兵团、航空工程团，雇用10万印度民工，在列多至新平洋之间修筑公路，铺设列多和加尔各答之间的输油管道。

反攻缅甸期间，仅以新22师为例，因作战环境恶劣，崇山峻岭，蚂蟥遍地，河川纵横，5个月之间，竟牺牲57名连长，大大延缓了打通中印公路的进程（王楚英《中国远征军印缅抗战概述》，第95—101页）。

到了1945年3月，中印公路才正式举行通车典礼，命名为史迪威公路，在抗战后期作用极大。

从抗战爆发到1942年间，滇缅路仅抢运回国的汽车就有约1.3万辆。当滇缅公路的全盛时期，西南运输处有团一级的运输大队十多个，拥有汽车将近1万辆，是滇缅路的运输主力，这些汽车用于运输军用物资。

另外还有政府单位的数千辆卡车，以及大大小小的私家运输单位。因当时昆明及滇缅路沿线，又有很多地方势力组建的私人运输公司，斥资购置汽车投入紧俏业务中。所运货物包括棉纱、药品、汽车零配件以及布匹洋火、烟草等日用品。运输场面热络紧张。汽车的种类多为美国牌子，如福特、嘎斯、道奇、雪佛兰之属，单车运力在3—5吨之间。

当时隶属66军28师的某营长罗再启回忆，1942年1月，28师开向缅甸。由贵州兴仁出发，经兴义进入云南的罗平、师宗、宜良，到禄丰集中，全师万人乘坐数百辆大卡车，组成庞大车队，由华侨司机驾驶，沿着滇缅公路南下。经过弥渡、楚雄、下关，过澜沧江到保山，然后过惠通桥，经龙陵、遮放、芒市、畹町，4月份到达缅甸东北重镇腊戌，行程几千里。

从兴仁到禄丰，即今国道324线，笔者近年多次驾车经过，一路上弯道似无尽头，大弯套小弯，小弯延伸大弯。有的路段就在视线清晰可及的侧翼，却须在连环起伏的山坳里绕行十来公里才能到得对面。这些弯拐，有的是直角，有的则是钝角、锐角。高山深处，大雾缭绕，细雨纷飞，然而并不潮湿，一路上山高谷大，雄峙沉博，植物从温带到热带，随山路盘旋升降而变化。经常有覆车、碰撞、追尾、爆胎等事故发生。

南线的滇缅路蜿蜒在崇山峻岭之间。坡陡路窄，盘山绕岭，加上当时汽车性能还不好，爬坡时引擎轰鸣如老牛拉车，下坡则左绕右旋，手脚在离合器、挡位、方向盘、刹车、油门之间忙个不停。稍有不慎，即车毁人亡，端的是险象环生。畹町附近的南线系怒江峡谷，车身一边是刀削峭壁，一边则是万丈深涧，假如司机稍一走神，道路就变成无间地狱，望之不寒而栗。一路上汽车马达与高山峡谷的江水同样发出隐痛般的呜咽。笔者近年多次前往蒙自、河口、西双版纳、芒市、畹町考察，对其情形较为熟悉。畹町与对岸的缅甸九谷市交往为日常生活商贸，有一处热络的边贸市场。从九谷南行200公里，即到名城腊戌，但今日公路仍崎岖坎坷，小车须行一天。当年日军从腊戌扑到畹町，只用了两天时间，包括先遣及辎重部队，其凶悍可知。

民国肇建之际，畹町空有地名而无人烟，到抗战初期，仅有一家人在此结茅而居，替过往行商煮售茶水。稍后滇缅路修通，那时东南山河尽陷敌手，沿海港口相继沦陷或为日军封锁，一切外援物资均需依托此间公路，畹町遂为出入口岸。但仍然居民无多，后因旅社、茅店、机关比重加大，才约略繁荣起来。当然也有奸商依托此条公路大发国难之财。各色人等角逐于此，小镇暂居人口最多时达一万多人。管理机构是中央军的一个宪兵连和云南警务处的畹町警察局。1942年春夏之交，远征军败迹已露，归国华侨越来越多，车辆行人，几乎要将小镇挤破，秩序杂沓，乱象纷呈。当局为着撤离囤积的物资车辆，派交通部长俞飞鹏亲临畹町主事，但人心惶惶，各种文告形同废纸。无法运走的物资辎重，只能破坏焚烧，以免资敌。尤为可叹的是"资源委员会运到畹町准备出口的桐油八万桶，无法运回，决定予以破坏。破坏方法，雇人用斧头在桶盖上砍开一个缺口，推倒在地，让其自行流出，省时省力"（《粤桂滇黔抗战》第505页）。稍后日军占领畹町，直线推进，兵临怒江西岸，形成对峙局面，直到抗战后期。

（二）

今日的私人汽车，大多因了油价的攀升，很多人不免"马达一响，其心恐慌"。然而，马达一响，黄金万两——这句话，在抗战时期却是耸动视听的，在当时的公教人员听来，却又五味俱全。无数的人，生死皆系一方向盘，那时的司机，就有轮胎特权或曰方向盘特权，他们是那个特殊时期，最下层江湖中货真价实的贵族阶层。故其言行、生活、举动，均为一般社会人众艳羡不止。所以曹聚仁感叹他们竟然为教授、将军所侧目，厉害吧。

曹聚仁带点夸张口吻的纪实行文，确很唬人。

曹先生笔下，司机创造了乱世男女的新记录，他说他们是一群滚地龙，"气煞了教授，恨煞了将军"。在路上，住房要最好的，还要最先满足他们，食物他们优先；男女之事，他们甚至可以用故意抛锚的办法来解决。在战乱时期，一个小镇，突然就会变成沙丁鱼匣子，"没有门道的话，除非变成司机的临时太太，否则没法到重庆、昆明去"。司机们在这方面也很放肆，好像在做末日狂欢。所以曹先生说司机和女人的故事，写出来简直是一部不堪入目的禁书。（参见《曹聚仁回忆录·乱世男女》）

实在也是，乱世之人，没法不变成现实主义。但跟司机从业人员的素养也有关涉。抗战时期的飞行员，尽多才、德、识俱佳的有为青年，他们和侵略者激战，很多人血洒长空，化为一缕青烟；而在地上的司机却反之，他们忙着变相勒索、吃回扣、运私货、搞女人……一个司机甚至向他说，你们做新闻记者的，可怜！我们一天的钱，够你们用几个月了。曹氏那时是战地记者，是战区司令、军师长们的座上客，尚如此侧目于司机的牛皮——可见他们端的是很拽！

曹聚仁的书不足之处是判断有问题，出偏差，可他又很喜欢议论。好处在细节庞杂，来源于他亲历的生活，为第一手记录。他的记录也很广博，虽然深度不够，但信息量是很大的。

抗战时期，整个大西南后方的公路，缓慢穿梭大量货运汽车。1940年代中期，茅盾先生辗转于西南、西北，他亲见汽车司机每晚大多要打麻将，有的熟悉了也会承认他的妻妾的多少，"他们谈话中承认司机至少有两个家，分置在路线的起点与终点——比方说，重庆一个，贵阳一个。"他们的灰色收入来自汽油倒卖、搭载私客私货……一个司机把他的新宠放在驾驶室里，"女的爬了下来。司机要她挤在他那狭小的座位里（这一种新式福特货车，它那车头的司机座和另一个座是完全隔开的，简直没法通融），一条腿架在他身上，半个身子作为他的靠背，他的前胸紧压着驾驶盘，两只手扶在驾驶盘的最上端，转动都不大灵活"（茅盾《司机生活片段》），重庆、贵阳、息烽、昆明……那些司机有不同的丈母娘家，而更搞笑的是，那些女子也不是省油的灯，她们也往往有不同的婆家！她们随"夫"行路，也在不同的地段回"家"。而这样的遗风，笔者在20世纪六七十年代的川南地区也还曾屡屡见之。

抗战中，人民抛弃家乡，丧失资产，生活紧迫，空袭惊扰……苦不堪言。一些人却奢侈、荒淫、凶暴。汽车司机也把那一点的特权，用到极限。中国基层社会，一盘散沙，效率低下，于是人民更加痛苦不堪。重庆陪都，汽车增多，专门修路，以利于汽车阶级。张恨水对汽车经济的观感，写有时评《同胞们努力买汽车》，予以深婉的讽刺。

下层民众、知识分子坐得起车、轿的很少很少。公共汽车，倒还可以考虑，但君不闻乎张恨水先生所说："城里的公共汽车，挤得窗户里冒出人来。下乡的汽车，甚至等一天也买不着那张汽车票。"所以他进城，从南温泉到市区18公里，经常是走路！但是马路上也有阔人的漂亮汽车，风驰电掣，雨天故意溅人一身泥。

至于从沦陷区出来，沿湘赣路走到大后方，妇孺往往徒步数千里。九死一生，血泪滋味。这样的镜头我们可以想象！倘若侥幸能坐上大货车，已不啻上上待遇。

若说汽车司机自身的生涯、悲喜，是如何的野犷放荡，那就要看《新民报》名手程沧（程大千，笔名司马吁）的《重庆客》了。他以汽车司机悲剧命运为题材的《十二磅热水瓶》最为诙诡，观之对人生有震撼之感，不异冷水浇背。那时的司机说到底，其人生也仿佛独木桥上舞蹈。

在程先生冷静的叙述中，大有惊悚的味道。小说大意是——

重庆至贵州公路上的一家小食店。一个疯了的前汽车司机走来了。他在门口吩咐堂倌：摆碗筷！没人应他，他自个儿命令道："炒猪肝，鱼香的，放辣点。再来一盘八块鸡，一碗豌豆烧猪肠……"

那人一面叫菜,一面选择座位。

走堂的把抹布往肩上一搭:

"炒龙肝,炸凤凰,全有。只是我们要卖现钱。"

"放屁!那人大怒:挂账和现钱怕不是一样。"

他用手掏他空无所有的口袋,他脸上的表情,一种惶惑的笑,又类似于哭。

"哼,要是我的十二磅热水瓶运出来了,你就给我磕一百二十四个响头,也休想我走进你倒霉的饭店。"

他自负地说。得到的是满堂哄笑。

原来这是一个汽车司机。他先前阔得很,长途运输货物,沿路数不清的小站点,每个站他都弄得有一个老婆,他花钱如流水,他俯视挣扎求存的芸芸众生。可是一天他被日本军队包围了,抓到营房关押,放出来后就疯疯癫癫了。一天开车路过奈何桥,他偏就睡着了,自然,人、车也丢翻了。从此失业,也疯得更厉害了。

一个月后作者又返回那小店,见那司机衣装更加褴褛,在和掌柜吵架:

"哼,要是我的十二磅热水瓶……"

掌柜的不等他说完,就抢着说:

"我磕一百二十四个响头,你也不会来了。"

……

徐霞客和他的世界

生于晚明的徐霞客，名弘祖，字振之，是中国历史上地理学、文学的伟人，更是长篇游记拓展的里程碑式人物。他于1641年正月故去，距现在（2010年）正好是369周年。

他生在江阴一个富庶的书香门第，但在晚明糜烂的社会风气里，他自青少年时代就厌憎科举帖括之学，而对史地、游历之类的书籍，表现出极大的兴趣。他生于1586年，到了22岁的时候，乃束装就道，开始出游，自此三十多年间，足迹遍及我国华东、华北、中南、华南、西南16个省。他大半生经历的旅游笔记——这些不可多得的奇妙文字本来有200余万字，可惜经过明清之交的战乱兵燹，损毁大部，尚有60万字的精品——经后人整理，就是今天流行的《徐霞客游记》。

现代地理学开创者之一的丁文江先生曾经说，支配徐霞客出游的宗旨是"求知"，"知识欲"是徐霞客所作所为的"真精神"，"乃求知之念专，则盗贼不足畏，蛮夷不能阻，政乱不能动，独往孤行，死而后已"。

《徐霞客游记》开创了我国地理学上实地考察自然，系统描述自然的先河。他对河流性质的考略，对其源流的辨析，对石灰岩地貌的总结，对火山、温泉等地热现象的研究，以及对农业、手工业、交通状况的描述，有不少成为今天地理学所遵循的规律性结论。英国科技史专家李约瑟在其《中国科学技术史》一书中评道："他的游记读来并不像是17世纪的学者所写的东西，倒像是一部20世纪的野外勘察记录。"

《徐霞客游记》是科学之书，更是文学之书、生命之书、心灵之书，于自然地理和历史人文地理方面，他的记载和见解，至今仍有重大参考价值，同时也是地理、水文、农业、文化历史研究方面极其珍贵的资料，更是爱国主义教育方面的上佳之书。

搬到纸上的大地风景

魏晋以后，山水诗文滋润发达，近古以降，山水画为艺术正宗，自然界的风景才成为真正的所谓山水知己，受到文化人先天般的重视。到了宋代以后，山水画已完全独立，蔚为大观，同时，山水诗的数量也远远超乎他类诗歌。当山水成为人的精神自由的依托之际，鉴赏不但变得专业而且相当技术化，但像徐霞客那样和山水融化成一体，并非特别多见。

徐霞客曾写道："涉涧而南，透峡西出，则其内平洼一围下坠如城，四山回合与其上，底圆整如镜。得良畴数千亩，村庐错落，鸡犬桑麻，俱有灵气，不意危崖绝蹬之上，芙蓉蒂里又现此世界也。""乃得引水之塍，其中俱已插秧遍绿；峡中所种，俱红花成畦，已可采矣。"（《滇游日记》第九卷）为道所亲历，他是不避文词繁丽的，更不失质实详密之体。他的形容物态，摹绘情景，都做到雅丽自赏，足以移动人己之情。

徐霞客的地理考察记录，发现了过去没人记载过的地理现象。历经风餐露宿的千难万险，而不稍衰，也因其背景是不可救药的山水之好。但他加入了严谨的科学精神，和通常审美的高逸之致也有了区分。这部古代地理学上的宝贵文献，我辈醉入其文字之中，跟古人直接醉卧自然，是一样的感觉，是一样的心曲。他游览到云南的时候，来到大江深崖边，"有一二家频江而居，山为凤雾所笼，水势正湍而急。延吐烟云，实为胜地。恨不留被耷于此，依崖而卧明月也。"何等深远的感慨和留恋啊。

徐霞客对大自然，既非征服，也非臣服，而是多位一体全身心的、冥契道妙的体悟。晚明文学巨子钱谦益将《徐霞客游记》称为"世间真文字、大文字、奇文字"。徐霞客以强大绵长的构撰能力，精确生动的描绘手腕，深切高超的眼光，探山河之究竟，理岁月之头绪，他的旅行笔记议论周匝，文字雅俊，缩龙成寸，点缀疏密，不啻一部写在纸上的华夏山水长卷，早已是一部享有盛誉的文学名著，成为文学史上独在的璀璨明珠。

山河岁月　鞠躬尽瘁

徐霞客的身体素质本来也不错，具有逃生、避盗、潜水等本领，但他却只活了56岁。或以为他当年行走的所有地方，空气清新，绝对没有工业污染；饮食生态，绝对没有化肥农药。实则不然，他所经行的地段和路途，常有断粮的危险，野兽的威胁，山川的阻碍……都要靠一己的体能去支撑克服，这就加大了体能的负担，从而使他的身体机能早衰。

同是晚明的文化人陈函辉在其《客还草》诗序中说："江阴友人徐霞客，足迹几遍九州岛……且历叙游屐所至，无险不披，有屡月无烟火者，奥境畸人，珍草骇兽，非复耳目惯经……种种诸毒之害。"徐霞客晚年游到黔滇之交的时候，断绝粮食是常有的事，有时是因地广人稀，久无人烟；有时遇到栈道或山隘，必须攀缘；有一次将青蚨（钱款）尽数跌入河中；有时遇盗匪抢掠。种种险阻折磨对身体创害极大。游到云南剑川之后，他的仆从将资金衣服全部席卷逃走，这对他的精神打击不小，他感叹"被弃于万里之外"。

他的交通工具偶有车、舟、轿，更多的时候是徒步。他不迷信书本，遇有生疑之处，他必要亲自踏访，徒步翻山越岭，长途跋涉；许多人迹罕至的地方，多次命悬一线。这些贯穿他的整个行程，可谓九死一生。

实则当他走到丽江，他生命的燃料已经耗尽，虽然木府土司给予他极其殷勤的招待和照料，美酒美食充量供应，尊为上宾，关爱殊多。但他腿脚因受伤宿疾发作，几乎瘫倒，全凭罕见的意志支撑，才未倒下，但也无力再作壮丽的长旅。地方官被其行状所感动，特意派遣精干僚属一路轿子、舟车护送，他终于安然回到江阴。

数十年的游历，实际的终点站就是丽江；壮美的长旅，也在丽江画上休止符。回乡几个月后，他终于驾鹤西去。

生命铺就的路线图

徐霞客发下旅行大愿："大丈夫当朝碧海而暮苍梧。"他的游历，后人一般以为28岁以前都属于准备阶段，不过笔者以为30岁以前应为第一阶段。因为他不是守在家里消极准备，而是在距离较近的今华东各省游览，足迹涉及江苏、山东、浙江、安徽、福建等地。

第二阶段将近20年，由今之华东地区转道至华北各省，足迹辗转于河北、河南、山西、陕西各地。

晚年则在51岁这年出发，经江苏、浙江、江西、湖南、广东、广西进入贵州，然后转道云南。

仅在云南，就经行曲靖、石堡村、温泉、陆凉（今陆良）、杨林，然后转往南盘江源头。到昆明后，先往西山，再南下，复乘船到晋宁，经澄江、江川、通海、临安（今建水）、颜洞，再去石屏考察南盘江另一源头。以后折回临安，经阿迷（今开远）、弥勒，抵达泸西。接下来取道师宗，前往罗平，出云南抵贵州黄草坝（今兴义市附近），再折返云南，经黄泥河、石堡村温泉、沾益、寻甸、嵩明，再次抵达昆明。然后再向滇西北进发，一路经停富民、大姚、姚安、卫城（祥云）、宾川、鸡足山、鹤庆。在各地均有或长或短的停留、考察、会客。到了丽江后，住在木府，帮助当地整理丽江史料文献，然后再南行，大略经行鹤庆、剑川州、石宝山、洱源、漾濞、大理古城、永平、保山，翻高黎贡山住在腾越（今腾冲），欲往缅甸未成行，折返游考高黎贡山达两月之久。最后又经过另一条路再一次抵达丽江。在此终于病倒，成了他长旅的最后一站。

仅就三个阶段的出游路线图而观之,那是一条何等壮丽而漫长的生命之旅啊!

国际旅游岛和游圣精神

徐霞客被称为中华游圣。近年,步徐霞客足迹,游览祖国大好河山已成为中国旅游界的崭新时尚。

据《海南日报》(2010年1月10日)报道,前不久,江苏江阴市徐霞客故里建议在北京举行新闻发布会,建议将徐霞客首次出行日3月29日设立为"中国旅行日"。另在三个月前,徐霞客国际学术研讨会在江阴召开,有中、美、英以及我国台湾地区一百多名专家与会,可见徐霞客的国际影响之广远。会上有专家指出,徐霞客的生态思想与实践是对人类文化突出的贡献,对当前实践科学发展观颇具借鉴意义。

徐霞客虽然没有到过海南,但却到过粤西,勘踏此间大片土地。游记中有两篇《粤西游记》,介绍广东和广西两地的风土人情。《粤西游记》篇幅奇长,几占全书三分之一分量。对粤西名胜古迹、民情风俗、地方物产等作了大量记载。而这里的风土,也跟海南比较接近了。1637年初夏,徐公由湘入桂,历游全州、桂林、永福、柳州、象州、桂平、陆川、玉林、北流、容县、横县、邕宁、隆安、崇左、宾阳、上林、河池、南丹等数十县。次年3月底,才从南丹北入黔境。他在广西经行整一周年,走遍广西大部分地区。

记得前两年《海南日报》等报道过前来海南旅游的专业旅行家不止一位,被称为"当代徐霞客"。其实,即使非专业的旅行家也有其精神传承,旅游业越来越兴旺,广大的旅游人士中,就有成千上万的"小型徐霞客"在。

海南建设国际旅游岛,以专业或非专业方式撰写图文游记表现其感受的人将会越来越多。这些图文发在报刊、博客上互相观摩、传播,对旅游岛的建设将有积极的影响,而这当中,就有徐霞客精神潜移默化的传承。

卷三

JUAN SAN

文言、白话宜相安

今日文章恶性欧化，文学之作，文脉日浅。种种后现代、后先锋、新文体、新译本，削足适履，履则适矣，足削为病。食洋不化，其弊日深。

早在20世纪初叶，鲁迅、胡适、陈独秀、钱玄同、吴稚晖诸人，皆反对文言甚烈，而倡白话不遗余力。他们都既有长篇大论的专文说理，也不乏随时随地逮机会就铺展一番的驳难、讥嘲、攻讦，令醉心"国粹"的人无所遁避。其中，又有由攻辩转为可惊的诅咒者，以鲁迅为最，他的《〈二十四孝图〉》兜头一顿猛捶，拜诵之下，有不寒而栗之感。他老人家说："我总要上下四方寻求，得到一种最黑，最黑，最黑的咒文，先来诅咒一切反对白话，妨害白话者。即使人死了真有灵魂，因这最恶的心，应该堕入地狱，也将决不改悔，总要先来诅咒一切反对白话，妨害白话者。"（见《鲁迅全集》第二卷，第251页）

事情就是这样矛盾。因为妨碍白话者，实际就是推崇文言者。鲁迅要用三个"最黑"的咒文来咒对手，吴稚晖这个"中华民国的大阿斗"要把线装书仍进茅坑几十年，可是他二位，用典的妥帖入神，句式的游龙起凤，文辞的滂沛，表达的准确、诙谐、深刻、有趣，以及文章的言之有物，在在都表明，其得力于文言文处多多。今日读来也就是新知旧雨了，叫人起一种特别的挂念！胡适也是开一代风气的文化大师，然纯就文章言，一味白话，一泻如注，读来也就不那么一见如"故"了。叶公超和鲁迅的文学观念，也可说是南辕北辙全不沾边，二人关系更是壁垒森严，极不相能，鲁迅与学衡派的关系，尤其以认知传统价值的分歧，而互为排斥。可是叶氏佩服他，悉在于鲁迅文章里面的文言气息，那种挥之不去浸润极深的与生命一体化的文章滋味。可见真正伟大的作品，必定与传统相联，与历史的感觉相联。

鲁迅从进化论观点断定"古文已经死掉"，这就完全出于心情的激愤，对社会黑暗面的极度厌憎，致使文字大受社会运动的连累。其实即从进化论观点看，四书五经、汉赋，或者说，全上古秦汉三国魏晋六朝文到唐宋文、明清文言再到民国初期的浅显文言，这一条线上的种种变化之大、之深、之巨，实在是不停的进化呀！从民国的浅显文言陡然回跳到四书五经，稍加比较，其间的特点、风味，也就天差地别了。它所形成的知识系统，常是日新又新。这还不是转化、变化、进化吗？当然，传承关系也一直在起着藕断丝连的作用，而最可贵的正是这种传承关系，它是血脉的贯通，生命的赓续，人为地硬生生地斩断这根脐带，而衍生成一种全新的白话文，无异于胎儿未足月，却要使之离开母体，那恐怕不是什么创造，而是一种想当然了。最后结果不外是"穷汉难养隔冬鸡"，水中捞盐，每况愈下了。

陈独秀大力倡导民间文学，挥斥廊庙、山林、贵族的文学，诸位大师都是肝火旺盛，痛心疾首，企望朝发夕至式的改变社会，其心可恕。文言文作为一种工具，固然浸透了封建的质素，他们谓之毒素。然而正因为文言文是一种情感工具，它同时也就包含着生命的活力及生命的质素在，也就有反封建的质素在，若将种种社会问题、社会矛盾、封建残酷专制统统归之于文言的存在，固然一时解忿，但随着时间推移，可知究竟不是那么回事。

白话文大师们又以为用文言文来教育儿童，令孩子的世界中没有一丝乐趣，诚然。但是朋友，看看今天的白话文课本吧，那可是白得像白开水一样的纯白了，里面有什么乐趣吗？连苦趣也找不到呀！所剩只有无趣罢了。若说文言是专制社会的产物，那么"四人帮"之类的大老粗极权分子，其文言修养可以说是很差很差了，他们懂什么文言文呢？看看江青、叶群的旧体诗吧，绝似地狱变相图，比半通不通的洪秀全天王还不如嘛！实在是阎王出告示——鬼话连篇啊！然而，他们却把专制中最残酷的因素发挥到了极顶！反而，严复、林纾这些反对白话文者，文章大师，却一腔仁心，也并不反对科学。孙中山先生及其同盟会元老、助手，多为文章巨子，所作文章字字珠玑，不时涌动着智慧和远识的波浪，好文章结构天成，笔力惊艳。在他们那里，文言也可以和民主、科学发生血缘亲情呀！

唐德刚教授曾经证明，文言文所保留的19世纪以前人类社会的文明，超过了世界上其他所有文字保留量的总和，皇皇大哉，宏深如是。而文言的灵妙又不止此，也许更为重要的是它是中国人内心的东西。周作人后来回忆鲁迅，言其饶于士大夫气质，此真见道之论。鲁迅作品饱经文言浸润，仿佛老酒，加药、加香。朋友！试将鲁迅作品精粹，译成也就是稀释成大白话试试看吧，必然是啰里巴唆，清汤寡液，满篇没劲！这是为什么呢？原来，文言文正是鲁迅内心的东西啊！而内心的精神气质，怎么可以随意稀释、随意糟蹋呢！鲁迅国学基础雄厚，下笔古气郁郁，惯性使然。所以攻击文言的白话论者无论怎样呼天抢地，垂涕以道，倡导白话，甚至弄得文化界河翻鱼跳，他们的承诺和吁求到今天也不过是一袭皇帝的新衣啊！在"四人帮"时代，欧美是"资本"，苏俄是"修正"，国粹是"封建"，所有的世界文明，都给他们扣上吓人的大帽砍削排拒，造成国人一种闭锁的心灵状态，文言不幸也在其斫斩之列。这运动的过程，我们失却了无量的文化生命，文章一概地受阉割，枯干无生机，文章传统与人生乐趣扫叶都尽。看看今日老中青，诸种不同形式的博士卖驴体文章，下笔千言，言不及义，那仅存的点滴审美期待，也就日薄西山，或者泥牛入海无消息了，反观老辈的文言、白话论战，倒觉得国粹论者颇有一种挺身犯难、忍辱负重的心情，在历史文化的挫折中，弥见生挺，值得后人馨香礼拜。晚清时期，深于文言、利用文言的坏人也是有的，但人与物是两码

169

事，不可以文言白话对垒来简化社会事实，来形成新的壁障。

1934年秋，胡适在北大讲课，为拒政府之邀从政事，与醉心文言之学生分别以文、白二体拟电报，学生以文言："才疏学浅，恐难胜任，不堪从命。"胡适拟为："不干了，谢谢。"胡先生以为白话胜文言，白话五字包含文言十二字文义在内，这真是全然不顾事实的常有理、不讲理、讲歪理。"不干了"，很生硬的三个字，如何包含十二个字的客气话？若是对其邀请根本置之不理，岂非可得大音希声的美誉吗？大师滑向偏颇，发议也就大有问题。

毛泽东的文章爱用民间谚语，而古来大量谚语其实正是一种民间的文言文，其流传的久远和它千锤百炼的传神表达，正是两面一体、血肉难分的啊！文言、白话原可相安无事，人为地导其干戈相向，一以轻率，一以势利，一以无美感。不要一提文言文，就想到某几个人的某几篇佶屈聱牙的产品，或者庙堂供案上的冷猪肉。除此以外，文言传统悠久的构筑，源远流长，刚健婀娜，灿烂千古，恰是中华民族可以自豪于世界的精神宝藏，里面更有同一时空中同一人种的血肉联系，及语言文字孕育酝酿的感情愿望，那最黑最黑的咒文，本应另有所属——老天！还是不要加诸它们头上罢！

山川与岁月的惊叹

"有美一人，清扬婉兮。"这似乎是给弱女子刘曼卿预设的绝妙好辞。20世纪20年代末，她以半官方身份持中枢书信出使西藏，年仅23岁。她往复一年，驱驰万里，完成使命后，取海道于1930年8月返抵南京。她的文化传奇，曾经轰动一时。

刘曼卿幼年时期在西藏成长，后在北京求学。成年后因偶然机缘获延揽，在国民政府行政院文官处任书记官。因桑梓观念，要求前往西康、西藏调查人文、政经现状。那是1929年的夏天，西部边区到处是险恶的出生入死之地。曼卿幼习经史，颖悟过人，属文构思敏捷，初不留意，然于人文历史、国际形势，把握论断每有过人之处。她一路上非凡的观察、表述汇为《康藏轺征》，1938年由上海商务印书馆印行。

一边是舟车劳顿，另一边则落笔如风雨。她的文字锻炼得炉火纯青，雅致峻洁，而又极富形容力、表达力。不特如此，障川回澜、细意熨帖中，还更有心绪的惨淡经营。

她和文字好像有先天的血缘关系，一路上的种种经过，描述得那样自然、邃密，良金美玉，内外无瑕。仿佛并不费力，而其驱遣是那样妥帖完美。山川要害，土俗民风，以至鸟兽虫鱼，奇怪之物，耳目所及，无不记载。至于康、藏地理形胜、民族风貌、民生疾苦，更予以极深的同情和呼吁。

在藏区，刘曼卿与政军文化界官员及其家属接触，次年3月底，拜会十三世达赖喇嘛，向其转交中山先生遗像，告以中枢垂念边疆之殷，宣扬五族共和观念，取得良好成效。

她选择的是元明清三朝以来的官道，即古驿道。茶马古道有川滇两造。西康雅安产砖茶，以康定为集散中心，马帮从此上路，经甘孜、昌都到拉萨，转运西藏各地；另一为云南所产沱茶，汇聚大理，商队由此经丽江、中甸、德钦到西藏的邦达或昌都、拉萨，再转各地。刘曼卿首次取道川藏线，第二次则走滇藏线。

她首次入藏，由南京启程，上武汉，过三峡，入重庆，经成渝路进成都。然后取道康定（打箭炉）、理（理塘）、巴（巴塘）入藏。又经莽里、古树……王卡、巴贡、包敦十余城镇到达昌都，再经恩达、洛隆宗、嘉黎、太昭到拉萨，单边总行程五千余里。迢迢长路，有时是峭壁凌空，大雪横野，有时是羊肠鸟道，上逼下悬。行路之难，可想而知。

这样一路到了昌都，一路上也不免与各地有声望的地方贤达交流。端赖她的言辞明慧，态度恳切，措辞极为得体，不特免除了种种可能的误解，而且地方有力之士，在其循循善诱之下，亦多通情达理，均愿输诚。留在昌都一个月，当地人士并有询问孙中山先生事迹者，她则为之详尽解答，中心为先生坚忍不拔之志，及博爱怀人之慈，听者若有所悟。

路上遇到的困难非今人所可想象，但她从小在西藏生长，故多能化险为夷。一路考略山川、风俗、疾苦疠病。每到险要地方，便找老兵退卒或当地百姓详细询问曲折原委，并与平日所知对勘，所得可补近代地理考察之阙。

直到到达拉萨后，面谒达赖，所告诉万里奔驰之苦心，也即国家利益和主权完整，此番话语，由于其气象的端丽，增进效果不少。

刘曼卿二次入藏，则改走滇藏线。这次入藏则主要宣讲抗日理念，取得边陲人民的道义和物质支持。她笔下的人物口吻，只需几句点染，便可捕捉其人心声与情感，此多借助文字意蕴的追求，其间并蕴含人物的自身价值以及社会投射在个别生命中的痕迹。

达赖喇嘛对她说:"至于西康事件,请转告政府,勿遣暴厉军人,重苦百姓,可派一清廉文官接收,吾随时可以撤回防军,都是中国领土,何分尔我。

"英国人对吾确有诱惑之念,但吾知主权不可失,性质习惯两不容,故彼来均虚与之周旋,未予以分厘权利,中国只须内部巩固,康藏问题不难定于樽俎。"

可见当地高层明事理、知大节的底线。而曼卿本人,德言容功,动循矩法,其别有大志,又仿佛女中丈夫,行事刚健笃实,磊落皎然。

古代地理书相当发达,也最有文字的兴味。从《水经注》《洛阳伽蓝记》直到《岭表录异》《星槎胜览》再到《海国图志》,有名者无虑数十百种。以出色文笔描述自然风月及社会生活,乃是古代地理学家郦道元、徐霞客创辟发展的传统,自始至终和文学两位一体。在刘曼卿笔下,沿路的山川、气候、道路、物产以及居民、建筑、风俗、宗教、语言……都得以精彩记录,文中流露深郁的家国之念以及对乡邦民气的信托。

清代作家姚莹,乃是桐城派柱石姚鼐侄孙。曾任台湾兵备道,咸丰初年,任广西按察使,参与永安打击洪杨之役。曾奉命入藏处理争端。他的著作不少,其中有关边疆地理者尤有兴味。《康车酉纪行》十六卷记述他于道光年间数次赴藏的见闻,涉及西藏地理、形势、宗教、风俗,以及英、俄、印诸国情形。文体系日记条目式笔记体裁。"……天寒地高冰雪坚,百步十蹶蹄踠扯。鞭笔横乱噤无声,谁怜倒毙阴崖下……艰难聊作乌拉行,牛乎马乎泪盈把。"这是说进藏者遇到的首要困难,就是面临高山和严寒。藏区所需物资,全赖人背畜驮和栈道溜索运输。

清代地理笔记中,描述了进藏路途中特点突出的若干地理现象。清朝前期,杜昌丁《藏行纪程》记其于某个初夏的观察,在崩达以西不远处,"其寒盛夏如隆冬,不毛之地名雪坝,山凹间有黑帐房,以牛羊为生,数万成群,驱放旷野","怒江之水,昼夜温湿,不闻言语。缘江万丈,俯

173

视江流如线，间有奇胜，中心惴惴，无暇领略也"。

古代文化人，虽置身险峻之区域，仍在下意识地考察城镇、村落的地理全貌，在其笔记中不乏精彩描述。西藏独具特色的生物现象，也会引起某些进藏者的兴趣，1824年10月徐瀛注意到，"藏地山高雪深，产雪莲花颇多……花生积雪中，独茎无叶，其瓣作淡红色"，姚莹则记述："察木多杨树告已脱叶，而干下自抽青枝且放新叶。盖高处风寒，下得地气故也。蕃地每七八月间多雨，山上雪已封岭，人且重裘矣。"

刘曼卿的文字似乎比名作家姚莹记述同样行程的文字还要邃密，当中饱含她种种对风俗、人文、地理的超绝睿智的认识。譬如还是在过三峡的时候，原来在东南一带听说峡江是如何险峻，实地观之，不过尔尔。原因是东南一带人民见大山甚少，故多夸张，在西南住民看来，没啥奇绝之处。峡区的景点，有许多的传说故事，当地人娓娓道来，好像很有滋味，其实很空洞肤泛，她的结论是："古人称西蜀好幽玄怪异之思，诚不诬罔。"

到重庆，她写道："船靠岸，担夫走卒率来抢取行李，其汹涌狡猾之态不亚于汉、宁诸埠。"这是实录，于今亦然。这一带农民生计的艰辛，土娼的肮脏悲惨，也都活灵活现地记入笔下。

到成都后拜见刘文辉于将军衙门，刘以康藏蛮荒，怪她轻举妄动，殊不知她自幼生长边地，自有此地的知识与智能、底气与胆气。

当然，她的只身闯藏区，事实上还是得到方方面面的照拂。在四川有川军当局签发的特许证，在西康和西藏则有地方军的恭敬护佑。

雅安去康定的路上，"万山丛胜，行旅甚艰，沿途负茶包者络绎不绝……肩荷者甚吃苦，行数武必一歇，尽日只得二三十里"。山城康定，笔者小时候曾经在那里长住，曼卿只寥寥数语就清楚勾勒其基本地理结构、确凿形象，实在令人惊讶："此地为川康之分界，三山夹抱，地势褊狭，急流两支贯其中，水砾相击，喧声腾吼不可终日……普通康人视知识为不甚需要，而亦不能谓为无文化，盖民间有极美妙之歌曲，喇嘛有极深玄之佛理，至于绘画塑像均精妙无伦……"

过理塘之前，翻越折多山，海拔近五千米。虽在盛夏，高山上"残雪积草上犹作银色"。

自此而后，她对藏地风情和宗教样式、沿途的食宿、驿站、交通的叙写，可谓深入骨髓。真正的难度在表达的深度上，她超越了这种难度，运笔铺陈忧患意识。广漠崇山中人民生活的精神搏动、民生民俗、历史地理方面和内地迥异而富有别样的生命力，都是罕见的表述。

川滇藏交界的地方，乃三江流域（金沙江、澜沧江、怒江）中上游，地势高亢，河流切割剧烈，多处是童山濯濯，风景荒凉，寓目景象极其萧索。有的时候，也有旖旎难状的高原美景，"忽见广坝无垠，风清月朗，连天芳草，满缀黄花，牛羊成群，帷幕四撑，再行则城市俨然，炊烟如缕，恍若武陵渔父，误入桃源仙境……地广人稀，富藏未发，亦不过为太古式生活之数万康人优游之所耳"（《康藏轺征续记》）。这是滇、康交界之中甸县城，今已改名香格里拉，笔者2006年夏天前往滇西北驰驱万里，实地印证了她的描写。

出中甸城北门，"为一广约十余里之草原，四面环山，如居盘底，有小溪一道，曲折流于其中，分草原为若干份，牛羊三五垂首以刍其草。沿溪设水磨数所，终日粼粼，研青稞为糌粑之所也。草原之上，多野鹜，低飞盘旋，鸣声咿哑，与磨之声相和答，在此寂静之广场中，遂亦如小儿女之喁喁私语，益显其悠闲况味。草原尽头，刚见一片巍峨建筑，横亘于山麓之下，则著名之归化寺也"。

较之古人以日记记述途中见闻方式，刘曼卿则将日记统筹处理，扩写成以小标题区分统揽的文章组合。所记的是当日的见闻、思想、心情，比其他私人撰述更具有学术性、原始性，留下诸多关于疆域、山川、交通、人事的珍贵记录。诸如各地地貌、户口变迁、风俗物产异同以及民间传说，或加考证，或加澄清；对其渊源变化，均有提纲挈领的综述比勘。古代地理学长于描述的悠久传统，在她这里落实放大。山河气质、地理人文……在她的行程中跃然纸上。

刘曼卿这本书，笔驱造化，细意熨帖，大者含元气，细者入无间。可谓从肺腑流出，无一字空设，描述得确凿深稳。文字、词汇的贴切妥善，复制复活大地的精神景况、地理特征，满含生命骀荡的律动。她的观察方式，既饶有一针见血的深刻贯穿，也不乏冰雪聪明的机趣附着，甚至因其与山川的透迤磅礴合二为一，取得较影片记录更为震撼的效果。

说起来，古人当然不乏像她那样超妙的文笔，但古人并不能预知或栖身生活在她所处的时代风云之中；后人所处环境或有可能较她生活的时代更为复杂，却又至难寻觅像她那样峻洁雅健、势如削玉的高超文笔。

人文地理，或曰私人地理，乃是近年来时尚写家之热门首选，但就文字而言，多数记叙啰唆，识量轻浅，一二寻常景点，惊呼夸为独见；琐碎自言自语，衍成冗长篇什。游谈无根，难接大地精神。照片倒是清晰，书籍轻型纸的时髦包装也很招眼，但若谓地理人文脉络的深切契入，则遍寻不得。如果说《康藏轺征》兼具长风振林、微雨湿花之大美，则今之写家笔下但余瓦砾凌乱、顽石载途的少见多怪了。

诗人幕僚命途蹭蹬

有些人的人生说复杂也复杂，说简单也真是简单。不过像康白情那样似乎已是振臂一呼应者云集的领袖，尔后却处处碰壁，所遇多舛的，其原因是什么呢？还真不好说，只能套句老话：一生都是命，半点不由人。

相较新潮社诸君，如傅斯年、罗家伦、毛子水之属，或为文化重头官僚，或为史学家、名学者，则他的遭际最为酸楚。

康白情是四川安岳人，这里是有名的柠檬之乡、民间艺术之乡。五四运动时期，他是五大学生领袖之一。社会活动有他的身影，诗歌、政论彰显他的才华。后半生像走了背字一样，人生命运急剧下滑。他在美国期间，用他那撰写童稚诗作的心态，和旧金山洪门帮会联手，欲问鼎政治，终成虚幻的无根漂萍。

他也曾短期成为四川地方军头的幕僚。

康白情五四运动前就身影跃动，五四运动期间更是大出风头，乃是名噪一时的学生领袖。1917年北大首创学生主持教授会，康白情和其他学生头目傅斯年、罗家伦、张国焘分别担任四个学院的主任。五四运动的前夜，北大校长找他们几位谈话，关怀指点。至全国响应，康白情率领北京学生代表团赴沪，当选为全国学生联合会主席。

1923年7月，康白情在美发起组织新中国党，这年他28岁，自任党魁，以西方各地的唐人街为重点着手发展组织，并在上海、北京等地设立党部，四处拉拢各国留学生入党，包括刚到法国的他的老乡李劼人，一时风头甚健。康白情自以为本钱丰厚，抛却加州大学的学业，于1926年以领袖身份傲然回国指导工作。

但其回国后好像回不过神来一样，他的思维还停留在五六年前，物是人非，他只好投靠教育总长章士钊，做了一段时间的法制委员。

康白情政途运作已成虚化，同时学业荒废无成、组织消弭无形，师友为之侧目。走投无路之下，他曾致书北洋政府首脑，陈述对国是的主张，但是入幕之想又事与愿违，遂选择往山东大学任文学教授，以后又辗转广州、厦门，在中山大学、厦门大学任教职。

1920年代后期，康白情回到阔别多年的四川老家讨生活，当时成都新闻界报以热情期待，报纸通讯、消息极尽恭维，诸如：欢迎中国思想界的巨子、五四运动的健将、新潮诗人康白情回乡，等等，不一而足。

当时四川的大人物刘湘对之礼遇备至。请见，委以军职，以高级幕僚兼某旅旅长，颇为其他军官侧目。但在这样的位置上，他对军事并无兴趣和专长，却着迷于抽鸦片、吃花酒的恶习，短期内身心大损、意志消沉，无法胜任旅长职务，便专任幕僚。这样浑浑噩噩、寄人篱下又过了两年。

抗战前的几年间，他先后在上海经商卖高级土产，当中学教员，尝试办报。1935年由同学介绍到中山大学任教，未几，又因早年的政治作为而被解聘。其后多年，康白情辗转于教育与工商界，灰头土脸，毫无所成。相识旧雨，了无联系，有人还以为他早已不在人间。

1940年代末，他又到广州任教，1958年成为右派分子，退职返乡。船次途中，病死于三峡门外之巴东。

左右不讨好，竟至于此，也实在罕见。好像他对事物都是轻飘地抓不住重心，难以落地生根，而各派竟也当他充满的气球，谁都好奇接过来把玩一下，然后纵手一弹，再不理会了。

按说他的社会关系不少，老师辈的蔡元培以及蒋梦麟、胡适、陶孟和，同辈的汪敬熙、段锡朋、罗家伦、周炳琳、田汉、张闻天、曾琦、许德珩、何鲁之、余景陶、俞平伯、顾颉刚、孙伏园等，这时候都若即若离，隔膜甚深了。

他和军事也不是完全没有渊源，他的家乡四川安岳就是袍哥的源头之一，据说，他在11岁就曾参加进去。不过，这些都难以改变他的性格：软弱，唯美，多愁善感，时而激进时而颓废，时而热血沸腾时而万念俱焚。实际上，他的性格是属于漂门——难以在他事实上不感兴趣的行业沉潜涵泳、植根壮大。

据说他上马叙伦哲学课时，因迟到跟马先生顶嘴，态度倨傲，讲歪理，把马老气得发抖。某次上课他故意迟到，马叙伦问之，他答住得远，马先生知其住处就在近旁，斥其所说无理。康白情觍颜答道，你不是在讲庄子吗？庄子说，彼亦一是非，此亦一是非，先生不以为远，而我以为远。令马氏七窍生烟。

康白情既未当好川军的参谋，也没有当好他自己人生的参谋。至于他潦倒而亡，那也不完全是他个人的责任，实在的，时代的诡异，是谁也参谋不来，谁也规划不来的。

观其诗作，充溢一种童稚的趣味：

  柳也绿了

  麦子也绿了

  细草也绿了

  水也绿了

  鸭尾巴也绿了

  茅屋盖上也绿了……

则其介入政治抑或军事，不管被动的还是主动的，几乎都是一个笑话了。

康白情的论文《论中国之民族气质》，很像《隋书·地理志》对南北西东各地民性的分析，地理、人性、好尚、气质，汇为一炉，但又加入了一定的现代观念，以及他自身所处时代的时事对民众的影响，以及人们的反应，将此也作为新的性格特征。有如此的分析的功夫，他实在大可就此在刘湘部队中做一个有为的幕僚，可是他竟一路衰退下去，仿佛他的老乡苏东坡的诗所说"骏马下注千丈坡"。

他说，寻常东南之人，性浮而易激，故易为暴动……实多乐天而鲜厌世也。其文学美术之盛，为各属之巨擘……又分析西南之人，"唯山境闭塞而民识固蔽也，故无野心，乏远虑，重习惯，偏保守，而以营目前之自存为止……则诈虞佻达逸乐浮动之风，实未让东南之人独步，特不若其甚耳。其人喧于暖风，颇耽情于闺房……民多重目前之享受，而不重视储蓄"。

这是不错的。可是他又说东南之人摩拳擦掌，做欲斗之状，"然而指及人面而不敢竟抵人面者，恐真斗之不利于己也，又不闻革命之役乎？革命功成而享大名，据显位者，多东南之人；其冒锋镝，弃沙场，掷头颅，亲奔走者，鲜东南之人也……"这就是想当然了。就在他写文章所去未远的辛亥革命时代，东南沿海，真可谓志士如林，俊杰辈出，流血五步，与专制者作殊死决斗。

就他这类文章看，可见其分析能力不弱，即使转型做一军事幕僚，他的底蕴足以当之。陈布雷从民性上点评四川人，郁达夫也从民性角度指斥浙江人，康白情谈论民族气质，以小观大，即为幕僚基本功。清代万维鶾撰写的《幕学举要》，乃是标准幕僚的日常事务作为，强调对民性、地域特征的透析："北省民情朴鲁，即有狡诈，亦易窥破。南省刁黠，最多无情之辞，每出意想之外。据事陈告者，不过十之二三。必须虚囊批断，俟质讯以定案。小司寇以五声听狱讼，求民情，可见纸上千言，不如公庭一鞫。未可执内幕之臆见为定评也。"然而康先生兴趣实在不在这里，惋惜也，浩叹也，佛也救不得。

说来说去，康白情以一学生身份而为军人幕僚，实在尚未走出他的学生心态，属于别一种长不大的人物性格，这导致他后半生做事往往心不在焉。若说他的人生是一个梦，则绝非淡然消逝者，反而是辗转复沓，错舛纠结，荆棘满途，这样一种不舒适、触霉头的梦，无疑，这是一个噩梦。

所以，康白情的短暂幕僚生涯，本来可以成为他人生的一个转折点，但他因为性格和心境的原因，不得不放弃了。盖棺论定，卑之无甚高论，也就"心不在焉"四个字，足以概括他的一生。

黄遵宪绝非一个甘心做诗人了事的人。清末几年也是他的晚年，他还烈士暮年，壮心未已，急思有所作为。无奈局势一天天恶化，使他无从措手。

同样，康白情也是不甘心以一诗人终其身的人，但他热衷于无根飘篷般的组党，较之黄遵宪等人，气象上、技术上又差着很多。

试将饶汉祥和康白情做一比较，饶汉祥似乎不大喜欢直接契入政治，但他和政坛的要角始终从职业角度配合默契，仿佛是另一种政治鸳鸯，缺一不可。作为标准的老牌幕僚，他所参与的事情，手到擒来，浑然天成，仿佛都不费吹灰之力。

康白情的作品气质，则根本近于一种童话诗人，但他似乎偏偏不甘于寂寞，搞运动，发宣言，活跃于三K党，投效于家乡的军阀，也真是怪事。诸事都不大投契，临了直接走下坡路，弄到好像歧路亡羊，在哪里他都是多余的人。到处碰壁，灰头土脸，最终他是以何种心情走向人生末路，不好揣测，但一种风吹雨打雪满头的滋味，想必缭绕不去。

兵学奇才辛弃疾

郁孤台下清江水,中间多少行人泪。西北望长安,可怜无数山。青山遮不住,毕竟东流去。江晚正愁余,山深闻鹧鸪。

——辛弃疾《菩萨蛮·书江西造口壁》

这首简明而意绪无穷的词作,起笔突兀,中间一挫再挫,负手微吟一过,难免使人渗透满腔磅礴之激愤,仿佛夜潮轰然拍击,心绪难平,直至栏杆拍遍,泪眼婆娑。"今古恨,几千般,只应离合是悲欢?江头未是风波恶,别有人间行路难。"

今人所熟知的文学家辛弃疾,若从根本上说则是一个卓越的军事战略家、罕见的幕僚专才。即使和近现代的老毛奇、小毛奇置于一处,事功或因时势而逊之,兵略则有以相颉颃。他出生时北方久已沦陷于金人之手,少年时生活在金人占领区,十几岁的时候就聚集两千能战之士,投到地方军事首领耿京的部队,做了耿京的高级幕僚,即掌书记一职。他在耿京部队所任记室一职,即是标准的幕僚。清新庾开府,俊逸鲍参军,记室也即是参军的一种,如咨议参军、录事参军、诸曹参军一样。他是记室参军,襄赞军务,位任颇重。

据史学家严耕望先生《战国地方行政制度史》转引:"记室之职,凡掌文墨章表启奏,吊贺之礼则题署也。"或者,记室主书仪、表章杂记等，由其负责完成。南北朝的时候，记室参军起草檄文，驰告远近。

至于记室参谋的要求，"记室之局，实惟华要，自非文行秀敏，莫或居之……宜须通才敏忠，加性情勤密者"。

辛弃疾可谓标准当行的记室参军。若在民国时代，则非陈布雷、饶汉祥莫属。

当时他就向耿京建议部队须向南方作战略转进。那时部队中也有一个擅长兵略的僧人义端，此公谈兵不倦，和辛弃疾是好友。他俩论述战略取长补短，一时形影不离。不料此公心怀异志，一日盗取军印逃逸。耿京以为二人既系密友，事乃弃疾唆使，欲对弃疾不利。弃疾请以三日为期，判断义端必投金人，乃急追缉，斩其首来归，耿京遂刮目相看。后来部队转移的时候，弃疾奉命南下与南宋朝廷联络。他在返回报命的半路上得知耿京被叛逆张安国杀害，立即率领五十余人的精兵小分队，长驱折返山东，实施一场精彩的奇袭。是日月黑风高，弃疾从海州直向济州扑去，在五万敌军阵营中，将张安国绑回南宋斩首。当时金人正在狂吃滥饮，弃疾捉到张安国后还乘势对军营外的士兵做了简捷的策反演说，然后纵马而去。

"绍兴三十二年，京令弃疾奉表归宋，高宗劳师建康，召见，嘉纳之，授承务郎、天平军节度掌书记，并以节使印告召京。会张安国、邵进已杀京降金，弃疾还至海州，与众谋曰：我缘主帅来归朝，不期事变，何以复命？乃约统制王世隆及忠义人马全福等径趋金营，安国方与金将酣饮，即众中缚之以归，金将追之不及。献俘行在，斩安国于市。仍授前官，改差江阴签判。弃疾时年二十三。"（《宋史·辛弃疾传》）

他后来到了南宋所写的军事论文《美芹十论》和《九议》见微知著，灼见古今。

"十论"中如审事、察情、自治、致勇、屯田、防微等篇章，指出和战之间充满偶然，种种超出常情的地方，其认识深入骨髓，就像后来的克劳塞维茨所说，战争是一种艺术，但它绝不是常规艺术。辛弃疾说："虏人情伪,臣尝熟论之矣,譬如狞狗焉,心不肯自闲,击之则吠,吠而后却,呼之则驯,驯必致啮,彼何尝不欲战,又何尝不言和……此所以和无定论而战无常势也,犹不可以不察。"

他的《九议》中更论述了处于劣势和危机当中的反攻之道,以及破解危局的战略战术。冰雪聪明,智数超群,真切可用。可惜南宋当局优柔寡断,将之忽而解职,忽而启用,拖沓多年后再想利用他扳回大局,他已垂老病笃,令人扼腕叹息。

朱熹由衷钦佩,赞叹辛弃疾颇谙晓兵事,并在著作中引用了他诸多论兵的段落。另外程泌有一篇两千字的给朝廷的奏对,通篇引述论证辛弃疾的用兵思想。其中说道,中国之兵不战自溃是从李显忠开始的,百年以来好几代人没有人去纠正它;而辛弃疾认为,应以正规军驻扎长江边上,以壮国威,如果要主动北伐,则必须征集边疆土人加以精强训练,因为边区地方的人从小骑马射箭,长大后或驰骋或攀缘,体力非内地人可比。至于当时江南一带水田里做工的农民,好像对战斗的场面非常惧怕,很难训练为进攻的先头部队。边疆的壮兵招来以后,要单独分成多个小团体专门训练,不要和官军混杂在一起,一旦混杂其战斗力又要大打折扣了。官军习性,一有警报就彼此相推,一有一点小功劳大家都去争抢。

部队构成,雷海宗先生以为,欲振兴武德,必实行征兵制,征召良民当兵,尤其是一般所谓的士大夫都人人知兵,人人当兵,方可使中国臻于自主之境(参见《中国的兵》)。

此说自然是不错,但兵要自立,须赖国家政体上轨道,使国民为公民,有其权利保障制度。这时的兵源,应无谓良民、刁民,因为在一个专制社会,就算大量良民入伍,兵的问题看似解决,但剩下不少的刁民、惰民,必因天性、生存滋生事端,岂非社会之祸?

这个问题,笔者较服膺吕思勉先生的论断,他说,募兵之制,虽有其劣点,然在经济上及政治上,亦自有相当的价值。天下奸悍无赖之徒,必须有以消纳之,最好能惩治之,感化之,使改变性质。只有在营伍之中，约束森严，或可行之。他们性行虽然不良，然若能束之以纪律，则其战斗力，不会较有身家的良民为差，或且较胜之（参见《中国文化史·兵制》）。

此说实有灼见，近年美国电影，表现越战，及非洲平乱，多有叙写囚徒、服刑者、犯禁者、有案在身者、性情桀骜不驯者，搏命突击，其锋锐不可当。此类人物往往"能打"，使人刮目相看，可证吕先生观点之明睿。

自然，在一个特殊的历史时段，统率此类人物，必待心胸博大、手腕超卓之将领，能从心理上征服之，此事又属可遇不可求。

辛弃疾正是这样不可多得的军中帅才。

辛弃疾在此指出了中国部队的致命弱点，显然他力主编练特种部队，他从根本上重视士兵的来源和构成，其着眼点在成分纯洁决定其战斗力。辛弃疾也极为重视谍报和情报的意义，他又对写奏对的程先生说，情报间谍是部队的耳目，胜负的关键和国家的安危都与他们有关。他拿出一块锦缎方巾给程先生看，上面都是敌人的兵马数量、驻扎的地方，还有大小将帅姓名，这些情报的来源费了四千贯钱。他自己解释说，派遣间谍必须有参考和旁证，即不能是孤例，这样的情报才可能真确而非欺诈，显然他考虑周详，注重情报的质量，讲究单线、复线的真实性。

南宋当局优柔寡断勉强出师和金人作战，结果是一败不可收拾。这位程先生说，在大战的两年多前，辛弃疾就贡献了他种种战略战术，可是没有真正加以运用，结果导致了悲剧的发生。当时招兵买马也毫无策略可言，正规军和民兵混杂不分，结果在败退中还互相砍杀。另外负责警备点燃狼烟的士兵，一听到警报丢下工具就跑，导致部队仓皇迎战。

辛弃疾所担心而要从根底上改变的军事颓势，其实到了近现代，还有一次触目惊心的重演。据刘文辉的军参谋长巴人先生所回忆，时在1934年，西康又发生一次内战，那是西康土人先向刘文辉发起进攻。主战场是在甘孜一带。"不要小看那些西康土人不懂战术，他们起初的来势很凶，一开始就用人海战术，成千上万的骑兵，继续不断地向余如海旅长所部进攻，余旅仅有四千之众，人数上已经处于劣势，加以受到奇寒气候的影响，以徒步之师，迎击顽强的土人骑兵，只有招架，无法还手。"（巴人《我随刘文辉在四川打内战记往》，1968年《春秋杂志》总第253期）随后余旅大部分退至道孚一带，增援赶到，才算稳住了阵脚。赶紧改变战略，对土人骑兵因采取夜间火攻的方法，对方于损折之下，骑兵面对火攻，已不能发挥作用。

辛弃疾事业起步虽为参谋、幕僚出身，但其胆气绝伦，文学、军事天才并重。他的兵学思想的深度或不在戚继光之下。南宋当局，若能依为柱石，大势或当逆转。

辛弃疾文名盛极，其余皆为所掩。实则他是不折不扣的军事思想家、战略家、行动家。在战术方面善出奇计，善出奇兵予以奇袭，他组织的行动总是干净利落发挥战斗效能。奇袭的成功，其间包含他一系列的战力培育：征兵、训练编程、意志灌输、单兵战力、协同作战、进击速度、基地建设，他都举重若轻予以导成。

此种奇袭颇有现代美军小股特战群的味道，高度的智勇胆力浑然一体，取得出乎意料的战果。可惜南迁派到多个地方服务，颇受掣肘，未能在中枢力行反攻之计。

他具有编练特种部队的能力、心力、智力，并很快产生高度的行动运作效果。无论在古在今，都是不多见的。

他所编练的部队所用武器，包括防御和攻击都较那个时代各方部队有所改进创新。

辛弃疾在四十岁的壮年，到了湖南，任湖南安抚使，稍有独当一面的事权，他就开始编练军队，招募农家精壮子弟，成立步马组合的飞虎军。史称"军成，雄镇一方，为江上诸军之冠"。他在湖南编练的飞虎队，所用战马，专门从广西边地辗转购来，这种千挑万选之良种边马，剽悍耐战；步兵精锐两千人，骑兵五百人，协同依托作战，平时注重实战训练，预设实战推演，强调快速作战。不久已建成一支极为罕见的攻击型基干部队。他在各种人事纠纷中左推右挡，尽量将掣肘化解到最低，辛苦经营将此部队保持了很长时期。

辛弃疾的军事地理战略眼光，是以编练特种部队、建立能战之旅为依托的，而他的兵学实践在其办理马政一事上最能见出他的良苦用心。

苏洵批评宋代政治弊端，深中肯綮："政出于他人，而惧其害己；事不出于己，而忌其成功。"（《上富丞相书》）

这也是辛弃疾所处的时代悲剧所在。

宋时兵制，吕思勉先生说，兵力逐渐腐败，宋代初起，兵力为二十余万，太宗末年，增至六十六万，至仁宗时，西夏兵起，乃增至一百二十五万！真是可怖。

这只是毫无意义的数量的增加，兵不知将，将不知兵，训练毫无，指挥稀烂。带兵之人，渴盼兵力增加，乃是为了克扣军饷以自肥，役使兵员以图利。为了养这些不中用的兵，国家赋敛之重，达致极点。宋代南渡之初，情形是军旅寡弱，包括较为强大的御前五军，如岳飞的同僚刘光世，在其人死后，部队瞬间即叛降伪齐。

宋代还有制约国家梁栋的，那就是外患之下的结党营私。起初的动机无论好坏，是否纯粹，到后来都变成意气与权力的竞逐。大家宁可误国，也不肯牺牲自己的意见与脸面，当然更不肯放松自己的私利。

专制扭曲人性，戕害人性，也对国运实施事实上的破坏。并非中国无人，而是结构性弊端，佛也救不得。

辛弃疾没有更大的天地供他洪波涌起，譬如他的养驯军马策略，就毁于一旦。

在北宋时期，马政已经纰漏不修，王安石对症下药有所政策调整，但也和他的青苗等法一样，走入末路，使老百姓大起反感。军马用于冲锋陷阵，民马用于托运货物，两者竟被王安石混淆，如马病死，还要老百姓补偿，于是民间大起反感。

除了这些，还受到皇权专制政体固有弊端的打击影响。

本来呢，大的框架和议事规则定下来后，操作的争论无伤大雅，论辩还有利择善而从。而在专制之下，名堂就来了，歧路就多了。于是民生经济大受制约，精神空间幽闭，这样的人间世，还会有什么生机呢？

民初野史氏的《乌蒙秘闻》说是专制厉民之习，乃是一种妄自尊大，污吏擅作威福，对蛮族外人更是淫虐蹂躏，不逮牛马。而蛮人亦非木石，一有警觉则激而生变。《范成大年谱》引宋人笔记说当时朝廷征收战马，"然官吏为奸，博马银多杂以铜（与蛮人交易），盐百千为一春……所赢皆官吏共盗之，蛮觉知，不肯以良马来，所市率多老病驽下，致能（范成大）为约束，令太守……增足盐畚……"

辛弃疾就要在这样的时空中挣扎。他对军马的作用认识极为深透。在那时，战马的作用相当于今之战车、坦克，古代胡汉战争都用马队，北方地势平坦，如欲逐鹿中原，马队极端重要。办马政有如联合勤务中最为重要的一端，辛弃疾又是北伐的力赞者。

训练特种攻击部队正是辛弃疾对北宋军政弊端的反拨。北宋军事训练极不得宜，到宋仁宗时代，征召农民训练为兵，保甲制度实施后，禁令苛刻，训练时间与农忙冲突，而不去调整，武器又须民间自行购置，种种弊端，农民大为反感，有自己锥刺眼睛致盲者，有自断其臂膀者，有自毁肌肤者，目的皆为逃避兵役。而王安石等辈不知此，仍梗着脖子说："自生民以来，兵农合一。"就寻常道理来看，他的话没错；问题是这些民兵，保卫自己几里左右的家园尚可，如是大型野战或特战，那就只有丢盔弃甲了。

辛弃疾的特种骑兵观念和实践，即是要建立一种快速反应部队，一者可以随时用于进攻和防御，一者具有威慑力，也便于调动；另外，也可视需要在重型和轻型部队之间转换，有利于补给的迅速获取。

甚至他的词作，多有速度与火力心理的投射，诸如"谁信天峰飞堕地，傍湖千丈开青壁"（《满江红》）、"射虎山横一骑，裂石响惊弦"

（《八声甘州》）、"金戈铁马，气吞万里如虎"（《永遇乐》）皆是。

抗战期间，九战区幕僚长、兵学家赵子立说过，"当然运动中的部队比占领阵地的部队容易打"，意味等到敌人立足已稳，就要麻烦得多。而要打击运动的敌人，则己方必须具有更为迅捷的运动速度，辛弃疾训练特战部队的心曲实即在此。

辛弃疾所力求达成的军事攻击的硬实力，如能与当时的政治经济渊然融合，则军事实力也可转换为一种软实力，它可以展开演习、吓阻、帮助冲突地区撤离非战斗人员、实施人道主义和灾难救援等，软实力是通过吸引而不是胁迫手段得到所期望结果的能力。

辛弃疾的名作《九议》密布历史的经验、地理的考虑、现实的对策。军事的作用经纬交织，贯穿其中。

本文第六节，从南北体力差异来衡量，指出身处危局，必须以极高明的头脑来措置。他比较敌我双方兵力配置战斗力差异，说明优势与劣势，在不同形势下的转换，提出对策，应以多种办法分散敌方的兵力达到牵制的目的。其中须以深远之计迷惑对方，使其首尾多处难顾，然后击其首脑要害，再进击其腹心，使之解体。

侦察权衡，明虚实缓急之势，因前述南北方人的体力差异，糊里糊涂地硬碰硬无异于"驱群羊以当饿虎之冲"，所以，不能以力搏力。

本文第一节指出了政治上的小矮人居间操作，而导致国家的不幸。他说，设使国家政治上轨道，则恢复北伐并非万难，甚至可说是简单的事体。但要事情变得简单，前提必须是政治的得体，如果"言与貌为智勇，是欺其上之人，求售其自身"，那就一切全瞎了。第二节则说在政治上轨道的前提下，军事也不是那么复杂的，只要掌握纵横变化不拘一格就把握大概了，"大要不过攻城、略地、训兵、积粟、命使、遣间，可以诳乱敌人耳目者数事而已……譬之弈棋，纵横变化不出于三百六十路之间"。

《九议》的前言，则在"战者，天下之危事；恢复，国家之大功"

的原则之下，举出左、中、右各派的典型言论，以及其心理背景，弥漫着"因为懂得，所以慈悲"的高明战略表述。

辛弃疾的《论阻江为险须藉两淮疏》说明长江作为军事险要，必须是在凭借两淮的前提下才能成立。长江隔离中国分成南北，从来"未有无两淮而能保江者"。两淮地势绵延千里，势如张弓，敌骑一旦扑到长江沿岸，东趋西走，如在弓弦，荡然无虑。但能在其中予以截断，则其东西不能相顾，而其北来之兵，则如行走弓背，道路迂远，悬隔千里，势不相及，消灭他们就好办得多。古之善用兵者，辄以常山之蛇作比喻，击其首则尾应，击其尾则首应，击其身则首尾俱应，这是强势状态，但就两淮形势而言，如果以精兵截断其中，淮中即是其身，若断其身则首尾不能相救。

明朝的纯文人，系指挥家、谋略家，军事与战术的具体措置在其次，主要是靠常识打仗，靠设计打仗，譬如于谦，在英宗被俘后，他和蒙古的也先大战于北京，都是几十万人的大会战。熊廷弼、洪承畴、袁崇焕都是书生，也是指挥大军作战的主帅，王阳明在江西剿匪作战总是靠出其不意取胜。

可辛弃疾有所不同，辛弃疾是战术家，也是战略家，是谋划者，也是操作者。他可以沉静制定战略，也可亲自驱动雷霆之怒。

同为打仗，同为书生作战，辛弃疾与民国的书生更多精神形质上的类同，而和明朝书生还多些气质上的区别。

辛弃疾的所有用心，在在表明，他要以强军固民的方法来消除笼罩在头上的掠夺、奴役和屠杀。"以战去战，以刑去刑"，用战争消灭战争，用刑法消灭刑法，用暴力消灭暴力。从而迫使北来的强敌逐渐放弃血腥的暴力压迫。他孜孜矻矻所作军备努力，涵盖临事须当机立断，不要姑息的疑问，随时随事予强横掠夺者以正义的制裁，如此，来侵者方有可能知难而止，不敢轻予启衅；否则彼必以为人尽可欺，由暴力威逼而走入疯狂，利令智昏，忘却本来，只要阁下的土地一天不尽，他的欲壑永难填满。

他做建康府通判之际，湖湘一带盗贼蜂起，弃疾悉平之。不过他对盗贼起来的原因思索极深。他上奏疏分析之，皇帝也被他说得点头称是，弃疾说："……田野之民，郡以聚敛害之，县以科率害之，吏以乞取害之，豪民以兼并害之，盗贼以剽夺害之，民不为盗，去将安之？夫民为国本，而贪吏迫使为盗，今年剿除，明年铲荡，譬之本焉，日刻月削，不损则折。欲望陛下深思致盗为由，讲求弭盗之术，无徒恃平盗之兵……"后来在江西做官，拯救民间饥荒，他也有不同寻常的平衡借贷之术，瞬间化险为夷。

此间充溢罕见的慧眼卓识，以及智识者的道德良知。政治的眼光、行政的手腕、处理危机的才干，都是如此妥帖高明，可钦可佩。谈到地方建设诸要端，关纽细节的处理，闪烁人性真善的不灭光辉，他披沥以道，具泣血之诚，我辈后人，也读得泪眼婆娑，恨不能乘霍金所说的时光机器，回溯12世纪的南宋，共与辛公，浮一大白。

至于他的为人与交际往还，"弃疾豪爽尚气节，识拔英俊，所交多海内知名士"。辛弃疾四十二岁的时候，因刚拙自信被奸人弹劾而去职，卜居上饶。此后廿年间，他曾短时间出任福建提点刑狱和安抚使，剩下的时间都付诸乡居生涯。

辛弃疾的作品，尤其是他的词作，缭绕挥之不去的愁绪、把栏杆拍遍的悲凉。此皆体制的污糟所致，一个风雨飘摇的政权，操纵在见风使舵毫无原则的三流小人手中，他们纵歌于漏舟之中，痛饮于焚屋之内。他们狗熊所见略同，用夜行人吹口哨的虚怯，操弄着那个随行就市的影子政府，内耗凶险固执，对付外来侵迫一律的软骨头，像没有脊梁的海蜇皮。辛弃疾这样的战略家，只能灰头土脸，处处丢分了。哪怕是优游的清兴，也被愁绪包裹，正如《鹤鸣亭独饮》所说："小亭独饮兴悠哉，忽有清愁到酒杯。四面青山围欲合，不知愁自哪边来。"然而，僵化的制度携带对人本的杀灭、对人性的毁伤、对才俊的构陷，群小汹汹，志士悲梗，内在的消耗犹如基因，随着辛弃疾们的投置闲散，无端见疑，南宋的国祚也逐渐走向了尽头。

饶汉祥大笔如椽

张爱玲以为，生活是一袭华丽的袍，上面布满了虱子。虱子这个小虫，与那些文人幕客，渊源甚深，给他们的华袍，增添了几许悠长的说道。有时候，竟要有狮子的伟力，才能运动虱子的意象呢。

王猛，当年本来可以成为桓温的得力幕僚，可是他们谈不拢来。所谓深沉刚毅，气度弘远，天下人没有几个是他放在眼里的。就在和桓温见面攀谈的当儿，他一面扪捉虱子，一面与桓温纵论天下大事，旁若无人。桓温对其行为艺术也称奇不已，承认他是江东才干第一。

大文豪苏东坡也长过虱子。某次他从身上捉得虱子一只，当下就判断说，此垢腻所变也。旁边的秦少游不同意，说，不然，棉絮所成也。

又据明代江盈科《雪涛谐史》，说是王安石上朝时，一只虱子从他衣领爬到胡须丛中，为神宗皇帝所见，后来他要弄死这只虱子，他的同僚还为之求情，说是皇上看见过的虱子，那也该是神物了。可是这只虱子得有多大呢？皇上的眼力有特异功能吗？

这些虱子都有特异的故事和来由。而饶汉祥这个民国大幕僚，他身上一度孳生虱子，而他似不以为意。这又如何说呢？实在也就是他个人不讲卫生生活邋遢而已。当然，他的心力、思维全盘聚焦文章作法，聚焦文章的运筹帷幄，其他也真就无暇顾及了。

饶汉祥也曾穷处下僚，如非遭遇黎元洪恰到好处，两人一拍即合、一触即燃，他可能就只有长期默存底层了。

就像那个早些时候的骈体文大家许葭村一样，依人篱下，索贷求告，一生牵萝补屋，许氏的文字处理功夫不在饶氏之下，然而到处碰壁的结果，令其性格越发走偏，越发滑向郊寒岛瘦那一路。这时就算有大人物拔其为幕僚，他也可能很难再有建树，为什么呢？弹簧久压，无力回弹，超过了弹性限度嘛。而饶汉祥，遇人恰逢其时，多能发挥其所长，甚至挖掘出他平常之所不能。到了替郭松龄策划时节，余勇都还能化为信心。此固自视甚高，以为可以拳打天下，脚踢英雄，实则眼前一片墨黑，旬日之间，差点丢了老命。但是活动环境、往还人物、所经事件，造成了胸襟、眼界的区分，所以像饶汉祥，相当一段时间内，自觉虽然手无缚鸡之力，胸中却不乏雄兵百万，大智大勇，神出鬼没……神仙撒豆成兵，而他不妨布字成阵。至于许葭村等，则滞留寒蛩不住鸣的境地，无法摆脱，封闭在自怨自艾的蛛网之中。说来可叹！

近现代文学史，无虑数百十部，似乎没有一部提到饶、许二人的，这是学者因观念的偏颇而失职，实则他们手下所汩汩流出者，正是如假包换的纯文学啊！

饶汉祥1911年末入湖北军政府，此前多不得志。自入都督府秘书室任职，为黎元洪赏识，很快晋升为秘书长。从此在北洋纷纭世象中，沉浮与共，堪称刎颈之交。

辛亥革命爆发，黎元洪被时势推向风口浪尖，势成骑虎。此时汉祥即献一策，以其起死人肉白骨的文字向全国通电，虽说清廷大限已到，但自黎元洪七上八下的心里，有此鼓动文字，借电波频传，各省相继独立，使其居弄潮的主动地位而避免孤立危险，给他一颗定心丸，实在是功莫大焉。

当时他将袁世凯比作曹孟德，将武昌民军及同盟会势力比作东吴孙家,将黎元洪比作刘玄德,为事实上的鼎足而三,连类比附也较为贴切。由此再来定位其战略,如何折冲樽俎,还是起到相当的作用。

袁世凯为笼络黎元洪,对饶汉祥也施以恩惠。到了张振武为袁世凯、黎元洪合谋杀害,全国舆论哗然,饶汉祥即奋笔起草"辩诬"之长篇通电,将其幕僚作业全部植入其中。

他的骈体电文,在民初公牍中风行一时。

民国时期,割据势力的通电尚多采用骈俪文体,一则易使文章在有限的篇幅里跌宕起伏,使之更为老健多样,从而读者乐于观诵;一则尺幅兴波,俾文势连绵,含义深广,攻击对方的力量也得以加强。民初通电,本来也是打击对方的一种手段,但为着增强力量起见,总在调动当时文士的基础上,使之更为完善。从文体上说,它具有汉大赋及六朝抒情小赋的双重合理内核。在形式及写法上,所沾溉的是六朝骈文的轻捷敏妙;而在效果上,它又力求获得汉大赋的铺陈巨丽,因此在辞藻句式方面有所节制地对大赋加以采用。

也许通电文本的讲究与事件的始作俑者最有关涉。民国初期革命党的通电往往经过孙中山、黄兴、章太炎手订,而他们都是现代文化史上第一流的智识者。即如军阀吴佩孚尚是前清秀才。民国中后期一线的战将,若刘文辉,深于旧学,新中国建立后任林业部长,不识新式标点;若廖耀湘,国学底子在北伐以后的高级将领中,要算翘楚;若刘峙,徐蚌兵败,退至南洋,隐名埋姓,教授国文,尤擅旧尺牍,博稽通考,更兼深入浅出,学生深表欢迎。兴趣爱好所在,生理兴焉。而其幕中参谋僚属,也颇得用武之地。当然通电骈文做得最好的,就是饶汉祥,他的骈文,已臻出神入化之境。

骈文发展到八股文,烂熟已极,也腐朽已极。这与时代气氛有关,并非文体本身之错。禽兽只知饥啼痛吼,如此皆出于本能的号呼,而语言自来是人的专长,虽说文采与思想密不可分,形式依存于内容,但文章修炼到极境,对思想表达的准确性有益无害。当时一般作家不乏发言的机会,但讥讽过度，也容易招祸引灾，所以婉曲迂回往往在其考虑之内。唯此通电一体，双方后面真正要发言的是枪炮刀剑，言论的限度简直就不成约束，且唯恐嘲讽挥斥不够。故其行文推进往往大刀阔斧，或者冷峭犀利，仿佛放足妇人，大步踏去，十分痛快。写到动情的时候，不免山崩峡流，文气贯注。通电看似公文，实则与真正毫不足取的文牍相比，它反而因了大动干戈造成一种别样的文章，至于通电双方因调停息争止怒，那就皆大欢喜，独留电文于世间成为单独的欣赏品了。

就饶汉祥跟随两度任总统的黎元洪而言，说他是天字第一号的幕僚也不为过。

他是把他的幕僚作业写在他的作文里。

除了幕僚的专业而外，他的文字承载了更多艺术的功能。他是另外一种为艺术而艺术的人物。

别人的作业已随历史烟消云散，变成漫漶的荆棘铜驼；他的作业却在他的文字里面积淀，并且放大。

饶氏以其天才的文字质感，对典籍的渊然洞悉，对骈文高明的把握驾驭，不特举重若轻完成其幕僚作业，同时更造设出一种戴着脚镣跳舞的欣快。以其磐磐大才，将艺术的束缚和规则变为一种优势，跳得更加淋漓尽致。在幕僚作业之外，更增一种表演的功夫，滴水不漏，起落裕如。似乎在无意识和下意识之间就完成了他的作业，随时随地在和特殊的文体彻夜偷欢，魅力密布字里行间。

饶汉祥是湖北广济人，同盟会成立那年（1905），他也到了日本，入政法大学，两年后回国，曾在福建任视学。武昌首义后即返鄂，为黎元洪高参。撰文理事，颇得黎氏赏识。后随黎元洪入京。1914年5月黎任参政院院长，饶为参政。筹安会活跃期间，他曾因黎元洪的关系而受软禁，袁世凯死后黎元洪出，饶即为总统府副秘书长。其后府院之争，黎下野，饶汉祥也随黎氏寓居天津。到了1922年夏，黎元洪时来运转复任总统，饶氏出任总统府秘书长。1923年春，为黎元洪草拟《致京外劝废督通电》《致京外劝息兵通电》，颇获社会谅解。黎元洪再次下台，饶氏又随之寓天津，可谓须臾不离的核心幕僚。1925年秋，奉系郭松龄在河北倒戈，饶氏出山为代拟讨伐张作霖的通电，且亲往郭部赞襄文告。郭氏兵败，饶氏间道逃逸。

他的骈文，综合了汉大赋、演连珠、唐四六文的长处，高蹈雄视，而又贯注体贴。近年的文评家，或多以为他所做通电宣言属于骈文滥调，这并非成见或从众心理使然，实情乃是彼辈眼大无神，无力欣赏的缘故。饶氏文章，乃综合文言作品尤其是历代骈文的成就，沉潜深郁，而又脱颖而出，运用出神入化，实为国粹烂熟时期的结晶。白话文学家采蔑视之态度，殊不知他的作品多为传颂一时的名篇佳作，非大手笔不能为。

他替黎元洪复任总统后所拟的电文，舍我其谁的心态中透着一种优游不迫，于是先把当年辞职的情况婉转表述一通，情词复沓，不厌其烦："人非木石，能无动怀？第念元洪对于国会，负疚已深，当时恐京畿喋血，曲徇众请，国会改选，以救地方，所以纾一时之难，总统辞职，以谢国会，所以严万世之防，亦既引咎避位，昭告国人……""十年以还，兵祸不绝，积骸齐阜，流血成川，断手削足之惨状，孤儿寡妇之哭声，扶吊未终，死伤又至。必谓恢复法统，便可立消兵气，永杜争端，虽三尺童子，未敢妄信，毋亦为医者入手之方，而症结固别有在乎？症结惟何？督军制之召乱而已……"

这个就透着批判了。全文凡三千余言，对各省督军，先打后拉，把财政的用度、拥兵自雄的祸端、民间智识的迟滞、争端的底蕴，缝纫包连缕述之。其间，像什么军国主义、共和精神、省宪制定、联省自治、国家、法律、民意、机关等新名词新现象罗列而推究之，至于政客与军人的窥测与倒戈，瞬间命运的颠倒，也毫不客气地批驳陈述，然后借各种军阀之口，设出种种反问，每一反问，又都顺势予以解答，达成合于他意思的命令或意见，文气婉转坚毅，口气则透着劝诱与威胁。

代撰文体贴主人身份，言事则周密详尽，说理则深究透彻，发语精警，细入毫芒，而所结论，却又浩茫阔大，骈体文在饶汉祥手上，真可谓闷于中而肆于外了。

至于他赠杜月笙的生日联，那就更是大匠小品，稍加点染，着手成春。联曰：春申门下三千客，小杜城南五尺天。

将楚国的春申君拿来比附，那是声名显耀的四公子之一；复将其家族比作汉中世族杜家，所谓"城南韦、杜，去天尺五"。此联蕴藉含蓄，而气势包裹颇有发散的强势语义和寓意，把杜氏的声威，概括到极点。

抗战胜利后章士钊也为杜月笙寿辰献礼，那是一则短小的四六文，篇幅则如一副长联了。而其意义，较之饶汉祥的寥寥十余字，差距不可以道里计。章氏同样是个策士，他的高头讲章《柳文指要》作出扛鼎手的样子。但他此文捧杜月笙到了一国重臣或者领袖的地位，恐怕杜氏本人看了，也会汗涔涔而下吧！"……吾重思之，其此人不必在朝，亦不必在军，一出一处，隐隐然天下重焉……战事初起，身处上海，而上海重；战争中期，身处香港，则香港重；战争末期，身处重庆，而重庆重。舍吾友杜月笙先生，将不知何为名以寻……"杜氏还是有自知之明的，他将其收讫而已。杜氏的门联，也是饶汉祥的手笔，联曰：友天下士，读古人书。

他代黎元洪写给袁世凯的公文，更似一篇特殊的《陈情表》，举重若轻，黎氏没想到的，他也给挖掘殆尽，全文剀切详明，意尽辞沛，而于古今政治得失之故，多作穿插，自然深切，扫荡八代，独有千古，委实可谓一种纸上的战役。袁世凯的幕僚撰写的回函有云："襃、鄂英姿，获瞻便坐。遴、琨同志，永矢毕生。每念在莒之艰，辄有微管之叹，楚国宝善，遂见斯人。"篇幅形制精妙飘逸，更像六朝抒情小赋。

弄笔使气，免不了百密一疏。黎元洪任副总统期间，他的职务要出现在饶汉祥的骈体文中，这种新科头衔，不见于传统典籍，饶氏搜索枯肠，竟以太子的典故附丽之，谓之"元洪备位储贰"，一时成为笑柄。

武昌首义元勋张振武被害案，黎元洪猫哭老鼠，有长电致袁世凯。

饶汉祥运笔，代黎元洪数落张振武十五大罪状，洋洋洒洒，文章做得峰回路转，全用四六文结撰，也真难为他。各罪状之间须分立而又联系，仅就字面而言弥漫一番摇曳波荡，但文字毕竟不能包办一切。里面要为黎元洪的阴谋洗刷、解套，那就不免气短、不免败露。黄兴对其质问，仅三百余字，其中如："南中闻张振武枪毙，颇深骇怪！今得电传，步军统领衙门宣告之罪状，系揭载黎副总统原电。所称怙权结党，飞扬跋扈等，似皆为言行不谨之罪，与破坏共和、图谋不轨之说，词意不能针对。"就可将其问得哑口无言。

黎元洪并不聪明，但却屡想搞事儿，结果中了袁世凯的连环套，还把他的电文抄成大字报用以示众——张振武遇害次日，袁世凯就让人在金台旅馆门旁出示布告，将饶汉祥所撰这篇副总统原电抄录。如此一来，饶氏的文本，也就直挺挺地变成观者破译的对象，不论其词翰如何美妙，言多必失，狐狸的尾巴还是露了出来。文尾写到："世有鬼神，或容依庇，百世之下，庶知此心。至张振武罪名虽得，劳勋未彰，除优加抚恤，赡其母使终年，养其子使成立外，特派专员，迎柩归籍，乞饬沿途善为照料，俟灵柩到鄂，元洪当躬自奠祭……"则已心虚汗出，强词夺理，故作镇静了。

黎元洪辞职电，将责任归于他自身，求治太急，用人过宽，这真是既自责，又自夸，在技术上的自我洗刷辩诬达于极点。当各种矛盾汇聚之时，他黎元洪"胶柱调音，既无疏浚之方，竟激横流之祸，一也。格芦缩水，莫遂微忱，寡草随风，卒隳持操，二也"，接下去数落张勋大盗移国，都市震惊，而他在此乱局中，不忍目睹万姓流离，伤于兵燹，方有辞职之举。左说右说，圆熟周至，既表白，也痛陈纠葛，至于典故的恰切运营，时事的新警比附，犹其余事耳。其名句如"惟有杜门思过，扫地焚香，磨濯余生，忏除夙孽，宁有辞条之叶，仍返林柯，堕溷之花，再登茵席？""若必使负疚之身，仍尸高位，腾嘲神海，播笑编氓，将何以整饬纪纲，折冲樽俎？稀瓜不堪四摘，僵柳不可三眠，亡国败军，又焉用此？"此等句式，均深堪玩味。

1925年11月，郭松龄的倒戈，先是和冯玉祥结盟，然后是军队改编，并拟回师打沈阳，讨伐张作霖。郭松龄则以张学良名义控制他们，他谎称要清君侧，推出张汉卿，然后从山海关直入锦州，到了新民屯，对面就是张汉卿带着军队来抗拒他们。这些官兵陡然蒙了，想到张氏父子待其不薄，为何要拿枪打他们？可见郭氏倒戈之初就已埋下败因。他与冯玉祥联手，但冯氏却又在关键时候不配合他的计划，使郭氏身死家灭。郭氏当然不忘记最重要的电报战。因此请来饶汉祥。此时饶公正和黎元洪闲居天津，百无聊赖，于是慨然入幕。不过这是他幕僚生涯中最危险的一次。首先连发三通电报，一是宣布杨宇霆的罪状，要求立即罢免；一是请"老帅"下野，"少帅"接位。郭军溃败，饶脱逃。这时候的饶汉祥，真个是"姥姥不疼舅舅不爱"，落魄得紧。

1925年11月22日，饶汉祥代郭松龄讨伐张作霖，其作可称大开大阖，混茫而来，全文近两千字，文章前半篇幅采破局之体，摒四六交替之原则，纯用四言撑起，诸如："名为增饷，实同罚俸。年丰母馁，岁暖儿寒，战骨已枯，恤金尚格。膺宗殄绝，嫠妇流离……死无义名，生有显戮……强募人夫，兼括驴马，僵尸盈道，槁草载途。桀以逋逃，骚扰剽掠，宵忧盗难，昼惧官刑，哀我穷阎，宁有噍类……"

遣词造句先是如高山坠石，猛不可当，复如长绳系日，臂力无穷。先是数落老帅的不是，形势的不得不变，以下则是威吓、劝慰、蒙骗、求告、呵斥等，奇奇怪怪地汇于一炉。

数落张氏罪状，扰民、窃财、纵兵，等等。其中颇有朗朗成诵的名句，譬如"建国以来，雄才何限，一败不振，屡试皆然。""人方改弦，我犹蹈辙。微论人才既寡，地势复偏，强控长鞭，终成末弩。且天方厌祸，民久苦兵"。

然后才说出郭松龄的无奈之举，此时再次穿插民间的危困，以及张作霖的种种不是。继而顺势抬出张学良来，说他英年踔厉，识量宏深云云，言下之意，张作霖要是识相，就应当迅速下野，灌园抱瓮，从此优游岁月，远离军政。最后是代郭松龄表决心："先轸直言，早抱归元之志；鬻拳兵谏，讵辞刖足之刑。钧座幸勿轻信谗言，重诬义士也。"

说得是那么恳切、深邃、正大，仿佛义气充满，实则就郭氏言行和举兵结局来看，形同儿戏，和写在纸上的雄文加美文，相去何啻天渊。

冯玉祥也在郭松龄通电后发出回应，历数张作霖罪恶，促其下野。但他的通电词气较为塌懦："祥承阁下不弃，迭次欲与合作，用敢本君子爱人以德之意，凡人之所不敢言不忍言者，为阁下一言，作为最后之忠告，请即平心静气一详察之。语云：得人者昌，失人者亡。况共和国家，民为主体。不顾民生，焉能立国。乃自奉军入关，四出骚扰。因所部有公取公用之实，致民间来要吃要穿之谣。试思军兴以来，阁下兵威所及之区，横征暴敛，到处皆是，苛捐勒索，有家难归……"

较之饶汉祥手笔，词文语气卧倒拖沓，文句疲弱不振，文采文气的悬殊渊然可见。

饶汉祥如椽之笔的扛鼎才力，殆为天授，实非人力可致。这一点，像极李白。而其为人，两人也极近似。

大文人如李白，他和"致君舜尧上，再使风俗淳"的杜甫是不一样的。他所崇仰的人物，多为纵横家、能干的幕僚、游侠，像范蠡、鲁仲连、张良、谢安等。除了功名利禄的考虑，更有一种本性驱动的不安分，取快一时的搞事儿的冲动。

军阀因种种蝇营狗苟，钩心斗角，常常兵戎相见，祸害地方，他们之间的战斗，就战略战术而言，大多鄙陋愚鲁，不上路，下三滥，倒是像饶汉祥这样的高级幕僚，似乎较军阀更不懂军事，但其写在纸上的战斗文字，却异常地投入、专业、确凿、起伏跌宕，仿佛是纸上另一场立体的战争，厮杀之处，声光夺人。有时不足半个时辰的战斗，此前的函电之战，倒有数十通，这是民国文坛的一大奇观。是的，是文坛，且不论其游离的性质，就是后世作为史料，也多勉强，它们的意义，更近于文学。

饶汉祥调遣文字，可谓遣字成军，吐嘱成阵。他以文字播撒成一片硕大的战场，他于纸上运筹帷幄，进退裕如，他在稿本上金戈铁马，弥漫硝烟。饶汉祥，他直是文字用兵的大师，文字野战的枭雄；直是文坛中的恺撒大帝、稿纸上的麦克阿瑟。他布设文字炉火纯青的手腕，指挥参谋兼于一体的战略奇术，他所服务的同时代的政军人物，曹吴孙张，冯段徐王……也没有哪一个真在战场上可与他的文字作战作同样的比拟，成同样的比例；换言之，都没有那样高迈雄奇的气魄、所向披靡的力道。

周作人的散文《初恋》尝谓："她在我的性的生活里总是第一个人，使我于自己以外感到对于别人的爱着，引起我没有明了的性的概念的对于异性的恋慕的第一个人了。"如此啰唆、夹缠的不知所云，真可以把人考住了！胡适所倡导的白话写作，以拖沓烦琐、欧化啰唆为得计，胖滑有加，唠叨如故，钱玄同更叫嚣"汉字不灭，中国必亡"。

如此浮泛、粗鄙的败笔，犹被称为文章大师、文学巨子，则饶汉祥以其粲然文采、如椽大笔，以及他纯粹典雅、劲挺峻茂的汉语语感，更当坐文章大师之正牌。文学所应承担并持续放射者，在他那里正是饱满持久地供应之，不绝如缕。

美与力的大手笔

（一）

唐德刚先生的史学著作，是著述界的一个异数。在他笔下，远古的所传闻世，近古的所闻世，当代的所见世，枝柯交搭，轰然洞开，他在现代化的背景下，对中国文化精髓的再发现而不伤及精髓，疏浚史事的同时提供一个精神支柱。他设法挖掘事件表层之下的深层结构，透析近代社会在冲突崩离中的整体性创伤，其间充满独创性的阐释洞见与判断。正如文明史的思想巨子一样，不特求证历史，同时也是极具深度的哲人。

多年来的史学界与整个文化界一样，教条浸淫，盛行贴标签、颂痞棍，导致公式化、脸谱化，不特其所论内容与事实相悖，与事实无关，就是行文本身，也鄙俗僵硬，求新知则全无，论假恶则有余，文字大而空，文气寡而恶，读之索然。是故新史之作，可谓学界今日最迫切之要求。

唐德刚先生著作陆续推出，史学界多年因各种心理背景而造成的附会聚讼遂得扫荡清理。先生以史实的背景交错及其来因与去果纵横组织，达成叙录与考证而树史实之躯干；随时不避说明与推论，凡此皆如撒盐于水，筋摇脉注，枝动冠运，史实遗髓，思想真蕴，遂成一组织妥善之体系。一般史学著作，文字技术能与学识经验相副相得，已是凤毛麟角、谢天谢地了。德刚先生落笔，无论他怎样驱遣——《胡适杂忆》是以注释形式出之，《胡适口述自传》则综合胡适为轴心的社会文化情形，调和鼎鼐，《晚清七十年》以导论连环结构扣紧、散开、收束、放射，仿佛繁密的野战群，而表达之得心应手，全然如臂使指，总体上议论周匝，文字雅健，气骨雄深，华藻与朴茂，叙事与隐喻，考证与分析，往往天然融贯一体，无论怎样的繁征博引，最后俱归于题中，若控六辔然。古与今，国际与国内，人物遭际心理，种种繁密材料及其包隐之事理，无不丝丝入扣照顾得条理秩然。谣谚、训诂、掌故、史事，措置学术观念，政体优劣，远如秦汉古希腊，近如一二年前时事政治所抽绎的熟语俗话，百花招蜂般吸附在他笔下，左右逢源。先生最喜议论，每有所出，皆与材料紧扣，令人读之顿觉不得不然。至如涉笔成趣，每能贯穿如《晚清七十年》这样的多卷本巨著，余味曲包，笔力始终不稍衰。读先生史论，叹其文笔如崇山长河之雄隽以外，实在也同时等于读哲学文学之名著奇书，其引人入胜，览之每唯恐纸尽。在唐先生手上，可谓变掌故学为历史学。晚清近代掌故学极为发达，息影之遗老官僚、纵横文界的副刊圣手、灌园抱瓮的党人、新旧政客……笔记、杂札之作，无虑数百十种，危乎殆哉！然而，荆棘野卉乱花迷眼，倘无系统的眼光、博大的史识加以去芜存精、升华利用，则颇多掌故也唯有"不才明主弃"，流于自生自灭一途，而唐先生的史论运用掌故之精妙实属罕见。热门掌故赋予新意，冷落者他也细加推求，至位置经营找到落点，令人顿生非它莫属之感。

这当中，可见其鉴别判断发挥之能力已非前人所能及。尤其如先生直接主持顾维钧、李宗仁等民国史关键人物的口述历史，此事为现代史学的绝大创辟，其历史观较同行倍觉深切。诸多掌故在他安顿驱遣之下，早已超越但博听者一时好奇之格，而臻登堂入室之境，偶然性如何影响历史的？必然性又是何等的宿命？因这方面的原因而不致以薄物细故视之。包括众人视为当然的平淡无奇掌故，一经唐公抉发得失，遂为主体综合研究之一分子，仿佛事过境迁的雪泥鸿爪。原来它同我们今日如是的人生，有剧烈牢固而直接的联系呢!

　　职是之故,唐体文辄有一种魔力,升降沉浮,起落自在,指挥如意,一切吾侪心中微有所感、朦胧成象的依稀观念,俱见之于先生笔下,清晰、立体、宛转、淋漓尽致,文字驱遣的鬼斧神工,唯释家"不可思议境"差可形容,读者又岂能不于展卷之余为之浩叹而生无限的感慨呢?

　　先生文笔驭控自如而造成的"撒野"的功夫,丝毫没有散漫脱节的毛病,纵笔题外而时时顾及中心的遥控手段,如大诗人所造设的"陌生化"效果,意料之外,又无不在情理之中。其间所包含的道心微意,对历史因素的妥帖把脉,对历史因革过程专制极权的透析,对民主思想于社会个体关系升降的议论,非但不是那种婢女般为人操纵颠倒黑白的"历史家"所能望其项背,也远非那种几十年如一日自说自话"永远正确",却永无真知灼见的"历史家"所能企及。或谓一切历史均是当代史,只是形象说法而已,唐先生却真正驱近事今事入史,其融贯的自然,历史因果关系、内在事理的推求,俱不能不令人念及近代以至今日政经的当务之急。

　　《晚清七十年》可以说是同类著作中的万选青钱,其卓越的史识与文章功力可谓两臻绝顶。他的好恶抑扬是我辈在当代学术著述中见所未见的大开大阖,这自然有赖于他众好之必察焉、众恶之必察焉的深郁素养,也有赖他究天人、通古今的大史家的天赋手段,这一切,乃以民权、平等、自由、人道生命尊严的普遍价值观为底蕴,以此为进步、国家存在的道德基础。这也是唐先生对古典人文元素和现代人本精神的综合把握,故其抑扬好恶,即使有爱则加诸膝恶则坠诸渊之处,也总能恰如其分、充溢辩证精神,将公是公非融汇在浩瀚磅礴的文笔心境中。

　　设若史家对历史发展的轨道与脉络有大致相同的把握,而难分高下,却在评骘史事演变的契机与个中曲折方面有所分别,那么,水准的高低,也即可在此际见出。如近现代交汇之际开启民智、深切擘画中国现代化道路的伟人孙中山先生,评定他的历史作用和思想深度,虽不免千差万别,但也有别具用心的噪音。除此以外,更有"板板六十四""二百五""矮人观场何所见",流于庸俗的价值观不能自拔。曹聚仁就是这一类人的代表。他说:"孙中山把《三民主义》《建国方略》说得天花乱坠,结果,国民政府的黑暗政治,比北洋军阀时代还不如。而贪污程度,远过于当年的交通系,对政治完全失望,也是民初人士所共同的。"(曹聚仁《鲁迅评传》23章)这样的结论,也可谓惊世骇俗了!但它等于说,钟馗打鬼,鬼的出现鬼的增加,全该钟馗负责一样,实在不可理喻了。观此心态,不客气地说,这就是曹先生乡愿的一面了。

曹先生无疑是文史大师,但读他的著作,尤其是六七十年代居香港时所写,多处不免予人苏东坡之叹:世间事忍笑容易,读王祈诗不笑为难——因了曹先生的理想化、幼稚冬烘,因了他的"距离产生美",因了他的一厢情愿、他的乌托邦情结,我们也真个是"读曹聚仁不笑为难"!他这一类时时跳出的论点,实在是解剖很不中腠理,虽饮水而冷暖却不自知,只好叫人大摇其头了。

唐德刚先生不同,他在《晚清七十年》中也曾对孙中山性格中倔强的因素可能带来的负面效应详加厘正;但在总体上,即于人物的关键之点的把握,却有远远超出曹聚仁的深湛眼光。他说:"孙中山先生是近代中国最高层领袖中,凤毛麟角的modern man,是真能摆脱帝王官僚传统而笃信民权的民主政治家。"唐先生认为,孙著《民权初步》的重要性还在《建国方略》《三民主义》之上。他举孙中山亲自动手翻译一本议事规程的小书为例说:"就凭这一点,读史的人就可看出中山先生头脑里的现代化程度便远非他人所能及。"(《胡适口述自传》四章注第四条)

诠释、贯通,举凡史事之大脉络、大关节,尤为功力所萃。褒贬之间,精见亦随之涌出,倘无析理鉴别之力,则曲笔偏浅,评骘走样,那就失真误事了,同时离信而征之旨遂远。

（二）

　　法国当代史家保罗·科利，在论述历史认识论和方法论时尝指出，杰出史家须努力去完成一项不可能的任务：即复活历史。因为人类经历的真实的过去只能是一种假定，即我们不可能倒回时光、接触往事。史家的努力是什么呢？即在复活往事的过程中将理解和解释融为一体。职是之故，史论的目的是获得知识，这种知识又非死的知识，而是"在因果链的基础上，在终极关系、意义及价值的基础上获得有条不紊的观点"，这里面，又包含了"作为史家的主体确立了他所再现的往事与他本人现在方面的联系"（《法国史学及史论的贡献》第48页）。

　　洪秀全死去一百多年，记述论析演绎讨论歌颂他的文字何啻堆垛成山，不知凡几，拔高者则誉为天神领袖，高大巍峨，金刚光明；毁之者则定性为贼子狂人，备加斥骂。晚清前后，太平军尽管祭起民族斗争的大旗，最终仍为曾国藩的湘军所削平，盖其所谓大旗，只是一种幌子而已。其败于骄纵，败于奢富，败于以国事逞私欲，败于荒淫残暴，原因尽多，而其将那非驴非马、似通非通的宗教与本土迷信心理相嫁接，而产生的洪家天主教精神怪胎，妄欲以天兄天父欺信天下愚民，叫人讨厌不已，只是自觅死路的作为。天下有识之士，大有此公得势，斯文扫地之感。自然对他们望望然而去。反而曾国藩之徒，服务清廷，很奇怪地收束了一定的文化自尊心。但是要作国家现代化的努力转型，自二者又如《儒林外史》所说"戴着斗笠亲嘴——差着一帽子呢"。种种世事俱令人齿冷，时势要求知识分子站到时代前列从事全新的革命实践，此辛亥党人知识分子所以伟大。

　　唐先生如此解析洪天王——

　　"洪、杨一伙实在是我国历史上，第二次社会转型期中的第一批从事转型的先驱，只是这批乡下哥哥，草莽英雄，知识太低，他们不知道他们

自己在中国社会第二次大转型运动中的历史作用，而做了个蚍蜉撼大树的造反小顽童罢了。"（《晚清七十年》，二卷，第71页）

"太平天国运动最大的致命伤，实在是他们一知半解、却十分自信，而万般狂热的宗教，兴也由他，败也由他。"

"洪秀全天王是有他的一套的，但其人毕竟只是一个专制时代三家村的土塾师，没学问，更没有文采，所以他在广州屡试不第。"（第34页）

唐先生严厉地下重墨笑骂洪秀全作为失意怨愤的小知识分子，舍"正途走偏锋"，做了"皇帝"之后，以强不知为知，推行个人臆断而误尽苍生，晚年更猜忌多疑，杀尽功臣，直至心理变态，嗜欲好色，秽乱春宫……其愚可哂，其狂悖不可疗。他剖析这庞大的历史悲剧，却也承认，太平天国运动发生的现实性——相对于晚清的气数已尽，最后落实到机运和智慧上来定位：

"有智慧而无机运，则哲学家之幻想也；如有机运而无智慧，身在其位，而识见不能谋其政，则误国误民，问题就大了。"（第28页）

中医讲"精气神"，唐先生讲"气数"，乃是以科学数据为基础。故其整部论述，顾及方方面面，人口过剩，民穷财尽，民不畏死，周期内乱，以及"国家强于社会"的当时社会实情。由这种种方面，以不同的视角缕出正在变化中的社会的要求和动荡。他对理性和进步抱有极深的期求，用以证明社会是一个生长的有机体，如是而寻求动乱的根源，极为可信可征。

历史往往以冰凉的统计数字出现，而在冰凉的数字后面，不知隐藏着多少活生生的生命的辛酸故事。唐先生的如椽大笔，就有力量将数字生命化，将概念现实化，因而极具震撼力。

在地球村日益缩小，信息传播日益加速，人类事务日益全球化的新纪元，任何国家、社会、个人的行为，在文明社会里都须遵循一定的游戏规则，闭关自守地自虐或虐他的阴晦期应尽早扫却，这是国际大环境发展的总趋势，也是世界潮流的顺逆的取向。《晚清七十年》逶迤连绵的文字起伏，也导引出这样的价值圭臬。

唐德刚先生不仅是思辨、考辨的大师，他更强有力的方面在于，善于把他的历史见解带进人的生活，与人的生存状态活泼泼地结合起来，在多头绪而又极清晰的考辨中，辅以现代思维，其间包括对以十九、二十世纪为中心，辐射文明全史的各种政治思潮各种意识形态体系，以及民族国家、势力集团复杂矛盾的通透解析。如此而以他那跳脱活泼旺盛鬼斧神工般的叙述语言出之，其效果就如钱锺书论《史记》时说"解颐语能撮合茫无联系之观念，使千里来相会，得成配偶"。讲中华数千年帝国到民国时期的转型，他笔涉现当代历史人物，举某人不刷牙的习惯，谓"他的私生活，小事也。但是，朋友，见微知著嘛，这项社会学上的微观法则，却能替我们解决无数大问题呢！"先生并为辛亥以还我国错过历史机遇，未能在历史三峡平安"出峡"而叹惋。对后世轻易放过千载难逢的历史机运，他说："当年的孙中山，哪有此机运，国父他老人家如今泉下有知，在紫金山上，恐怕把棺材板都踢破了呢！"类似涉笔成趣之处，多到不可胜数，而其心情愿景，自在字里行间徐徐带出。

（三）

钱锺书先生说："阳明仅知经之可以示法，实斋仅识经之为故典，龚自珍仅道诸子之出于史，概不知若经若子若集皆精神之蜕迹，心理之征存，综一代典，莫非史焉，岂特六经而已哉。"（《谈艺录》第266页）即是说，不特六经皆史，概有典籍，皆具"史"之内涵，而且是心史、精神史，论史之眼光，高出古人、同侪。

而德刚先生说："我们谈口述历史与文学，应先扩大来谈文学与历史，才能厘清它们两者之间的关系。我编了十六字真言来涵盖文学与历史，那就是：六经皆史，诸史皆文，文史不分，史以文传。"（《史学与文学》）

大眼光，大融贯，所包含的辩证精神，有烛照燃犀之效，一般史学的昏暗幽昧，在他们那里，却是豁然开朗，过去的历史——精神之蜕迹，不论是胡越万里，还是径寸交错，也就水落石出了。

关于小说与历史，德刚先生在长篇小说《战争与爱情》自序中说："它的真实性和非真实性，也和《资治通鉴》《二十五史》没有太大的轩轾，《二十五史》中的非真实性还不是很大嘛。所不同者，史书必须真名实地，我要笔之于书，则格于老友的要求，人名地名都得换过。""为受尽苦难的小人物们的噩梦，做点见证，为失去的社会，永不再来的事事物物，和惨烈的抗战，留点痕迹罢了。"这部长篇其高明处，大气磅礴处，有如钱锺书先生赞太史公："马迁奋笔，乃以哲人析理之真通于史家求事之实。"（《管锥编》第252页）或"盖事有此势，人有此情，不必凿凿实有其事，——真有其人，势所应然，则事将无然。"（同前，第314页）虽增饰渲染，却又无不信而有征。

《战争与爱情》由1970年代初，华侨归国访问的见闻故事，撞开当时封闭国门的一条缝隙。每进一事，总让人唏嘘不已。故唐先生称之为"唏嘘客"，当中包括他自己。因为这些见闻、经历，太过奇特、凑巧，充满悲欢离合，并贯通近现代至当代国史，山河岁月沧桑苦难的感慨，唏嘘相对，真个只有"一任阶前点滴到天明"了。就作者运笔的视角造境而言，浑然一派之落九天而泻千里也。中华五千年史上，对20世纪初中叶的中国人来说，实在是太残酷了。以文字为这酷烈的噩梦做见证、留见证，非唐先生这样的大手笔莫为。这是一部以故事串联，讲掌故，讲宗法社会，讲家族结构，讲活生生的社会演变——随时穿插的小说式的社会演变史。

倘若《晚清七十年》是思想的巨人，所带来的是思考的快乐，则《战争与爱情》更多的是再发现的快乐，作者那跳脱、境界全出的文字，几乎是把活生生的历史"放映"给我们看。因为是烽烟风雨的切身经历，唐先生事后反观历史，对旧事之因果关系及时间上的凑合（Timing）自有相当可靠的根据和考虑。

《儒林外史》的故事是渐生渐灭、渐灭渐生的链条咬合式结构，虽云长篇，实为短篇小说之变形。《战争与爱情》故事结构则为枝柯交互，一呼百应，由此结构，将人物提调到一个无边的同一型场景之中，由人物的出身、世事的沧桑变化，又牵出活生生的社会情态，整个士大夫阶层从晚清到民国的衰变，再到民国末期的彻底式微，勾勒出一条清晰复杂的变化脉络。

东西方社会的对比，当然也贯穿他的叙述过程，在民国时期，这种对比已经十分抢眼了；而全书开头由华侨带回的机器、生活习惯、生活方式，在1970年代初的中国，所引起的震动和思考，则更为剧烈鲜明。把"文化的冲突"具象化，同时也是把造物弄人、导致万物为刍狗的专制后果具象化。

这部长篇，也可以说是小说化的近代社会转型史。以文学的方式出之，却一本最微小的历史事实也能感人至深的原则，那乡愁背后的中国人故事，那大时代车轮碾过之后家国的命运，出自德刚先生亲见的半世纪山河岁月的动荡。但他所依据的事实证据不再是国家文件和档案，而是细民百姓万花筒般剧变的生活，从这里去诠释历史事件，是自下而上地看历史。此种史学观，英国现代史家称之为"草根历史学"，意大利史学家金斯伯格则称之为"小虫转身的历史学"。

《李宗仁回忆录》远非文史资料型的回忆录可比。它是口述历史开山之作，然就成书而言，撰写者与口述者所耗心力，为九成与一成之比。该书文笔灵动传神，兼有《左传》《战国策》的长处，其中又时时插入现代政治、经济、军事理念，内涵丰盈。在长达几百天的采写、商洽、构思的日子里，李宗仁先生也每每为之拊掌称佳。如记抗战时期汤恩伯的阳奉阴违，引述中原民谣"宁愿敌军来烧杀，不愿汤军来驻扎"，则是国民劣根性在军纪方面的集中表现，其溃烂的田地，真不可收拾了。又如记汪精卫："汪氏为人，仪表堂堂，满腹诗书，使人相对，如坐春风中。初与接触，颇能号召一部分青年，然汪精卫黔驴之技，亦止此而已。其真正个性，则是热衷名利，既不择手段，也不顾信义，每临大事，辄举棋不定。每出席重要会议，周身摆动，两手搓个不停。为人更极虚伪，其所不喜之人赴访，汪氏也屈尊接见，状极亲昵，然客甫出门，汪氏立现不愉之色，顿足唾弃，转瞬之间，态度判若两人。"

像这一类传神写照，融史实与描述为一体者，所在多有。大量的民国重要人物，在此书中，立体形象往往得以随机和盘托出。涉及国家、民族、政治、民生、机运的种种精妙议论，也是通体综观，实为回忆录所罕见。

<h2 style="text-align:center">（四）</h2>

万卷书、万里路、万种现象，了然于心，其高明处遂在比较中得出通盘认知——

"我们是今日世界上最古老的民族，在文化自给自足，在人类文明史上，实在是只此一家，别无分店。现代的革命家、历史家、评论家，往往把我们的老祖宗骂得一钱不值。我们的老祖宗，可能真的一文不值，但是研究文化学的不能孤立地看某一文明之优劣，它要比较着看，不怕不识货，只怕货比货——将货比货，我们老祖宗的那一套，包括帝王专政的政治制度，可能还是'近代以前期'（The pre-modern era）中最好的一家。可是近百余年来，在西风东渐的压力之下，才发生变化，丧失了自信和自满，因此，我们搞历史的人，可以大胆地说，近代中国是个什么时代呢？近代中国是一个"挑战与反应的时代"（Age of challenge and response）。"

史事各种步骤间的关系，事实的观察，在唐先生手上追溯得如此清晰明了。他注意并钩沉出无数个人机微影响历史的偶然性，若论李宗仁——

"后来桂系在两广虽然割据未成，但是李、白二人没有和程潜、陈明仁等一道去搞'局部和平'，倒给予中央系人物较充分的时间去准备退守台湾——如胡适在抗战期间所说的'苦撑待变'！而中华民国在台湾也居然能并未怎样'苦撑'，就'待'出一个韩战的'变局'来。那时李、白二人如果也搞起'局部和平'来，则情势可能早就改观了。没有了台湾，整个中美关系，乃至今日三强互制的整个世界格局，也就不一样了。话说从头，李宗仁一个人的意志也是这个历史发展的关键！"（《撰写李宗仁回忆录的沧桑》）

关于历史问题的位置，他就是如此地即小见大，这样的机微放在社会演化史上考虑，气氛骤紧，奇彩出焉。

唐先生论文化史那些纠缠成麻花疙瘩的问题，也多由具体的问题出发，用可靠的史料，下深刻功夫，所以往往稳稳站住脚跟。反之，胡适胡大师那一批人，则好谈抽象问题，自信天分极高，横空出世地抽象之、假使之，则其发议论，比较可以自由发挥想象力，主观地贯穿，显得淋漓尽致，不知者，颇为其所吓倒。譬如文言与白话的问题，胡适等人以假设当事实，说文言已"全死"，一些人轰然拍掌叫起好来。德刚先生却从多侧面多角度证明文言的"不死"，及其潜伏在文化血统中的勃勃生机。他说：

"我国的文言是一种一脉相传、本国土生土产的应用文字。它和语体是有血肉难分的关系。它不是像希腊文、拉丁文那种'全死'的外国文字。孔老夫子在两千五百年前发了脾气，骂人'老而不死是为贼'，现在人民骂那些祸国殃民者，用的还不是这一句么？你说他是文言呢，还是白话？"

"一千多年来，全国人民雅俗共赏的唐诗宋词是死文字呢，还是活文字？"

"写长篇小说，当然以白话为宜，但是那些以浅显文言所写的《三国演义》《东周列国志》《聊斋志异》也有几十年乃至几百年的畅销的历史；苏曼殊的小说也多半是以浅近的文言写的，那时的中学生几乎是人手一册,绝对是一部畅销书(Best seller),以文言而写畅销书,这至少证明文言并未'全死'。抗战期间最具影响力的《大公报》,我们一日不读就若有所失,它抗战中的社论,就没有一篇是纯白话写的。每个国家都有其特有的文化、语言文字传统。我们断不可因为洋人怎样,我们也一定要怎样。"

唐先生以为,胡适那一辈人当年搞革命,非过正,不能矫枉,这可以理解。那一辈人是一批"高高在上的决策人,原不知民间疾苦",因此教育政策的高下成效如何,也不是应该从想象中得出的。

这是什么原因呢?因为具体问题似难实易,而抽象问题似易实难。后者虽然在原则上也是如此,但事实未必如此,以为自己发千古之覆,实则差之毫厘,谬以千里。在主观意向上杀偏锋,结果并不须假以太久的时日,就证明是错误的判断,自然,也就不能为后世作为公论和定论接受了。

在德刚先生那里,并没有人供给他超过胡适辈多多的新奇史料,他的基本功夫,是依据所有普通史料,精研现象和本质,他看几乎人人看得到的书,说人人所未说过的话,潜力深厚,认识博通。

唐先生个人所创辟的"话语系统"里面,举凡政治史、经济史、社会史、人物传记……这些不同领域他予以打通,令其阡陌纵横,而又吸取编年史、国别史、纪传体的长处,以议论提领全书,以灼见为"史眼",上下几千年,包罗各方面,时加疏瀹,融会贯通,脉络分明而涵容极富。如果说历史具有无限包容性,则必以历史研究领域的善性扩大为基础,在此过程中,一方面从繁杂的史实探寻历史规律,大处着眼,精确地定位表述这种规律;一方面,更不放过最微小的历史关捩,循流而映带其源。古史家的良性传统,就是注意历史的细节和一些偶然因素,读德刚先生的史论,跟《拙堂文话》谓读《史记》一样,人物、事件"各有风姿","如直接当时人,亲睹其事,亲闻其语,使人乍喜乍愕,乍惧乍泣,不能自止"。

（五）

1900年，法国新史学运动发起人亨利·贝尔在《历史综合杂志》发刊词中以为，旧史学以政治事件为唯一内容，考证文档、史料辅之，以民族国家的衍变为线索，只注重历史事件的独特性和个别性，因此缺乏科学性。故倡以"综合的历史学"来取代之。强调"研究相似性、反复性和齐一性"。

在德刚先生笔下，我们确凿看到，他的假设、分析和综合研究方法，既能抽象跳脱之，又微观具象而笃定之，日月之朗，爝火之光，捉置一处，真正做到"当历史学不停留在描述而是开始作出解释时，才是历史的科学"。如此，唐先生正是这综合历史学的高手。在他那里，经济、社会、文化、思想，乃至心理和下意识的领域纳入历史研究的范围，是一种真正的"总体史"。他从排比材料来达成结论者，充实、密实、真实，极可信赖；他更进一步深入一层辩证证实者，更是十分委蛇曲折，剖析入微——无孔不入，有缝必弥。仿佛虎跃深涧，落地即稳，其基础是一种深契精细的组织系统。其间，群体与国家、陈迹与今务、个人与社会、现实与理想，庖丁解牛般寻绎出恰切的因果关系，时空通驿，豁然开朗。如此一来，在他水落石出的魔笔点染之下，历史证据反而比浪漫的虚构有趣有力得多，即令蕞尔之微的历史事实也能感人至深，此乃历史事实与优秀史家之间不断地良性互动的过程。

历史重复，历史循环。造化为洪炉，万物为刍狗，人间不幸若是。在《晚清七十年》的几个大专题中，如论洋务运动、戊戌变法、太平天国、义和团、中日战争、辛亥革命……笔触早已溢出七十年，自三代、先秦至20世纪90年代后半期的史迹烟云、悲欢得失也无不在他自然而然的点染论说中。所论无远弗届，惊心动魄，令吃惯了庙堂冷猪肉文章的我们"把栏杆拍遍"，也无法表达感受的震惊。我们切身感受的种种史事，种种美妙极端的神话，在历史连环的链接中，已不再是虚无缥缈的纸上仙境，而是一个个存在过的恐怖现实，充满血和泪、痛苦和死亡、彻头彻尾的欺骗、高压与丑恶、非人道的心理控制，留下一连串魔王的名字……没有人愿意自己的子孙重蹈覆辙，也为了不要忘记，德刚先生那史家的铁笔，准确地剖开了重游历史地狱的条条线路，同时也揭橥了积年深重的可怖病灶。读之令人哀叹，上帝无能！世上并无仙丹，任何宏丽动人的乌托邦无非梦幻泡影。这当中，又不知吞噬了多少无辜的生命，民治民有民享的政体在地图上又分布不均……

"叫历史太沉重"，几十年来，史学界备受教条主义之害，知识分子渐渐丧失了独立思考的能力，被强梁牵着鼻子走。在这样的历史背景下，专家学者陷于专制教条的无边泥淖之中不能自拔，笔下的文字，必须合于预定格式腔调，像乡下人转语海外奇谈，全无事实上的根据。今日回首观之，但觉其荒诞悖谬，与真知真理略无干系，欲从此辈求事理真相，那是阎王面前告小鬼，找错了地方。影响流弊及于今，中青年学者一辈，基础薄弱，营养不良，学术文章仍像解放不了的小脚，通篇予人的感觉是"兵马疲困，粮草短缺"，真个是雪上加霜。

唐德刚先生因为地理地域的关系，他的学术生涯的萌芽、生长都在一个高度自由的文化环境中，当国内闭关自守大肆修理毁伤中国传统文化之际，唐先生却在衔接中西文化的攻略战中历一境更入一境。其头脑中更养成参天大树般精博的知识库。所以相对国内学者昏昧无光的学术"见解"，他的史识史论，磅礴透迤，表达胸臆，如臂使指，得心应手之余，更有挥鞭断流的气象。

鲁迅1932年8月15日致台静农信，就郑振铎著文学史一事，提出"具史识者"的重要性，他以为郑君所著文学史固然已有相当成绩，然却仅止于"文学史资料长编"，尚非"史"。"史"的标准，在鲁迅看来，必待史识为主轴、为灵魂。史识者，即刘知几所说"史家三长"，此最难能可贵；而唐德刚先生鹤立鸡群之处，睥睨史家群雄的地方，正在其史识的渊深、精确、高标。就此点而观之，当之无愧地，他是史家里头教外别传的孙大圣。

后人看历史，往往已给简化为大事记、编年史，简化为概念，实则诸多大事，历史人物身受之顷，无异分分秒秒的煎熬，只有身在其中方可知其滋味。历史研究盘活史料的功夫，不是死的材料，而是活的智慧——能还原这种情势，令深意出焉，百无一二。德刚先生批判性地维护中国人文传统——从文字为出发点的文化史，及以知识分子先进意识为骨架的士大夫气质。但此维护并不妨碍他做出理性的批判；并在与西方本质的强烈的对照中得出结论。同时，西方真正的强势和优点在何处，也在比较中见出。其优劣观是就文明发展过程有始可征的过去，到刹那迁流的现在及可想象的未来通盘的考虑中检验，故优点即是优点，不论它属于传统或西方，对文明负面效应的考虑亦然。

历史家运用理智判断，辨别记事的真假，推求因果的关系，能做到这一步，已是上选。然而，人类每一代人的生涯有限，日常接触的物质界，也有边际限制，而要知道现世、预测将来，也一定非知道过去的历史不可。欲求广泛深入的影响，辨别、推求的功夫就还不够。唐先生的高明，乃在于他在史事的烟云里，在"最是楚宫俱泯灭，舟人指点到今疑"的茫然中，生发融贯出今之新的生活经验来。昔人的生涯，为他用现代的生活经验来加以沟通，他眼光的周至，体悟的奇僻，将人类已有的几千年的历史、文化作为背景，来探求古今中外人生核心的变异与固守、异政殊俗及人伦之大变、其所从出和演化趋向，从而完成了历史与现世的链接，也复活了历史的生命、情感因子。

钱锺书先生引《左传》语"多行不义，必自毙，子姑待之""难不已，将自毙，君其待之"，钱先生说："待之时义大矣哉。待者，待时机之成熟也。培根论待时，谓机缘有生熟，李伐洛谓人事亦有时季，若物候然。"（《管锥编》第168页）

这是就大处着眼观照历史体察现世的高度智慧。民族、文明的发展固有外在的提携，也有其内部发展变化的高度，二者相互作用，共造时势。唐德刚先生总论历史把握历史的观念，窃以为即与钱先生之意相吻合。研究历史不是罗列仅供查阅的资料，而是培育一种可以滋养温暖人们精神与心灵的解释，他是这样形象而深切地表达的："历史是条长江大河，永远向前流动。在历史的潮流里，转型期是个瓶颈，是个三峡。近一个半世纪中国变乱的性质，就是两千年一遇的社会文化大转型的现象，其间死人如麻，痛苦至极，不过不论时间长短，历史三峡终必有通过之一日，从此扬帆直下，随大江东去，进入海阔天空的太平之洋……"

　　从文明衍变的高度，从人类生命的关怀来切入，可以说是极为高迈的对人间历史经纬的把握。

愁如大海酒边生
——论郁达夫的旧体诗

自新文学运动起，文学革命大功告成以来，那些横戈上阵的先驱作家靡不以反对"文以载道"为鹄的，后来又莫不堕入"文以载道"的泥淖，盖以其中若有宿命的循环，虽明言不载旧文学的孔孟之道，却又各各去树一面旗帜，载自己所提倡的道，成了新的载道文学。而真正的文学，无论新旧，是不容任何道德来规范束缚的。文学的最终家园是美学。郁达夫的旧诗，却能跳出这个怪圈，以思想和情感为文学的立场，纯然情绪的自然呼吸，也即逸出了为宣传的文学的"载道"怪圈，而发酵为呕心血、耗生命的梦境。

近人论诗，大略谓唐诗以情韵胜，宋诗以理致胜，虽就大致而言，然于此概括中不知失却了多少真义。苏门诗人陈师道深得老杜句法，诗艺上苏轼于其无多影响，江西诗派的领袖黄庭坚更是法宗杜甫，深得老杜气骨。苏轼本人，活泼跳荡，气象万千，更不是我们所说的"宋诗"气息。所以，钱锺书先生说："曰唐曰宋，特举大概而言。非说唐诗必出唐人，宋诗必出宋人也。"（《谈艺录》第2页）又说："夫人禀性，多有偏至，发为声诗，高明者近唐，沉潜者近宋，有不期然而然者。"达夫则才气发扬，加以忧思深沉，故其旧体之作非不主理，而是理在情中，兼有唐音宋调者。新加坡郑子瑜先生以为达夫诗源出于宋，论据为达夫诗句颇多脱胎宋人名作，颇多点化宋人名句，其实这只是他借鉴的一方面；即以此论成立，他也只是点化宋代人的诗而非文论意义上的宋诗。所以，尽管达夫于宋人之诗颇多借鉴，却也经过性分、心眼、识趣的过滤。我们不想说达夫诗源出于宋，同时也因为"宋诗"二字容易让人想到少意趣、多意味的邵雍那种"文之押韵者尔"。

文体随时代嬗变，一个时代有一个时代的文学，然此亦如诗分唐宋一样，乃就大概而言，非谓新体裁必合新思想，新与旧只是一个相对的概念。到处是旧，新才成其为新，而到处是新，新就变作旧，这时旧反而变作新。达夫的旧诗，就是在文坛满目新进新潮的情况下反而变作新，却没有现代社会来得猛烈，这在达夫诗中，是显而易见的。他每每作历史和现实因果关系的天问。自诗、骚算起，积淀两千多年的旧体诗芳泽长郁，色正光永，其峭峭繁丽，笔补造化，震撼和发挥人心的力量，是白话新诗所完全不能比肩的。新诗里头，新月派、现代派、读诗会诸君，已是新诗的顶尖级人物，但新诗里简直没有第一流的传世之作，连二流作品都少，时光淘洗，海水退潮，只留下些干瘪空壳，或者牛溲马勃。

达夫在现代文学家中，属天分极富、知识全面、识趣高迈的那一类。赵家璧先生说他在中年以前曾读过一千多本英文小说，对同时作家，他更能绝去畛域，以作品取人。1935年他写给周作人的信，编选作家丛书，涉及不同文学观念的七八个社团的同行，其中深于旧诗者除他自己外，尚有鲁迅、周作人、田汉、俞平伯、朱自清等。团体或小团体看似大于个人，而其扼杀个性的负面效应也显而易见，并为种种事实所证明。达夫自由思想浓烈的心胸，自然不愿为集体或什么思潮所左右，从而为学理、思想、才华提供了更为广阔的驰骋疆场。

看似通常之境遇，累有非常之变故行于其间，达夫旧体诗的奇味，可以说是受了他革命理想、才子人格、士夫遗裔（名士做派）的三重挟制，梦萦近事，却又心痛无寄，慷慨使气中每多踟蹰伤感。和新文艺同人、南社诸子既有契合之处又颇有歧异。仅就旧体诗而言，鲁迅之作在温醇辗转中见冰雪聪明,其后期诗更圆熟老美,流转如弹丸;苏曼殊之作读之使人发灰颓之感于绮艳衰飒之中;张恨水之作以其言愁之切,予人索漠之感,然理深辞顺,风骨雅健,入骨的关怀恰好映带文人的黄昏;郭沫若之作善夸大运气,名作家报人董桥怀念中山先生的文章顺带评郭:"我不喜欢郭沫若的诗,白话诗肉麻,旧体诗摆空架子。"(《新民晚报》,1996年10月30日)其言乃善诗法而知诗病,可谓品藻得宜。周作人之作绵里藏针,接近自然高妙,而略有辞屑辞伤之处,是为美中不足;南社诗词是一种集体浪漫主义,大体上总有淋漓豪健、昂扬奋起的心音,但在体用之间有所偏重,故每不免欠琢磨、显刻露之痕,柳亚子自己尝谓:"我论诗不喜艰涩,主张风华典丽,做诗不耐苦吟,喜欢俯拾皆是。"较之今日社会,那时的旧诗允称"繁荣",实则就历史的转进而言,也只是古典文学的余威罢了。新、旧文艺家,当社会剧变的转型时期,心境的惶惑不免影响到选择的进行;就诗歌本身而言,有传之众口千年不衰者,也有半个时辰内让人忘到九霄云外的。这不关乎诗的体裁如何,而在于诗的情感力量是否可以移人。

达夫的诗以近体中的绝句为主,律诗为辅。古诗他不大写——只有1920年《读唐诗偶成》等几首。

绘景为达夫情有独钟。他诗笔下的景物,是对自然天籁瞬间佳景的敏感记录,他的游记散文是主动的、渐进的,像国画中的条屏组画。他的写景诗则是横切的、即兴的,像明丽的水彩,读之如仗履行走于秋山寒林、春田野渡之间。由于文言诗歌的历史长,他的诗中颇多可与人文话语接壤通气的符号。其景物看似纯粹单性,实则是传达潜在意义的一种符号,这种形象切取经组合而成为意象,同时拓深了意境,言外语义还有千重,那就是联想和思索的空间。达夫写景诗用语活泼自然,调子清新明快,却字字句句引起不少联想,这实在跟文言诗歌的历史有关,即是一种历史的陈述,而非简单的表面观念。

贪坐溪亭晚未归,四山空翠欲沾衣。
秋风吹绝溪声急,树树夕阳黄叶飞。
——1920年,《题画四首》之三

四山涨翠昼初长,五月田家麦饭香。
一事诗人描不得,绿蓑烟雨摘新秧。
——1918年,日本,《山村首夏》

回首齐云日半暝,黄昏灯火出休宁。
明朝又入红尘去,人海中间一点萍。
——《登白岳齐云仙境》四首之三

达夫的日记里,尝有深夜赴某处寻妓的记载,零余者的悲凉,也往往在这些地方显形。这种行为,又往往因绝望的情绪导成。这样的颓唐惨沮在他的诗中不断流露:"老夫亦是奇男子,潦倒如今百事空。只见人骑肥马去,更无心唱大江东。"(《寄舍偶成》)"生年十八九,亦作时样装。而今英气尽,谦抑让人强……"(《寄舍偶成》)"失意到头还自悔,逢人怕问北山云。"(《静思身世,懊恼有加,成诗一首,以别养吾》)。他的小说,每每笔触凄婉,以此揭橥自己病创的灵魂,而正是这种零余的悲凉,增强了他作品的独在意义。就作为一个作家的遭际来说,郁达夫与朱湘相似,个性强而不愿受羁绊。他最初给《时事新报》的"学灯"投稿,当时编者宗白华兴趣在新诗,而达夫是旧诗高手,不写新诗,故遭冷遇,种种不愉快,使之成为文坛在野党。只是1924年后,成为独立作家,深受全国文艺报刊的欢迎。

他的恋爱生活,其坎坷蹭蹬,与其同乡同学徐志摩颇有类同之处,故挽徐志摩联中有云:"两卷新诗,廿年旧友,相逢同是天涯客,只为佳人难再得。"总之，哀乐中年，飞鸿倦旅，屡屡冲决精神苦闷空虚的罗网，终告铩羽。他的《自况》（联句）尝谓："绝交流俗因耽懒，出卖文章为买书。"可见他性格之一斑。《减字木兰花·寄刘大杰》也寄慨同一："秋风老矣！正是江州司马泪。病酒伤时，休诵当年感事诗。纷纷人世，我爱陶潜天下士，旧梦如烟，潦倒西湖一钓船。"他读唐宋以来名家诗，分咏七人——李义山、温飞卿、杜樊川、陆剑南、元遗山、吴梅村、钱牧斋——都是深于历史感，从社会氛围来发议，而别有感慨怀抱的。其笔力横恣，也正于其中见出。

胡愈之在《郁达夫的流亡与失踪》一文中尝谓："作为一个诗人与理想主义者的郁达夫，他的表面的生活态度，谈醇酒妇人做香艳诗等，也不过是诗人的伪装，用以应付他的迫害者罢了。读过他作品的会明白他对人类是何等热爱。"这真是爱之深而护之切了。其实，做艳体与热爱人类、严肃生活丝毫也不矛盾。中国诗歌长河中，艳体在六朝风靡一时，在晚唐又异峰突起，蔚为大观。入宋以后，此番内容遁入长短句，而涉及醇酒妇人者代不乏人。这些诗大体上情调缠绵，趣味隽永，弥漫留恋人生的情味，就是陈后主的《玉树后庭花》、李后主的"奴为出来难"，也颇有可取之处。当中，有诗人的向往、寄托、苦闷、理想贯穿。在郁达夫来说，这类诗正是他心底情愫的率真流露，未可厚非，谈不上什么"伪装""应付"。假如伪装说成立，则郁达夫的苦闷反而是虚设做作的了。然而这成什么话呢？实则达夫的苦闷，正是当时青年的代表，正是时代病态的象征。1935年，郑振铎荐他任暨南大学教席，遭教育部长王世杰以"颓废文人"理由驳复。王世杰是站在舒服的位置上，戴着有色眼镜来衡量中青年知识分子，把他们的苦闷加以夸张曲解，这即是官僚的可恶了。

他除了作诗填词，聊以寄慨，又能有什么作为呢？像文天祥那样顶天立地的汉子，尚曾纵情声妓，但其趣味和贾似道的红妆画舫想来有本质悬殊吧。所以同样是醇酒妇人，殃民祸国的在其中做他们全无心肝的美梦，而在野的末路文人却在其中梦想黄农虞夏的黄金时代。说达夫是无行

223

文人，实则他正是一把辛酸泪，无处可挥呢！达夫的旧诗，可以说近绍龚自珍、黄仲则、苏曼殊，口吻、神情、风调、气质，均有逼肖之处。其诗情绪的调子，是自伤自怜，敏感绝望之中，又含有敢于自决、书剑飘零的袅袅悲慨，以及于醇酒妇人的人生消遣中寻绎出来的无尽感喟。他幼年失怙，这"幼稚的悲哀，建设了他的忧郁性基础"（钱杏邨语）。而其弱冠以后，生事丛脞，所遇多悲，行藏颇似下却相印兵符以后的信陵君，"与宾客为长夜之饮，多近妇女，日夜为乐，惟恐不及"，那真是"英雄无用处，酒色了残春"，以表面的行乐图，来预示人生无量的悲哀啊！

　　语音清脆认苏州，作意欢娱作意愁。
　　故国烽烟伤满子，仙乡消息忆秦楼。
　　一春绮梦花相似，二月浓情水样流。
　　莫使楚天行雨去，王孙潦倒在沧州。
　　　　——1921年，日本，《赠姑苏女子》

　　不是尊前爱惜身，佯狂难免假成真。
　　曾因酒醉鞭名马，生怕情多累美人。
　　劫数东南天作孽，鸡鸣风雨海扬尘。
　　悲歌痛哭终何补？义士纷纷说帝秦。
　　　　——1931年，《旧友二三，相逢海上，席间偶谈时事，喀然若失，为之衔杯不饮者久之。或问昔年走马章台，痛饮狂歌意气今安在耶，因而有作》

　　露滴蔷薇十字娇，为侬甘度可怜宵。
　　不留后约非无意，只恐相思瘦损腰。
　　　　——1918年，日本，《赠看护妇某》

达夫的这一类诗，潦倒汗漫，自负其才，纵情倡乐间深埋隐忧大痛，进而逃之于酒，托之于诗者，实出大不得已。观其漂泊蹭蹬之感，哀绝剿杀之音，后人论其世，未尝不悲其志也。其《沉沦》一书自序云："人生终究是悲苦的结晶……清夜酒醒，看看我胸前睡着的被金钱买来的肉体，我的哀愁，比自称道德家的人，还要沉痛数倍。我岂是无灵魂的人？不过看定了人生的命运，不得不如此自遣耳。"如此求欢自遣，那是体认了生命的无能，而于恍惚间捕得的一线神光，借此聊补生命的哀痛和空洞而已。

《毁家诗纪》十九首并词一首，是达夫组诗里面最为沉痛哀绝的一组，其哀能伤人，令人从头寒到脚跟。秋风萧萧，胸臆催败，真如古乐府所云："出亦愁，入亦愁，座中何人，谁不怀忧，令我白头！"达夫先生的婚姻，才子佳人，众所瞩目；他的婚变，更是一大新闻，为师友揽泪、仇家所笑。达夫以满腔的赤子之心待人，可以说一片天真、一片大义、一片血诚，这种不设防的性格，正为嗜血的阴谋分子所求之不得。当其应福建省主席陈仪之邀南下公干时，早已觊觎一旁的浙江教育厅厅长许绍棣百般使诈，遂同王映霞有染，且由暗修栈道而至公然无所顾忌起来。这对他的精神，几乎可以说是毁灭性打击。早先鲁迅尝作《阻郁达夫移家杭州》谓："钱王登遐仍如在，伍相随波不可寻。"又说，"何似举家游旷远，风波浩荡足行吟。"暗示他提防杭州不良官僚的窥视和高压。可达夫终于不听而行，及事发，已噬脐莫及。两年后作《回忆鲁迅》痛云："我因不听他的忠告，终于搬到杭州去住了。结果竟是不出他之所料，被一位党部的先生弄得家破人亡。"《毁家诗纪》第一首是七绝："离家三日是元宵，灯火高楼夜寂寥。转眼榕城春欲暮，杜鹃声里过花朝。"其始去也，心则坦然无虑，景则春花欲燃，人心景物纯然本真，恰好衬出后来的种种不堪。这组诗几乎每首都有作者原注，来印证诗中的故实。

第三首原注说："盖我亦深知许厅长为我的好友，又为浙省教育界领袖，料他乘人之危，占人之妻等事，决不会做。"自第三首以后，一变平和安详为绝叫哀痛：

寒风阵阵雨潇潇，千里行人去路遥。
不是有家归不得，鸣鸠已占凤凰巢。
——《毁家诗纪》（其四）

就在这个人生活风雨飘摇的情境之中，达夫仍以抗战大义为重，赴前线视察劳军，所以如"水井沟头血战酣""戎马间关为国谋""满怀遗憾看吴钩"等都是记录战场实景和心境感受。及返后方，又跌入哀痛的深渊，"州似琵琶人别抱"（其七），"贫贱原知是祸胎，苏秦初不慕颜回……水覆金盆收未勺，香残心篆看全灰……"（其十二）"急管繁弦唱渭城，愁如大海酒边生……禅心已似冬枯木，忍再拖泥带水行"（其十五）。

十九首以外，《贺新郎》词一首，最见其澜翻之愁怀——

忧患余生矣！纵齐倾钱塘潮水，奇羞难洗。欲返江东无面目，曳尾涂中当死。耻说与，衡门墙茨。亲见桑中遗芍药，学青盲，假作痴聋耳。姑忍辱，毋多事。

匈奴未灭家何恃？且由他，莺莺燕燕，私欢弥子。留取吴钩拼大敌，宝剑岂能轻试？奸小丑，自然容易。别有戴天仇恨在，国倘亡，妻妾宁非妓？先逐寇，再驱雉。

此阕长短句，原注云："许君究竟是我的朋友，他奸淫了我的妻子，自然比敌寇来奸淫要强得多，并且大难当前，这些个人小事，亦只能暂时搁起，要紧的，还是在为我们的民族复仇！"

细揣其遣词用意，绝似猛虎坐深林大泉之畔，自舐其创，情绪是哀号之后又继以惨笑的。这组诗亦可说处理的是复杂的灵魂问题，自然显示其渊深来。"他又从精神的苦刑，送他们到那反省，矫正，忏悔，苏生的路上去。"（鲁迅《穷人小引》）达夫深得陆军二级上将陈仪（公洽）器重，邀为福建省公报室主任，留其在闽久居。又得戴笠尊敬——1936年2月14日记："谈到十点多钟，发雨农先生信，谢伊又送贵妃酒来。"和军界老人蒋百里是朋友（见1936年3月8日日记），甚至和日本人松井石根大将亦有往还（见1936年3月5日、6日日记）。其胸中不平事，不难以剑消之，也即"奸小丑，自然容易"之意。然值彼国事蜩螗之际，他时以为念的是"大醉三千日，微吟又十年。只愁亡国后，营墓更无田"，"万一国破家亡后，对花洒泪岂成诗"。像达夫先生这样顶天立地的血性男儿，那些鼠窃狗偷的不良官僚又怎能理解他于万一呢？他的生活，固然不免灰颓气象，而赴汤蹈火，求取光明的意念，却一刻也没有停顿过。

香港文学名家梁锡华先生有感于现代文学家命运之扑朔迷离，论周作人，论朱自清，俱即小见大，见微知著，尤其论郁达夫，直发人之未发。在《曰忠曰奸》一文中，尝谓："最叫人意乱情迷的是郁达夫了，说他左，他有时资产加封建；说他右，他又歌颂过普罗和革命，他忠奸飘忽，如今一缕亡魂倒也吃得开，海内海外到处都是不愁香火的。"这是过人的观察，思想的闪光，随笔迤逦，不请自出。

郁达夫曾对徐志摩说："I am a writer ,not a fighter."（我是作家，而非战士。见赵家璧《书比人寿长》1988年香港三联书店版，第77页）他自己说："因为我是一个小资产阶级出身的人，我对他们说，分传单这类事我是不能做的。"1930年11月，他果然被"左联"四次全代会决议开除。这自然是极"左"青年的所作所为，鲁迅知道此事后极不以为然，并认为"极'左'最容易变右"（《冯雪峰谈左联》，《新文学史料》，1980年第1期）。

他为现代书局选介麦绥莱勒的木刻《我的忏悔》，写文道"书中主角,终究是一位小市民之子,信仰不坚,主义不定,自满有革命的热忱,却缺少贯彻到底的毅力。"也不难看出他的心情犹疑。

1935年春,郁达夫对时局的观感是这样:"中国的现状,同南宋当时实在还是一样,外患的迭来,朝廷的蒙昧,百姓的无知,志士的悲哽,在这中华民国的二十四年,和孝宗的乾道淳熙,的确也没有什么绝大的差别。"(《寂寞的春朝》)他这种对现实的观感和概括,不啻是理解他诗思内蕴的绝好注脚。丧乱之余,诗情惨淡,征诸诗史,莫不如是。民国社会,九派横流,政见歧出,风雨鸡鸣,一波未平,一波又起,值彼极不安、极沉闷的时代,达夫在其诗中表现的,是一种极端的厌世和千缠万绕的人生留恋,二者矛盾纠结,辗转复辗转。求其诗思安和之篇,什不得其一。表面上酒色征逐,骨子里万难解脱,莫为百年之计,而但思偷一日之安。那种"诗可以怨"的情思气象,潜伏在文辞承转之间,真正是意悲而远,惊心动魄。

麦苗苍翠柳条黄,倒挂柔枝陌上桑。
天意不教民逸乐,田家此后征多忙。
——1916年,日本,《由柳桥发车巡游一宫犬山道上作》三首之二

男种秧田女摘茶,乡村五月苦生涯。
先从水旱愁天意,更怕秋来赋再加。
——1935年,《沪杭车窗即景》

作者自注:"这是前日从上海回杭州,在车中看见了田间男女农民劳作之后,想出来的诗句。世界上的百姓,恐怕没有一个比中国人更吃苦的。"

主旨在抒情,而情中之景也萧条得可想。关心民瘼的痛烈心境,郁然

楮墨内外。这和纯写景的田园诗,在心境和着眼点上是有本质不同的。

他诗中非常有力、非常沉痛的社会批评,真有令人拍案长喟的。像《杂感八首》中的句子:"方知竖子成名易,闻说英雄蹈海多。""将军原是山中盗……民生凋敝苦逢迎。""忍说神州似漏舟,达官各为己身谋。……中原衮衮诸公贵,亦识人间羞耻否?"世道浇漓,人心太坏,满心眼里是官和钱,达夫的愤懑,实在是有激使然。在苦境里无从挣扎物伤其类的人,于一读之下,不免要为他的忉怛剧痛而同声一哭了。

生太飘零死亦难,寒灰蜡泪未应干。
当年薄幸才成恨,莫与多情一例看。
——1916年,《懊恼》二首之一

十年潦倒空湖海,半生浮沉伴蠹鱼。
——1921年,《杂感八首》摘句

侏儒处处乘肥马,博士年年伴瘦羊。
薄有文章惊海内,竟无馔粥润诗肠。
……
升斗微名成底事,词人身世太凄凉。
——1926年,《和冯白桦重至五羊城原韵》

他固然记载着饮酒、赴宴、打牌、听戏、青楼过夜等生活,但此只是偶发,而其常态则是经济的窘迫,像他诗中经常的表现。耿介正直而备受排挤,造成了这种窘迫,所以自抒身世牢愁的酒杯,来浇郁结不平的块垒,而这又与蒿目时艰及哀时抚事的忧愤结合一处,屡遭挫折而绝顶热肠,造成他的忧郁总有一种桀骜的悲慨。诗中道穷愁、状苦境的句子往往以其入骨的深异而成为诗眼,并联系全篇其他情状形象,使之活动贯通,浑然一体。

达夫的诗是风华典丽而兼以郁怒清深的。他于风雅之妙、性理之微，良多解会，而笔触屡在时代的凄风苦氛里伸悲情之胜意。其律诗笔力深稳，又时有翻腾作势之处。概而观之，他的诗律是厚重中见流走，诗脉畅适，把轻重疾徐，安排得十分妥帖。具体的修辞技巧方面，他又得晚唐诗的心传，善用虚词。古人于诗用虚字（词）意见不一，赵孟頫谓"作诗虚字颇不佳"，胡仔引黄庭坚话说"诗句中无虚字方雅健"。而元代方回（虚谷）论七律贵用虚字，江西诗派大家陈师道诗用虚字大大多于黄庭坚等人，大诗人杜甫则时而纯用实词连缀，质实沉雄；时而大量置入虚字，别有一番飞动虚灵。虚词本无功过，要在作手能用善用。达夫用虚字，多在律诗中，虚词的灵活布设又多了一层回肠荡气的效果，于精致的烘托、诗境的开展、前后的策应等方面，造成回环一体的有力关键。"一三五不论，二四六分明"是作诗的一句老话，可是在达夫的律诗中，就连一三五也是分明的，他之所以不打破平仄而废旧谱，是因为他有戴着镣铐跳舞的艺术本领，老一代新文学家长于旧诗者为数甚夥，终以达夫为擅场，无愧斲轮老手之一。

达夫《谈诗》一文，神情口吻间，掩不住他对旧诗的酷嗜。其于旧诗审美三昧，技法及文体生命，又往往一语道着，对今人的创作鉴赏，洵有药石之效。"旧诗的一种意境，……如沉着，如冲澹，如典雅高古，如含蓄，如疏野清奇，如委曲、飘逸、流动之类的神趣，新诗里要少得多。""旧诗各体之中，古诗要讲神韵意境，律诗要讲气魄对仗，做诗的秘诀，新诗方面，我不晓得，旧诗方面，于前人许多摘句图、声调谱、诗话诗说之外，我觉得有一种法子，最为巧妙，其一是辞断意连，其二是粗细对称。"他举了龚自珍诗为例，又举杜甫《咏怀古迹·明妃村》为例，以首句粗雄阔大来对次句的细微小景，次第缀之，"像大建筑物上的小雕刻"，他把这项解悟告之美学家邓叔存，对方"钦佩到了极顶"。实则明人李梦阳《御选唐宋诗醇》引,已申发此意,"迭景者意必二,阔大者半必细,此最律诗三昧"。并以杜诗《登兖州城楼》来说明:"前景寓目,后景感怀,前半阔大,后半工细。"达夫的律诗亦多合这种美学观念。如《月夜怀刘大杰》:"青山难望海云堆,戎马仓皇事更哀。托翅南荒人万里,伤心故国梦千回。书来细诵诗三首,醉后犹斟酒一杯。今夜月明清似水,悄无人处上高台。"其颔联和颈联之关系,就是在大小远近的对比中,取得郁郁累累的效果。

达夫中年以后所作,律诗典重苍凉,绝句浑凝疏宕,表情达意,确有博约之功。仿佛老木而披风霜,匕首而经药淬,遣词达意,洵入游刃有余之境界。一般说,诗语可以入词,词语不可入诗,词(长短句,诗余)语可以入曲,曲语不可入词。达夫诗作,偶也不妨稍杂词语而转增风神韵味,这自然是老手的练达,却也不乏性灵者器识的高迈,此又非枯槁闲寂之辈所可解会。苏雪林论郁达夫小说略带点偏见,但谓"说来说去,他的文字只是缺乏气和力"(《苏雪林文集》第三卷,第328页),倒也有相当的眼光。他的旧体诗,反而能避乏气乏力之弊。

一般以为,中国旧文学颇似鸦片,一旦上瘾,便不易解脱。其譬虽然蹩脚,却也恰好反证了旧文学的丰厚内涵。柳亚子先生在他的《磨剑室文录》中表示:"我虽然接受新文化,但对于旧诗,终有恋恋不舍之意。"(第1145页)他深知时代风雨的催颓,1945年,他自述《柳亚子的诗和字》尝谓:"但我的估计,却以为旧体诗的命运不出五十年了。"不过,他究竟希望五十年内,旧诗不至于向新诗输诚。五十年,这个估计太悲观了。他老先生是把国运人心放在一起估衡,又看到新文艺家在新的曙光里身影明朗起来,遂有此番估计。虽较情绪化,却不幸言中。"文革"浩劫黑云压城,文化人惨遭灭顶之灾,文化几至沦亡,迨四凶粉碎,青年恶补文化常识,旧诗的一缕香火风流云散,回头来看郁达夫的旧诗,自然不免惊为奇货。达夫本人对此竟是乐观的,他以为旧诗限制虽多,但历史却不会中断。"到了将来,只教中国的文字不改变,我想着着洋装,喝着白兰地的摩登少年，也必定要哼哼唧唧地唱着些五个字或七个字的诗句来消遣，因为音乐的份子，在旧诗里为独厚。"

苏雪林对郁达夫持论近苛，谓其文有多种不堪，其叙事则为啰唆。即以此论成立，他的作品仍强过今人百倍，盖其时时不忘以学问、练达、洒脱来节制，故其放任之处也能时时警觉而随处加以挽救，这样反而形成一种张力，较之今世文学家更有上等谏果长久回甘之效。他的旧体诗，更臻渲染入骨、跌宕生动之极。兼以心思辞藻，沉雄俊逸，放笔使气之余，而能顿挫收蓄，故有长言咏叹之妙。钱锺书先生《谈艺录》尝指出龚自珍等清季名诗人屡遭后人仿袭："定庵之诗，清末以来，为人挦扯殆尽。"又说："然窃定庵诗者，定讞自（蒋）子潇始，《新民丛报》及南社诸作者，特从犯耳。"郁达夫、张恨水先生于旧体诗创作均极自负，都爱诵定庵、仲则之诗，但他们却能避开晚清名诗人于前人爱之深而"顺手牵羊"的毛病，采百花之蜜，酿成自家风味。民国以降，旧诗晚色褪尽，说一句无奈的话，自老一代千秋万岁之后，恐怕是广陵散绝了！

曾氏传记三种评骘

观曾国藩传记三种,各有千秋;夜读听潮,渊然隐有所感。

王定安的《曾国藩事略》采用浅近文言,一气呵成,他那端严的幕僚笔法,简洁素朴,叙述到位,虽无小标题节制而不觉其冗长。何贻焜之《曾国藩评传》,也用浅近文言,而多采民初自日本等地引进的新词汇,叙述详尽,表达宛转,句意深入,文章稳健而有逶迤之势;萧一山之《曾国藩传》,已是白话论文,却时采文言词汇,句子有节制,故其吐属也相当地妥帖,解析复杂历史脉络,深入腠理,尤有随时拔起的精彩之论,峻峭突出,绝无冷场,读之有观止之叹。

(一)

史家萧一山先生的《曾国藩传》,写曾国藩救世的宏愿,具体渗透在曾氏保存中国文化遗徽的苦心之中。对他大加赞誉的人,只恨美词难尽;大毁之者,焦点又在吾祖民贼这一点上。但以洪杨非驴非马的文化、胡作非为的杀戮,人人得而诛之,所以他实在不必对毁伤他的人负责,而在清廷专制的大框架之下来保存国粹,则其救世的宏愿,也就不免大打折扣。悲哀的是他只能在此矛盾局面之下存在。所以,真正又要民族、民主的革命,或至少不在客观上为专制延长寿命,又要克绍中华国粹——那就只有等到孙中山及辛亥党人的出世了。

　　从民族革命而言，人有不能原谅曾国藩的地方，可是骂他的章太炎，也不得不承认他是大英雄，"曾左之伦，起儒衣韦带间，驱乡里服耒之民，以破强敌……命以英雄诚不虚"（《检论》）。即曾氏建军的发轫，不过是保卫乡邑的初衷，"非敢赞清也"。萧一山先生说："国藩是为文化而战，自不能以民族大义责之。彭玉麟始终不愿做清朝的官，即有羞事异族之义，并劝国藩自主东南，英人戈登也劝过李鸿章，他们为什么都不敢做呢……可以知道几千年君主专制政体之下，一般人的忠君思想是如何牢不可破了。"（《引子》）

　　萧先生着力论述，曾国藩挽救了清廷是没有疑问的，但清廷并不能救中国，清廷本身也是不可救药的，但曾国藩为什么还要去做呢？"曾拼命把清廷的命运挽救了，中国的旧文化也算保住了，这就是他的经世事业吗？……他的宗旨是治世、是救人。"明亡于清，不可能是曾氏的责任，清朝统治了二百多年，"一般人的忠君思想是如何牢不可破"，萧先生引章太炎说曾国藩的"不敢赞清"，而以异教慼礼指斥洪、杨，"足征曾国藩是为文化而战"。

　　第二章写他以经世之礼学为依归，养成道德学问特殊的造诣，证明他的事功，他的中年中兴功业，晚年的退守，都和早年的学养慎独功夫密切相关。他的一生的归结在于礼学：即经世之学。著者以为此一礼学实有制度之要义在里头。"古代的著作极简单，分科更不详，经世是寄托在历史学中的……大儒是经世的通才，是博通的、综合的，以礼为归……曾国藩在史书里面，不仅推崇杜佑的《通典》，而尤推崇司马光的《资治通鉴》"。故在第三章，谈曾国藩的时代，他的经世之礼学，发挥中庸的文化精神，以期把握时代。从孔子梳理到顾炎武，并对后者深致敬意。而曾国藩对顾炎武视为泰山北斗，万古金声；并读陈卧子诗集，向往之至；这些都是抗清的大家，国藩的心曲可知了。故其剿捻剿洪、杨，可知是对社会、民间、文化负责了。萧先生考出了国藩伟大成就的学术背景，他以儒生治兵，戡平大乱，维持中国文化的传统赖以生发的背景——那些极细微关键的地方。至于辜鸿铭《张文襄幕府纪闻》卷上说曾氏之佳处、之不可及处在不排满这一点，则相当可笑。

在以经世之礼为中心的前提下，自尊与自憎的情感对立，消极与积极的观念的冲突，对于极矛盾的环境的应付，也因之尚觉裕如。

萧先生引其家书"吾近于官场，颇厌其繁俗而无补于国计民生。惟事之所处，求退不能"（第六章）分析其政略，"国藩开始发表他的政论，完全是站在人本主义的立场"。

萧先生并比较湘军、淮军的根本不同。着眼在三端，一为大将的学术气质，一为将领之出身，一为对事功的理解及其期望。湘军多大儒，公忠体国。淮军将领多出身微贱，气概远逊。湘军的彭玉麟更是杰出纯粹的学者；淮军如刘铭传等则为盐枭……"无怪乎袁世凯以一文武都不成材的人可以传淮军之绪，这不能不说是国家的不幸"。后又从"军民财"三权分立与否来谈两军的性质差异。国藩在世时，是使三方互相牵制，防范拥兵自重。但他身后，总归无可奈何花落去，难以羁控的局面则出现了。

> 淮军本是湘军的支派，何以后来国藩尚不能指挥如意而不得不请鸿章兄弟出来帮忙？李鸿章开始就把淮勇造成他的势力，与湘军扩然大公的精神已迥然不同。所以湘军虽是私有军队的起源，而淮军才构成私有军队的形态。后来袁世凯以淮军子弟，传其衣钵，就变成清末民初时代的北洋军阀，割据国家，阻碍统一，贻祸不浅。（第十章）

厘清近现代军阀祸害之起源，源于专制。处处漏洞，百端补缀，错舛百出。近时学者洋洋自以为得计的论调，说什么要告别革命，指军阀混战之源头在孙中山，观萧先生的梳理，其说可不攻自破，同时也照出今之学者寡情不学的紊乱。

（二）

《曾国藩事略》作者王定安长于史志文献学，长期任曾国藩幕僚，后曾任山西布政使。辑撰有《曾文正公大事记》《曾子家语》《两淮盐法志》《平回纪事本末》《彝器辨名》《三十家诗抄》等著作多部，皇皇三百余卷，涉及面甚广。

王氏《曾国藩事略》，卷一以简略笔墨叙述其乡间童年生活，引国藩自述："余年三十五始讲求农事，居枕高嵋山下，垄峻如梯，田小如瓦，吾凿石决壤开十数畛而通为一，然后耕夫易于从事。吾昕宵行水，听虫鸟鸣声以知节候，观露上禾颠以为乐；种蔬半畦……凡菜茹手植而手撷者，其味弥甘……"

"君子居下则排一方之难，在上则息万物之嚣。津梁道途废坏不治者，孤黎衰疾无告者，量吾力之所能，随时图之，不无小补。若必待富而后谋，则天下终无可成之事矣。"这一段话，可视为曾国藩行事立身的总纲。著者置之书前，不为无意。

《曾国藩事略》的原始文件实在是一种有机穿插，使事迹显明。此书相当于一部大型列传。盖其结构袭用列传写法，唯篇幅特长而已。以过渡说明文字连缀官方文件，来作事实铺叙。全书实自其编练湘军开始，叙其事功，而于此前，仅以数页概括。他回乡前，任兵部、刑部、礼部等副职，因母丧回乡，正值太平军大举扫荡之际。遂就近练兵。当时太平军水师强盛，在长江中下游迭陷郡县，"衡阳禀生彭玉麟故有名，公一见器之……治水师自此始"。

叙事脉络清晰，出省作战，水师之起来，事出偶然，回乡奔丧，因而就近剿匪，因事势而扩大。其大员，相继出场者，乃是彭玉麟、胡林翼、左宗棠、李鸿章……

书中大量引用了皇帝的上谕，这里面很多是清廷惊慌失措的情形下对曾国藩的驱使。而在萧一山先生的书中，则阐明，曾氏针对上谕，对军政和用人等，也都有具体的批评，"糊涂虫的清廷，却天天催他出兵"，他也明确指出朝廷虚骄不实的流弊，"满廷疲泄，相与袖手，流弊将靡所底止，这是多么大胆的谏言啊……在专制时代，帝王生杀予夺，假如没有大仁大勇的精神，真不敢道只字"（第六章）。不过就是在这样的情形中，为数不少的官员仍在鬼混，反称曾国藩多事，谤议横生，而使其有退隐的念头。

清廷的焦急恐惧历历见于各种文件之中。严厉督促曾国藩出兵。其间，曾国藩忙于水师之后勤和布控，动作或显迟缓，而清廷恨不能毕其功于一役，有时其口吻近于无赖："言既出诸汝口，必须尽如所言，办与朕看……"有时隔着甚远，也不管三七二十一，"着迅速前进，毋稍延迟"，总是希望他不要将任务的艰巨作为逃避的借口。至有胜利，则立即封官许愿，奖励各种高级工艺品。

1861年，清廷令曾国藩统筹东南四省军务，"所有四省巡抚、提镇以下悉归节制"，就在次年春上，他即有辞官的心态："现在诸道出师，将帅联翩，权位太重，恐开斯世争权竞势之风。"

至1862年，多隆阿消灭了少年将军陈玉成，彭玉麟攻金柱关，"贼于烈焰中冲突而出，积骸满渠"。春夏之交，彭玉麟"闻国荃孤军深入，恐为贼所乘，急调水师策应……水师于狂风巨浪之中排炮仰击无少休……逼垒纵焚，火光烛天……群丑扑火溺水，横塞江流"。这样的情势下，上海外围的中等城市又有重新陷落的，对金陵大营的攻扑也相当猛烈："贼连营数十里，大河之港俱设浮桥"……战场态势的艰苦险状可想。即令来投降者，也多视之为诈，随即斩之，真可谓一夕数惊。1863年，仍有洋人投入太平军营，广置炸炮，这时是李鸿章部队在沿江严密搜索，彻底切断其枪炮来源。这时候，朝廷对曾国藩的命令也益形急迫。尽是务须如何、不许如何、尽快如何、不可如何、万勿如何、着即如何、不得稍存如何……这样近于气急败坏的口吻。

战事激烈，胜败反复。水师及陆军的后勤、财政、武器制造、特务、军法、调查所……种种事务至为繁杂，要保证出兵的接应，故曾氏也有辩解。保卫武昌时因出师不利，清廷愤怒谴责，其苦衷，有时又不惜言之谆谆，借以倚裨，此中尤见剿灭难度之大。而最初，书生从戎，曾国藩也是在摸索中指挥战争。逐渐养成调度有方，军略冠绝一时。大约打了三四年之后，才指挥裕如，如臂使指的。

而国藩直弟国荃，无论攻克哪座名城，几乎都用地道轰裂之法。"公弟国荃昼夜围攻，克此雄都。是为肃清东南之始。"甚至克复江苏其他中小城市亦如此。收复南京，则用地道地雷轰炸，配备云梯猛攻，开穴反复达三十多道。终在1864年7月19日那天，"霹雳一声，轰开城垣二十余丈，烟尘蔽空，砖石如雨，贼以火药倾盆，烧我士卒……群贼抵死巷战"，战况异常激烈。

曾国藩与其他大员的微妙关系，在来往函件中表达得淋漓尽致。如朝廷命李鸿章率劲旅支援曾国荃，以会攻金陵。曾国藩上疏乃称李为大吏，苦战之际不便调请。攻克伪都之功，牵涉太多，故李鸿章也来之迟迟，曾国藩又为之说项："李鸿章平日任事最勇，此次稍涉迟滞，决无世俗避嫌之意，殆有让功之心臣亦未便……"客气话之机杼，古人表达之到位一至于此，也真可叹为观止了。

本书的文笔虽简古，但也有曲折婉转的战争故事，如李秀成间道潜入苏州指挥并神秘脱逃的前前后后，叙述时有生动形象可感之处。"接见诸将，均有憔悴可怜之色，昼则日炙，夜则露处，面目黧黑，虽与臣最熟之将，初见几不相识……"引用他晚年日记："每思作诗文，则身上癣疥大作，彻夜不能成眠……精神散漫已久，凡应了结之件不能完，应收拾之件不能检，如败叶满山，全无归宿。"说明问题，极形象而得宜。书末对战争前后时间、空间的总结，也有不动声色的深沉历史感。

梁启超在《中国近三百年学术史》中论述纪事本末体史著时尝谓："最著者有魏默深源之《圣武记》、王壬秋之《湘军志》等……壬秋文人，缺乏史德，往往以爱憎颠倒事实……要之壬秋此书文采可观，其内容则反不如王定安《湘军记》之翔实也。"对王氏甚为许可。

（三）

何贻焜先生的《曾国藩评传》，正中书局1947年刊行。乃是他在北平师范大学读书时期的作品。何贻焜抗战时期任衡阳师范校长。早年毕业于湖南大学，后考入北平师范大学文学院研究生。

该书以相当的篇幅作曾氏起来之际的时代背景，作大幅渲染、烘托、论证，为曾国藩的思想、生活找出总的依托和根据。于中年生活着墨尤多。细至身体疾患，苦闷心情，戎马生涯，师友学行……加以总结评述，故其人全貌出而视野宽。

其论曾氏思想之第三期，乃奉命练兵，痛愤当时社会因循苟且的风气，倡导"用法尚严厉，不拘泥于儒家德治之说。此为曾公思想转变之第三期"。何先生引曾氏书信："三十四年来一种风气，凡凶顽丑类，概优容而待以不死。自谓宽厚载福，而不知万事隳坏于冥昧之中，浸溃以酿今日之流寇。""二三十年来，应办不办之案，应杀不杀之人，充塞于郡县山谷之间，民见乎命案盗案之首犯，皆得逍遥法外……乃益嚣然不靖。"此仅就焦点问题而言，实则社会治理毫无章法，体制紊乱，漏洞多多。这是十分痛切的社会批评。

这实在是相当深刻的。盖以专制王权，对恶徒有所倚赖，利欲熏心之徒并不破坏他的统治根本，他并可借此等坏人抵御百姓和知识分子的民本价值观，以作制约张本，自以为巧不可阶，事实上却大面积破坏社会之平衡，无告之小民，乃成统治者施政的牺牲品，恶徒与官僚的利益不断扩大，如此腐败遂趋全面糜烂，几乎无官不腐，官民对立日益严重，不仅威胁社会安定，且业已造成经济的长期低迷不振。曾国藩实在看到很深的病灶，乃是其痛苦之所由来。

对专制社会的结构性坏损,曾氏即有擎天之力,也难以挽回了。所以论到其晚年,为物议之中心,曾氏的忧郁就澎湃而来:"且觉有所兴作,易获咎戾,于老庄之旨,颇多默契,唯自立自强之道,仍以儒墨为依归,此为曾公思想转变之第五期。"如此连绵剥笋,论述深入而大见精彩。

全书详尽铺排,分二十余章,有时代背景、早年生活、中年生活、晚年生活、思想体系、教育思想、哲学思想、政治思想、军事学识、文艺批评等章节。

文艺批评一章,强调其历史眼光,此外,治家、养生之方法,俱各为一章,其完备如此。

《思想之渊源》一章,特别拈出曾氏书信:"静中细思,古今亿万年,无有穷期,人生其间,数十寒暑,仅须臾耳!大地数万里,不可纪极,人于其中,寝处游息,昼仅一室夜仅一榻耳!……事变万端,美名百途,人生才力所能办者,不过太仓一粟耳。知天之长,而吾所历者短,则遇忧患横逆之来,当少忍以待其定,知书籍之多,而吾所见者寡,则不敢以一得自喜,而当择善而约守之……"

其实这可视为他思想之总渊源。盖其悟境之高,因其宇宙意识之强烈,哲学思想之深沉,人生认识之通透,其悲天悯人也由此生发。

《个性》一章,则从其天分、材质、为学路径……入手,挖掘其个性形成及发展,严肃、谦虚、忠恕……之外,特拈出幽默一节,以为曾国藩之性格中固有深藏之幽默风趣。即在后世研究家之范围,这个也属特出而见个性之论。

第二十二章,系研究后人对于曾公之批评,则别有价值。此系同时或后人各界名家针对曾氏评价之要点摘录,量奇大,至有两三万字。公正的或偏颇的、稳重的或激烈的、持正的或有趣的、恭维的或大骂的,无虑数十家。但不妨照见其为中兴人物及世界史上有声有色之人物。其间也有像海外回来的容闳这样的特殊身份:"余见文正……精神奕然,体格魁伟,肢体大小咸相称,方肩阔胸,首大而正……眸子作榛色,口阔唇薄，是皆为其有宗旨有决断之表征。"很是捧场和恭维；这和王闿运日记里面所说，甫见曾氏，觉其有疥疮抓痒，以为是受刑之相貌，则可说相映成趣了。

作者阅读大量曾氏诗文、杂著、奏稿，以及史传、诸子百家，尤其宋儒文集……为详尽解剖，不惜采用多头排列之法，分类剖析，将传主一生繁杂的言行、人际关系、学术思想条分缕析，使笼统之事象有依归；每章又将分析之结果予以综合，在综合中予以批判，而得会通之旨。总观即为鸟瞰之势，分看又得解剖之细。史料铺排之多，实有浩大详尽之观，好处是提供全面洞察之便利，然全书毕竟因其体格庞大，在读者接受方面，或也有顾此失彼之嫌，殊失优游不迫之旨。

（四）

萧一山先生的书中，在写曾国藩编练湘军那一章中，专门插叙了几个关键人物。一是江忠源，湖南新宁举人，郭嵩焘在北京介绍给曾国藩认识的。他早些时候为了保卫家乡，曾组织乡村丁壮用于防御，这是湘军最早的依托。

还有一个关键的人物，即罗泽南。萧先生说，"他的道德学问，确实是有数的人"，很早养成明道救世的精神。"后来湘中书生，从戎拯难，立勋名于天下，大半都是他的学生……况他老先生又亲自领兵出马，大小二百余战，克城数十，最后还是战死的呢"。

罗泽南著有《西铭讲义》《小学韵语》《读孟子札记》等书，后人辑有《罗山遗集》。从湘中的宿儒到血战的名将，他是一个不可忽视的人物。他是出身耕读之家的湘军元老。早年常以松香照明，或借萤光攻读。应科举之余，他也习武善拳术。早在咸丰元年，太平军围攻长沙，他就脱颖而出。稍后罗泽南与塔齐布并称，成为曾国藩的左右手，力挽狂澜，屡著战功。曾国藩回乡奔丧时，他已编练有少量湘勇。遂以之为基干，以道义相号召，再行招募稳步扩展而成。

练兵等于是阐扬了他的目标，从此，他将不断面临如何兑现的挑战。

王定安《曾国藩事略》大体上是战报的说明连缀。里面对此特别人物——罗泽南，用笔妥帖温恭。看他书中大量引用的皇帝上谕，其批示之严厉，督战之急切，难以遮盖地浮现于字里行间，有时更是急不可耐到气急败坏——差不多是耳提面命地敦促曾国藩出兵迎战。

湘军和太平军的战役战斗，双方胜败之机常常是命悬一线，其阵地阵营在激战中，打得随时都可能全盘崩溃，防线也随时可能松动。双方的大将，相继阵亡，双方无论是怎样善战的名将，都有失手败北之可能。

这样的局面之下，也有令人惊讶的奇迹出现，那就是罕有的名将罗泽南的出场。每有关于他的战况战报，几乎都是胜利、破贼、退敌、挥师突进……仅就此书所记载，他是湘军方面的福星福音，对方的丧报丧期。似乎无论怎样的危机他都能突破，无论怎样的困局他都能化解。

"罗泽南破贼于城陵矶""罗泽南率师北渡""罗泽南克通城县""泽南破贼于贵溪"……攻击九江之时，曾国藩乘坐的指挥舰被太平军包围，仓皇突围中文卷荡然，曾氏欲自裁，又是罗泽南调小艇接入其军营得以脱险；各大小将校，均有败绩，独罗泽南出马，总能转危为安。他又是很有战略眼光的，"罗泽南上书陈利病，以为东南大势尤在武昌，乃可控江、皖，江西亦有所屏蔽；株守江西，如坐瓮中，无益大局"，"请率部……东下，以取建瓴之势……必俟武昌克复，大军全注九江，东南大局乃有转机。公（曾国藩）深韪其言"，"泽南因自义宁单骑诣南康谒公，面陈机宜"。

如罗泽南者，实在是罕见的孤胆英雄。其所作为，总是秉持良善信念，致力疗伤。南昌告急之际，来者是太平军悍将石达开，又是罗泽南远应危局，清廷掩饰不住兴奋，"石逆贼党虽多，一经罗泽南痛剿，即连次挫败，可见兵不在多寡，全在统领得人"。

钱基博的《近百年湖南学风》中说："泽南以所部与太平军角逐，

历湖南、江西、湖北三省，积功累擢官授浙江宁绍台道，加按察使衔、布政使衔。所部将弁，皆其乡党信从者，故所向有功。前后克城二十，大小二百余战。"

1853年江忠源、吴文镕相继阵亡，随后收复武昌，又是用罗泽南奇计，清朝廷喜心翻倒："获此大胜，殊非意料所及。"两个月后，还是罗泽南"破贼于孔陇驿"。这年年底，水陆官军进攻九江，又是罗氏指挥首战大捷，随后太平天国反扑，分割官军于江中多段，曾国藩指挥船被围，也是暗中换乘小舟入罗泽南营地，仅以身免，曾国藩羞愤交加，第二次要投江殉节，罗氏力谏乃止。

1854年岳阳水战，"师船不能回营，为贼所乘"，竟然有十来个将领阵亡，又是罗泽南"破贼于城陵矶"。

随后，仅在一个月中，罗泽南"破贼于贵溪""剿贼于景德镇""连破贼于梁口，鸡鸣山等处"……包括太平天国凶悍战将石达开，在1856年的秋天，裹胁农民，挥大军飙窜于江西各地，来势异常凶猛，各地迭发警报，又是"一经罗泽南痛剿，即连次挫败……"

罗泽南和彭玉麟有相似的地方，"彭玉麟前乞假回衡州，闻江西紧急，间关徒步，行七百里抵南康，公见大喜……"罗泽南上书陈利病指出第二次收复武昌的战略，更加重他力挽狂澜的责任。巨眼卓识，有神龙不见首尾之妙，遂奠定东南战局之转机，"泽南因自义宁单骑诣南康谒公（曾国藩），面陈机宜"。

一罗一彭，各如一傲然的骁骑，踽踽独行在杀机四伏的驿路之上。

他们以孤胆英雄的道义担当，于艰难困苦中着手成春，无数次赖其一举扭转颓势。坚毅的文化道统的维护，孤独的时世艰难的思索，需要生命与巨量的鲜血和死亡来完满这迂回的沟壑。

杀人手段救人心，这是以沸止沸……辛亥革命期间志士韩衍说的杀机沸天地，仁爱在其中。心灵中另有一场不见硝烟的战争，时势增加了太多的变数，如果没有文化的介入，战争就不可能停止。

文告之间，看得出战事的激烈反复。武昌欲克未克之际，"江西八府五十余县皆陷于贼"。也就在武昌将克之时，罗泽南阵亡了。

最后的武昌之战，时值大雾，城内太平军敢死队突出，实施无序拼杀，部队顿形混乱，泽南左额中弹，拖延二日死于军营中，年50岁。他终于倒在饱受战争摧残的土地上。在浓密的大雾中，名将之花凋落，这擎天的巨柱，是否感到了有生以来的如磐的压迫，非人力所能左右的不可抗力，那并非全然来自太平军的人生的负担？中枪后延医的一两天时间里，他是否有过放弃的念头？相信人生的压力，在此时，绝非寻常头脑所可想象。书生将军，秀才元戎，放手一搏，顿挫成意想不到的强硬和铁腕。如鹰隼愤然振翼，慨然出击。突如其来的大雾似乎是一种宿命，好像要卸下前所未有的人生困局，以及肩上绵延文化生机的担当包袱。梦幻泡影，化为乌有。

（五）

赞誉曾国藩的人，其总着眼点在于，曾氏出将入相，手定东南，勋业之盛，一时无两。俞樾是他的学生，进士后复试，就是曾氏阅卷，大为激赏。他人有谓其文先已作好，曾国藩力驳之。遂使入翰林。那时诗题为：淡烟疏雨落花天。俞樾首句为：花落春仍在。曾国藩以为诗歌所表现的气场和寓意简直无以复加，乃加以拔擢（见《春在堂随笔》卷一）。

又因俞樾锐意著述，曾国藩有联语说他："李少荃（鸿章）拼命做官，俞荫甫（樾）拼命著书，吾皆不为也。"其实曾氏既做官又著书，但他说的也是实情，真正的意思是，对此二者不上瘾，能控制也能中正把握。

总起来看他训练的部队，精神焕然一新，战力强劲，配备火器，成效远远超过清廷常备军，他以彭玉麟等组织的水师，又是机动性能相当强的两栖部队。

湘军的成功，历史家都承认。萧一山先生以为其要点在有组织有训练有主义，骨子中保存着我国乡民固有的诚实和勇敢。对兵员，严格按规则保障后勤物质供养，而对带兵的营官，总须其为孔孟的信徒，也即还是读书人。曾氏说："近世之兵，屠怯极矣，懦于御贼，而勇于扰民。"湘军之建立，无论战斗力还是精神面貌，都和当时的绿营官军、土匪、游民暴民俨然区别开来，而成异军突起的劲旅。

整个儿的情形，可说是读书人打不读书人，大读书人打小读书人，智识者打无赖，士大夫打泼皮流氓……从双方指挥官的出身学历可知。太平军的将领，出身草野，游荡打劫，自与学术绝缘，岂有彭、胡、罗、江的气概？

战况的惨烈，稍一疏忽，可致全盘皆输。即看似必然，实亦大有偶然。故萧一山先生书第八章直接用曾国藩的感叹做了标题：金陵之役，千古大名——"全凭天意，岂尽关乎人力"。将各地的战场都算上，几乎是三日一小打五日一大打。苍山如海，残阳如血。其残酷程度、激烈程度，都非常人所能想象，谓之血肉磨坊洵不为过。经常是战况胶着，死伤惨重。洋枪洋炮也出现了，有一种洋炮，虽然笨重，但落地开花爆炸，杀伤力奇大。

直到安庆收复之后，仍有其他名城如杭州等的陷落。战事之艰苦，也造成人心的内伤。李秀成老老实实作几万字的供述，以求免死。最后曾国藩找出各种理由，在南京就地正法。实因战争异常残酷，而恨之入骨。杀人一万，自损三千，何况面对如此能干的天国干城。曾国藩留下李秀成不解送北京，就地处决，实有酷烈厮杀造成的战争恍惚。

"谁知道不特三年不归，简直花了十二年的时间，不特万人不够，简直动员了三十万人，金甲貔貅，死者半之，才得成功。可见天下哪有那么容易的事！要不是曾国藩的老谋深算，则清政府只有瓦解一途了。"（萧一山《曾国藩传》第七章）这里面有诸般出乎意料的地方。

他的对手是洪秀全，落第的小资，一个精神病依赖者，起事前神经达

245

至虚幻而超常的敏锐,他以僭越的途径取得半壁江山,较世袭制下的君王更加残暴无情;僭主通常都乘民族国家之危而起。因社会危机为其膨胀创造了契机并提供了舞台。危机也为超常的暴力提供了部分的令人无法拒绝的理由。

太平天国,那也是该来的肯定要来。"水旱天灾,官吏贪渎,一般农民憔悴呻吟,这不是革命爆发的大好机会么?"他们的檄文也说得是:"慨自满洲肆毒,混乱中国,而中国以六合之大,九州之重,一任其胡行,而恬不为怪,中国尚得谓有人乎……"社会矛盾加剧,各种危机重重滋生,专制的政体,不可能确保长期的社会安全,因为暴政暴民并未失去生长的沃土。

专制引发的祸患如同洪水,一旦宣泄出来就难得回收。太平军初起,挟前所未见的爆发力,在疯魔般的蜃景煽动力宰制推动下,如饮狂药,陨石般冲向全国,伴随大规模的毫无理性的杀人,农村赖以生存的传统社会结构,予以毁灭性扫荡。洪天王,如果不是最大,也是历史上空前的特大杀人犯、纵火犯、盗窃犯、抢劫犯。杀害大量无告小民,好像切瓜砍菜。这个罪大恶极的屠头,野心则随时膨胀,目的并无半丝高尚。无辜百姓成了他好色狠毒、神经错乱的牺牲品,猝不及防、防不胜防地付出毁灭生命的惨重代价。抛尸沟壑,千里荒芜,造成民间深重的灾难。并不是洪天王那一套有多高明,社会处处漏洞,人生看不到希望,甚至求基本的活命而不可得,于是久旱望云霓,洪天王因缘际会,也就得逞了。

曾国藩说,"军之胜败,时也,时未为可,圣贤弗能强,时可为,则事半而功倍",瞬息千变万化,其安危在呼吸之间。洪秀全起事,蹂躏多省,地方糜烂,曾国藩以书生毅然练兵肩大任。功成之后,日夜忧危,敛退谦抑,意量之宏深,非寻常可窥。

"洪秀全既以宗教迷信埋没了种族主义,曾国藩为拥护民族文化而反对他,不仅在道理上可以说得过去,而且也是合乎一般民众的心理的。据说洪秀全围攻长沙时,左宗棠去见过他,劝他标识孔教,以《春秋》攘夷之义来宣传，洪秀全没有听从。可见士大夫对于汉族的耻辱，并非不知道，谁愿意做民族的罪人呢？只是洪秀全学识太差，又不懂得社会心理，装模作样，满嘴神话，弄得老百姓看不惯，士大夫还能寄以同情吗？我们对这一点要相当地原谅曾国藩。何况结果，在实际上已不啻把满清政权转移在汉人手中，为后来民族革命莫大的助力呢？……"（萧一山《曾国藩传》）

祖雨宗风，满是不堪记忆。当年的凌辱与血腥杀戮，致令盗寇满中原。故排满为九世复仇，此也符合春秋大义，是和追求天赋权利、有生以来之自由、人类平等的诉求结合在一起的。因当年打压杀害的惨烈，而不得不潜入地下，再度地反抗，就有一个酝酿、生长、爆发的过程。在曾国藩时代，还未完全破土，必待孙中山及其助手出，方才有公然的大举，以超越的大智慧从根本着手，解除轮回式的被奴役的宿命，来造成宪政治国的构架和雏形。

辛亥革命起来，先以驱除鞑虏的民族主义口号为纲领；但等到民国肇建，采用的却是善待优抚之法，而绝非如太平天国妇孺俱屠。这是史上未有的共和精神，失却这种宽容，很难走向真正的共和。美国的南北战争，北方打的也是解放黑奴统一国家的大旗。两军相对，杀伤颇巨，一旦南军言败，不仅不诛降将，不罪附逆，后台资助者也不问罪，也不责罚。如此民族精神和向度，洵堪奠定真正的终极目标：民主制度。

（六）

当曾国藩手握重权可以位极人主的时候，他却毅然裁军为臣，这虽然令后人扼腕，但他的行为，又是符合这个自然生长的过程的。试比较早前的岳钟琪对曾静的处理，国藩到底进步得多了。"默观天下大局，万难挽回。侍与公之力所能勉者，引用一班正人，培养几个好官，以为种子。"（书札卷十二，致胡林翼）"今日所当讲求者，唯在用人一端耳。"（奏

稿卷一）

"窃尝以为无兵不足深忧，无饷不足痛哭；独举目斯世，求一攘利不先、赴义恐后、忠愤耿耿者，不可亟得，或仅得之，而又屈居卑下，往往抑郁不伸，以挫，以去，以死。而贪饕退缩者，果骧首面而上腾，而富贵，而名誉，而老健不死，此其可为浩叹者也。"（何贻焜《曾国藩评传》）

对社会弊端的根本认识，锥心痛愤，故其伟岸，不仅做了晚清的柱石，更在政治思想达于对人本的考虑、对人的处境的追问。事实上，如欲澄清吏治、扶持社会正义，其要件端在得人。而专制体制的本质，又在对人性的杀灭，其所依靠者为暴力镇压和奴才文化，道德因素的滥用令其等于虚设，除了使百姓产生不切实际的幻觉，不可能带来实质性的社会进步。明君贤臣，只是昙花一现，其恶果循环不断。此际除了保持文化的传承以外，体制必与世界潮流接轨，否则无法可想。曾氏深深窥见了帝王专制的病灶病因，但他开不出药方或隐约觉察药方当为何者，而不敢开示。这在他那一代杰出的知识分子，其头脑和心思，跟他们所依存的背景是一对深沉的矛盾。

他的治兵思想，和他的哲学思想密切相关，战后裁军，那确实是来真的，裁撤善后，俱回原籍；而在征募之初，就是有业者多，无根者少，"求可为善聚不如善散，善始不如善终之道"，而他本人在战后，心力交瘁忧老成疾，"困疲殊甚，彻夜不寐，有似怔忪……"（王定安《曾国藩传略》卷四）

庄子说圣人不死，大盗不止。在后世的专制国，就更是如此。盖因专制所实行者，为逆淘汰机制，人间良善与才智之士在社会上总是没有市场，在政治上没有空间；而阴险恶徒，翻云覆雨品性下贱，因而嗜杀成性，这些人相当得势，而民众的代价就大了。恶徒尽量获得占有空间，进而以圣人自命，僭称王号，借以骗塞天下耳目，实则与小民争锱铢之利，赶尽杀绝，精神勒索，无所不为。故曰，圣人不死，大盗不止。所以曾国藩既不能彻底反抗，则必空间越来越小，最后还有可能死无葬身之地，于是他选择急流勇退。

他在人生晚期，讨捻军时，已有力不从心之态势——当然不完全是生理原因，他述说观点，已无先前的威重斩截；而指挥部队，更有心事重重的样子。所以当时社会舆论隐然期其自主东南，就人才、武装、大势观之都有可能，至少打成个"三国演义"是没有一点问题的。然国藩不为，后来其天下英雄半入幕的部曲也都渐渐灰心了。人心的承受力很有限啊。

他的病，一半以上是心病，他的力不从心，更多的还是一种困惑。实际上，无论慈禧皇权，还是洪氏天国，对之都是半人半兽难缠难解的实体，两者各有各的不可理喻。

无论他的文化传承怎样渊厚，心性如何正大，一时也竟束手无策。他的沉重的疲惫感，实在有着渊深的脱离之念，他虽以清廷为主要"股东"，但其观念隐约已有马放南山之势，纷至沓来的事务，越来越无从措手，主观上不值得为其效力之念昂然抬头。

但他以他的履历，这种脱离之念当然不可能发展为实际举动，反而衍生如磐心病，竟至忧郁成疾。他的脱离之念，就以牺牲老命的代价为最后结果。

"与洋人交际，其要有四语，曰言忠信，曰行笃敬，曰会防不会剿，曰先疏后亲。"（《曾文正公书札》卷十八）对外交际，薄物细故，他主张不必计较，唯事之重大者，则当出死力与之苦争。其态度、心理方法都与林则徐有很相似的地方。曾氏在天津办理外交纠纷时，为洋人说句公道话，同时也违心处理民望甚高的地方官员，引至各方怨恨，而导致他心中的觳觫，非言可喻。

萧一山先生说，曾国藩遣散湘军，用心很深，也有讽刺李鸿章脚下的淮军之意。而且，解散以后，湖南人郁闷惨切，相率加入会党，这是在为渊驱鱼。"我们并不是故意找理由为曾国藩辩护，从全盘历史上看，他确实有他的机栝，他的辞节制四省之命，一方固然要防外重内轻之渐，同时并有与贤才共天位之意，天下的事情多么繁赜，尽一个人能包办得了么？……这种恢廓的思想和豁达的态度，真不愧为中国文化的代表人物，也可以说是理想人物了。"

何贻焜《曾国藩评传》，正中书局1947年刊行，1990年代影印收入民国丛书第一套。
萧一山《曾国藩传》，2001年海南出版社出版。
王定安《曾国藩事略》，1998年重庆出版社出版。

遥望孙中山先生

一、气象

苏州市孙武研究会最新研究成果：九十三部孙氏宗谱综合研究，集成三十二万字的《孙氏宗谱世系源流》一书，其中一项重要内容，证明孙中山先生系我国春秋时期大军事家孙武的七十世裔孙。（《炎黄世界》，1997年第1期）

几十年前的民国时期，广州国立中山大学教授罗香林撰《国父家世源流考》，考证出"至明永乐间，有讳友松公者，再迁广东紫金，是为国父上世入粤始祖"；又十二传，孙琏昌（一作孙连昌）起兵反清，兵败流散，于康熙间自紫金迁居增城，旋再迁中山县涌口门村；又二传，孙殿朝自涌口门村迁居翠亨村，是为中山先生高祖，即中山先生父亲孙达成为孙殿朝的曾孙。罗教授之考证为当时政要孙科、吴铁城、陈立夫所肯定，各为之序，并于1942年出版。罗教授的考证对孙中山先生祖辈孙连昌和后代"无一屈身辱志"的事迹，激励抗战功莫大焉。更早时候，南社社员陈巢南也著有《孙中山先生世系表》。

假如不是迷信的说法，也可见中山先生允武允文的人格气魄所来有自。他革命一生，荆棘载途，却如牛负重，两肩担起，未尝稍息。很多历史的关头，机会微渺得如同海底捞针，而先生总是不辞冒险，期达目的。尽管有的行动原系孤注一掷，胜负殊未可分。但是，如唐德刚教授撰写的《李宗仁回忆录》第十三章所赞："把握实际，不计个人成败，原为革命家的本分，加以中山先生气魄宏伟，敢作敢为，尤非常人所能及。"

小说名家曾孟朴，在他的《孽海花》中（二十九回）曾热情洋溢地绍介孙中山先生。数笔勾勒，形象已出，说到孙先生的童年异禀，留学时所吸养的自由空气、革命思想。在他笔下，孙先生"面目英秀，辩才无碍"，是"一位眉宇轩爽，神情活泼的伟大人物"。1924年底，中山先生病象已深，还扶病北来。欢迎的民众，环涌如堵。几年后张恨水先生著文回忆当时情景："中山先生带着笑容，从火车上下来。因为有病，不能演说，一路之上，扔了许多传单答复民众。传单虽极简单，第一句就是中华民国诸位主人先生。你看他对于民众（人力车夫在内）是怎样谦逊有礼，和蔼可亲。"（《世界晚报》，1982年6月12日）恨水先生的笔调，率真而沉郁，情绪低回不已。他又写道："而今青白旗挂遍北京了，中山先生的主义好像快要实行。但是，这莽莽乾坤，哪里去找这样春风风人、夏雨雨人的伟大人物？我伤心极了，我只有痛哭。"读到这里，笔者陡然受了感染。情绪无端失控，心恻鼻酸，不能自持。先贤炎凉尝尽，而接力春秋，却永无再传！绝世伤怀，有逾此乎？

二、肚量

章太炎先生为近现代大哲学家，其学问如深山巨壑，其行文如狂澜汪洋；与革命结缘数十年，贡献极巨，但偶尔也不免老天真的固执、迂腐、轻信。1912年以后，袁世凯为了拉拢他，特邀进京"商谈国事"，派王赓赴沪迎接，到京后百般优待，发表为东北筹边使。章先生不知是计，踌躇满志，领了一万元开办费，即到吉林走马上任。到东北后，无人理睬，碰了一鼻子灰回到北京。1909年秋，他和孙中山先生发生政治理念上的严重分歧，竟在日本华文报上著文恶攻中山，蔡元培对陶成章、章太炎的闹内讧，称"尤为无理取闹"（《蔡元培全集》第一卷，中华书局，第579页）。四年后中山先生致蔡元培函，谈民国政府之用人，认为康有为反对民国之旨，终难聚合，而"至于太炎君等，则不过偶于友谊小嫌，决不能而与反对民国者作比例。尊隆之道，在所必讲，弟无世俗睚眦之见也。"（《蔡元培全集》第2卷，第19页）

三、从容

1912年8、9月间，中山先生在北京与老贼袁世凯有过十余次谈话，就国家治理、建设问题提出磋商。袁贼多所虚与委蛇。至9月16日饯别宴会上，乃急欲刺探中山先生之意志，佯装酒醉亲热，拊孙肩曰：今革命克告成功，先生奔走数十年之目的已达，中华革命于是告终矣乎？中山先生莞尔从容对曰："满清幸已推翻，如云中国革命从此告终，恐未必然。"（《孙中山轶事集》，上海三民公司1926年版）于此不难见出，中山先生当十面重围之中的从容不迫，洵为大革命家本色，以及游刃有余的心境。

四、文采

中山先生初著文，并不刻意为辞章，取达意而已。在民国八年以前，专精政治、经济之学，旁及兵法、舆地、外文之属。后以自撰《孙文学说》，乃取《史记》《汉书》《古文辞类纂》温习之，胸中丘壑，腕底波澜，遂命笔沛然，如长河大洋，无阻滞矣。先生出口成章，更添文采风流。故其著述不特道理贯日月，即文辞亦如精金美玉。为那种"破坏内行，建设外行"的"革命家"所难以望其项背。先生天赋大才，亦学力使然；至于他的学养，又有兼融百家的阔大包容性。《孙文学说》尝谓："当萍醴革命军与清兵苦战之时，东京会员莫不激昂慷慨，怒发冲冠，亟思飞渡内地，身临前敌，与虏拼命。每日到机关部请命投军者甚众。稍有缓却，则多痛哭流涕，以为求死所而不可得，若莫甚焉。"活画当时情景，并革命者之心志。实则早些时候由先生改定之兴中会会章，即有思想与文采、气势两相高之致，文章气节，坚毅沉挚，雄浑痛愤。今仅录章程之前序一段，尝鼎一脔，可以知味——

"中国积弱，至今极矣！上则因循苟且，粉饰虚张；下则蒙昧无知，鲜能远虑。堂堂华国，不齿于列邦；济济衣冠，被轻于异族。有志之士，能不痛心！夫以四百兆人民之众，数万里土地之饶，本可发奋为雄，无敌于天下。乃以政治不修，纲维败坏，朝廷则鬻爵卖官，公行贿赂；官府则剥民刮地，暴过虎狼。盗贼横行，饥馑交集，哀鸿遍野，民不聊生，呜呼惨哉！方今强邻环列。虎视鹰邻，久垂涎我中华五金之富，物产之多，蚕食鲸吞，已见之于已事；瓜分豆剖，实堪虑于目前。呜呼危哉！有心人不禁大声疾呼，亟拯斯民于水火，切扶大厦之将倾，庶我子子孙孙，或免奴隶于他族，用特集志士以兴中，协贤豪而共济，仰诸同志，盍自勉旃。谨订章程，胪列如左。"（参见《清稗类抄》，第3697页。文字与另一本略有出入，参《孙中山全集》第1卷，第19页）

五、坚韧

海明威的《老人与海》写古巴老渔夫桑提亚哥八十多天出海捕鱼皆空船而回的败绩。第八十五日与那条十八尺长的大鱼周旋搏斗一整天，等到夜半进港，鱼身早为鲨鱼嗜尽，最后只剩一根又粗又长的雪白脊骨，扔在垃圾堆里，只等潮水来冲走。中山先生一生都是失败，仿佛不屑的样子。实则中山先生与老渔夫最为神似：那整体性的孤独，志士式的灰心和豪杰式的扼腕，而终于百折不挠的选择。老渔夫说："一个人并不是生来要被打败的，你尽可把他消灭掉，可就是打不败他！"中山先生为祖国的设计，科学、民主，长远而切实可行，当时有人称他孙大炮，但大炮发发落在实处，是不放空炮的大炮！他对中国的观照，亦自世界性角度切入，他同时又是把世界最先进的政治文明动向引入中国的人。他面对时代，改造国家，去适应剧变的世界。

《老人与海》中的老渔夫，在与大鱼遭遇以前，尝驾小船在海中无奈漂泊。海岸是无穷地广阔，他低头朝水里望去，但见蓝光中种种小生物与太阳幻成奇异的光辉，他喜欢其中海龟的幽雅，可有人对海龟很残忍，而海龟被杀死切开以后，它的心还要跳上好几个钟头！老头想：我亦有这样一颗心！这和中山先生临终前的伤怀激越，不是很相类似的吗？先生弥留之际，不放松"革命尚未成功"的殷切嘱咐，他令古老中国走向现代化国家的伟大尝试，这样的风范人物，为古往今来所仅有。

六、伟岸

孙中山先生素重西学，深谙洋习，对设议院、变政治更有深刻的理解。他1896年伦敦蒙难（为清公使馆绑架），获英国人民及政府营救，对英国人民所崇尚的正义及公德良心更确信无疑，也使他对文明国家的进步、教育、民意的认识更加坚定。他对中西文化良性传统方面的有机继承发展，使他不但建树伟大，更以献身国家的同时，表现出一种罕见的人格魅力，而时势给他的名利，他却弃如敝屣，绝不介怀。彭西先生《国父援助菲律宾独立运动与惠州起义》（《传记文学》，第7卷第5期）尝谓："他伟大人格的特质，是在他个人立身行道方面的谦恭、朴实和克己的态度与精神。就是我们兴致来的时候，于日本的茶屋式中国料理中，在大批花枝招展的艺妓里面休息的时候，他正襟危坐，态度谦和庄重。对朋友们他是一往情深，在宣传说理方面，谁也比不上他坦率、雄辩及说服的能力。他说明及宣传他的主张，温和而动听，并且以绝对诚朴的态度，含笑答复与他反对的意见。"

1901年6月至7月间，中山先生在日本接待来访的留日生，有吴禄贞、纽永建（惕生）、程家柽、马君武、张雷奋、王宠惠等数十人，他们中多数尚未见过中山先生，一些人更倨傲轻狂，以为中山不过是龙蛇起陆的草泽英雄罢了，甚至懒得往访一晤。但很快，他们的看法改变了，深深感到中山先生大木百寻、沧海万仞的伟岸气度，这转变的过程，颇堪说明问题。据《吴稚晖文存》记述："余三月至东京，五六月间，纽惕生偕吴禄贞、程家柽去横滨晤先生，我未以为甚合，及闻惕生言彼气度如何之好，我始惊异。"又在其《总理行谊》中记："一天，有位学农科的安徽程家柽（一个最大胆粗莽的革命家，民国三年被袁世凯骗了，杀在北京彰仪门），又有一位湖北吴禄贞，来寻纽先生，要邀我同到横滨去看孙文，我虽不曾骇成一跳，暗地里吃惊不小。我说：梁启超我还不想去看他，何况孙文，充其量一个草莽英雄，有什么讲头呢？他们三人微笑而去……傍晚他们回来了，我马上就问孙文状貌，是否像八蜡庙里的大王爷爷？纽先生说，一个温文尔雅，气象伟大的绅士。我说与梁启超较如何？程摇头道：'梁是书生，没有特别之处。'纽插话说道：'你没有看见，看见了定出于你的意料之外。'其时纽先生，以书院有名的学者与后来《申报》的主笔陈冷血——梁鼎芬所称二雄，亦受到张之洞看重，我就问他：'难道孙文就有张之洞的气概么？'他说：'张之洞是大官而已，你不要问；孙文的气概，我没有见过第二个，你将来见了，就知道了。'"

甚至有仅见先生书法即已悦服者。章士钊记："一日，吾在王侃叔处，见先生所作手札，长至数百言，用日本美浓卷纸写，字迹雄伟，吾甚骇异，由此不敢仅以草莽英雄视先生，而起心悦诚服之意。"（《辛亥革命回忆录》第1集，中华书局，第243页）

七、经纬

中山先生不可思议之人格魅力，除有天赋奇智以外，更由其素养、学识、敏悟、识力、尢爽、深情、沉着、率真、勇毅综合而成。那些后来成为大功臣、大革命家的留日学生，在当时与先生识，亲炙教诲，也就从"山中小孔，仿佛若有光"的小隧道，一下子进入了土地平旷、阡陌纵横的桃花源，顿有豁然眼明的开朗了。个人的行为绝非沧海一粟，当其涌上社会行为风浪的顶尖，即带动生命力寻求更为良性的循环。值此万木萧疏的时代，回望那智窍大开时分，令人何等眷念不置啊！

中山先生，以他的学养、识见、修为、口才、敏悟、大气、坚忍、勇毅、平和，综合造成一种极饶魅力的人格形象内涵。在世界各地奔走革命期间，影响吸引各阶层人士，所在多有。1909年在美国巴蒙演讲足足三个多小时，听者多感动泪下。公宴上，当地侨领及致公堂首领簇拥着中山先生，推他坐首席；当时，有一位青年，跑到他跟前，恭敬叩头说："我要跟随先生革命，替先生挽皮包。"中山先生说，革命是要杀头的，你有这个胆量？青年答曰："杀头？我不怕！"这个青年就是现代国术技击家马湘先生，他是加拿大华侨领袖的子弟，1915年回国讨袁时，正式跟随中山先生，先后担任卫士、卫士长、副官等职，至孙先生在北京病逝为止。中山先生1924年离穗北上期间，曾绕道日本，船抵神户时，日本士官学校百多名中国留学生前来迎迓，一致表示愿辍学归国听先生驱策。先生勉其用功研究，将来回国效力，学生又要公宴先生，先生以节省金钱和时间相劝婉谢之。先生致力革命四十年间，这样为民众所理解崇仰的场面真是举不胜举。即日本财阀，也对先生执礼甚恭。又如张作霖，当中山先生北上抵天津时，张即派人告之将在天津行辕举行欢迎大会。先生当日访之，次日张氏回访，"张作霖到张园来见先生，一连来了二十辆汽车，卫士足有百多人，戒备森严，张向先生表示，他决心追随先生，并说他愿作先生的卫队长"（马湘《跟随孙中山先生十余年的回忆》）。会见时，马湘在室外警卫，他和张部的一位上校警卫闲话，上校问中山先生的卫队有多少人，马湘告诉他有六人，对方听成六营，极惊愕，说六个营？驻何处？马湘再说明是六人，不是六营，他更诧异，觉人数太少了。孙先生这种魅力，是政治家把中国导向正轨的极大助力。即如云南军阀唐继尧，其敬服中山，也出由衷,护国战争时,秘密致函中山先生:"窃盼我公登高一呼,俾群山之皆应;执言仗义,重九鼎以何殊,一切机宜,祈予随时指示,得有遵循。"(《孙中山年谱长编》,第963页)这些,可从侧面说明中山思想的深刻性、广泛性及可行性。北伐以后,为何各地军阀不惜血本,纷纷向蒋介石开战呢?为何到20世纪40年代末50年代初还有各种反蒋联盟呢?一个重要原因,乃是他不具些微人格吸引力,以青洪帮出身而发迹,连军阀都打心眼里不服,瞧不起啊!

观察一个政治家,既要看他的既有成就,更要看其潜在能力。中山先生确乎是把理想主义及实际经验结合到最佳结构,经验与理想,互为提携、制约、补充。险阻、经纬艰难万端的时代,仿如海上风暴,每一朵浪花,也皆似有食人之感,他就要在那样的时分运作奋斗,寻求变更之道。这和徒以画饼驭人的权术家有着本质区分。

我们一般人,为恶劣环境所腌制酱化,简直不敢相信曾经有过的伟大人文理想及实践。结果最害怕的事,往往是我们获得解放、脱离苦恼的唯一门径。给先烈扣上时代局限方冠的评论者,大概都是一味素洁的"素食主义者"。蔬菜,固属清洁植物,然而它是吸收什么长大的呢?对此,刻寡的评论者大约不加理会,要说时代的制约局限,哪个时代又何莫非然?谁能置身事外?

文化与自由的火种
——抗战时期的文化人生活侧面

（一）

卢沟桥事变，日本大举侵华，知识分子和全体国民一样，顿陷水深火热之艰难岁月。

日本空军常常轰炸中国重要城市，以摧毁军民斗志。轰炸的程度，时强时弱。这和中美空军反击的强弱有关。轰炸是在抗战后期才衰弱下去。此前，人民备受其罪。

法学家萨孟武在重庆时，也为轰炸头疼。一会儿警报响起，跑进防空洞，往往飞机又不来了；有时以为飞机不来，刚刚走出屋子，炸弹就轰然在不远处爆炸。往来反复，神经几乎为之折断。这就是日本人优为的疲劳轰炸。最险恶的一次，南温泉中央政校一排宿舍被炸，萨先生家在内，一些房屋是直接中弹。萨家的房屋全塌，令人哭笑不得的是，连晾晒的衣服都炸碎，而"早晨内子买了一条鸡清炖，几碗粗菜，以备夜间过节之用，日军投弹，全部炸入泥土中了，最奇妙的，厨房被炸，而在炉中清炖之鸡固然连瓦钵都飞到地上，却原封不动。小孩们高兴了，叫道今晚尚有鸡吃……"（萨孟武《中年时代》）

联大教授不乏奇人，讲《庄子》的大教授刘文典人多知之。1938年春，他拒绝日本人的威胁，从北京虎口脱逃，辗转抵达云南蒙自。他极有学术威望，深受学生欢迎。刘文典性格耿直，身体语言也很生动，学生们也喜欢和他开善意的玩笑。他呢，对大人物相当倨傲，对学生和他看得起的友人则执礼甚恭。在这一点上，他很像吴稚晖。他醉心学术，不善治家，也无积财，在昆明时，往往弄到无米下锅，才知囊中羞涩。

刘文典国学基础雄厚，自然大有本钱。然性格狷狂，大有深趣。他历来看不起新文学，对新文学中人更有文化优越感。有一次飞机轰炸，刘文典在躲警报时遇到沈从文，一把揪住沈从文的衣襟：“我跑就行了，你不用跑。我躲警报，是为了保存中国文化，你来躲警报，又是为了什么呢？"沈从文极为尴尬，一时无言以对。安徽大学出版社、云南大学出版社联合出版的《刘文典全集》附录，收入了关于此事的两三个不同的版本。又说，他看见沈亦跟在他身后跑，乃喝道：我跑是为了保存国粹，学生跑是为了保存下一代的希望，可是该死的，你跑什么啊。

教授们躲避空袭藏身山坡防空洞。在洞内，他以讽刺沈从文取乐。如遇沈反驳，他也不生气，便不再讲话，只是把头埋在一年轻女教师的怀里，那女教师很端庄，对他们玩笑也不反感。他的全集的附录，确有此记述。当时他讲《红楼梦》，有一青春绰约的女生在桌边专门为他斟茶水。他则从容饮茶，然后像道情一样，一板一眼开讲起来。

大知识分子幕燕釜鱼的情形中，尚有开玩笑的心态，是一种放松的精神状态，是心灵的优胜，其间，也常常包含着文化之评议。

文典如此作为，是不是疯狂呢？是不是自高涯岸呢？不是。只说明，当时国粹有以充实人心，国学地位尚高，古典文学葆有充沛内涵，足以作为精神支柱。那是不是刘文典眼高于项目中无人呢？也不是，他推崇陈寅恪即见其清醒的人物品鉴衡量。这些事情在表面上看是一个玩笑，或欺侮调笑，实则在内里，它是一种文化象征，一种驱除奴性的自信，也是一种精神基石，即抗衡的力量。他所依恃的，是一种值得保卫的价值，旧典籍中对美和自由的追求，以及对生命意义的解释。

心中充实而有光，这不是酸腐，更不是头巾气。

刘文典所极推崇的大历史学家陈寅恪，也在昆明西南联大任教。日机常来实施疲劳轰炸，空袭警报兀然而起。昆明同重庆、成都等地一样，城里终日人心惶惶。陈寅恪处之坦然，曾用两个常用成语拈成妙联：

见机而作；入土为安。

机者飞机，入土者，躲避在防空洞里面也。陈寅恪先生曾说"国可亡，史不可灭"，修史"系吾民族精神上生死一大事"。陈寅恪的史学，为中国现代史学重镇，最具现代性，最有发明意义。他在史识上追求通识通解，在史观上格外重视种族与文化的关系，强调文化高于种族；以诗文证史、借传修史，达致贯通无阻的境界，融会贯注全篇深沉强烈的历史兴亡感；他治史的精神，则是"独立之精神，自由之思想"，也即史魂。没有南下留守北平的文人，大多也独善其身，宁愿衣食无着，也不对敌伪有所谋求依顺。北平沦陷后，齐白石老人闭门不出，在门口贴出告示："中外官长要买白石之画者，用代表人可矣，不必亲驾到门……谨此告知，恕不接见。"其画多有讽刺。

钱穆先生随清华大学迁移到湖南衡阳，时在1937年秋。路过广州时，正值日本飞机轰炸，一市民家正举行婚礼，受祸极惨，肢体炸到树上挂着，以致吃饭时无法下咽。

到了云南蒙自时，为避空袭，一群老教授，乃推吴宓"为总指挥，雨生挨门叫唤，结队避空袭，连续经旬，一切由雨生发号施令，俨如在军遇敌，众莫敢违"（钱穆《师友杂忆》）。

即便如此，老先生们对国学仍然一往情深，他们的感情是基本的，是下意识的，是原始的，是因父母之邦眷念延续而生发的对先人的感情，是对脚下那古老而永恒的土地的感情，是对先人数千年劳作的尊敬。

以中日两国国力、战力之悬殊，而抗战得以惨胜，因素多多，而文化人的坚忍努力，有如水泥中的钢筋，星空中的明月，作用在支撑和照明。

一个专制的日本，是东亚乃至世界不稳定的根源，是对东亚乃至世界和平的巨大威胁。一个民主的中国，将是中国、东亚乃至世界的大幸福。

抗战时期大批教授南下逃难，既是对生命的宝贵，亦是对文化的保存和珍惜。流亡中，人生苦况也达于极点。逃难挤火车，往往被挤得东倒西歪，挤上行李，又挤不上身体，悬在火车顶上逃命的时候，也所在多有。遇到日机跟踪轰炸，就只有听天由命了。

颠沛流离，人命颠危。老舍、梁实秋……都是如此。越到抗战后期，经济的窘迫也日胜一日。1944年闻一多写给友人的信中可略窥一二："弟之经济状况，更不堪问。两年前，时在断炊之威胁中度日，乃开始在中学兼课。经友人怂恿，乃挂牌刻图章以资弥补。最近三分之二收入端赖此道。"他出卖过衣服、被褥，为买粮食，到处兼课，晚间诸事毕，方奏刀刻章卖钱。2005年6月始发现的闻一多书信，乃刻在一印章的边款，系抗战中他致史学家孙毓棠的临别赠言。其中，闻、孙两人曾经相约："非抗战结束，不出国门一步。"原因是"必国家有光荣而后个人乃有光荣也"。

江苏文艺出版社2000年初出版的《闻一多传》，记1943年秋季，闻先生在昆明，与友人小聚，漫谈抗战形势。其间一人发言，以为蒋先生称得上民族英雄，统率国人打如此规模的大仗。闻一多当即反驳道："什么民族英雄！中华民族最大的刽子手卖国贼！他从第一次大革命以来杀了多少人，谁能给他算得清。就现在来说吧，大后方这批瘦丁病丁要死多少？大多数都是贫苦人家的儿子，不能为国去牺牲，而是在大后方白白地饿死病死，是蒋介石在作孽。抗战？都是八路军新四军打的，蒋介石抗战么？他只热心内战，制造摩擦。"

这些话，情绪激昂，不过我想，若是张自忠、王铭章、戴安澜、邱清泉、孙立人、余程万、廖耀湘、王耀武、杜聿明、关麟征……他们听到将做何感想？恐怕他们将有辩白的兴趣和冲动吧。

新闻从业者，相当辛苦。1938年的《大公报》汉口馆，张季鸾欲拔擢的一年轻人，受不了夜班的辛苦，说："我不能这样出卖我的健康！"向来温厚待人的张季鸾先生生气了："出卖健康？我们出卖了一辈子健康，从来没有怨言，他只作了两天就受不了，叫他走！"

在新的民族危难严重关头，一连串漂泊不定的日子接踵而至。知识分子的书籍多毁于日本侵略军的炮火，买书、藏书的条件都几乎丧失殆尽。到重庆、昆明等后方城市后，又积极搜寻，有的还是土纸印刷的"古本"，或罕见野史，毛边本。积习难忘，只要一册到手，不论是怎样无聊的东西，也总要翻一下。读着"每重九日例凄苦，垂七十年更乱离"这样的句子，面对朝天门码头的凄迷烟雨，隐现的黄桷树，确实五味杂陈。剩下的，也就只能是"关山难越，谁悲失路之人；萍水相逢，尽是他乡之客"的感慨与悲凉。

詹锳教授，西南联合大学毕业后，回中文系任助教，教大一国文。那年日本飞机经常轰炸昆明，他曾经抱着闻一多先生的《唐诗大系》手稿跑过警报。"但是闻先生从来不跑警报，他怕跑警报耽误时间，在自己的院子里挖个防空洞，日本飞机来时，下防空洞躲一躲就算了……我到遵义去看中文系主任郭斌和先生，才知道他是归国留学生，教欧洲文学的。郭先生要带我去看校长竺可桢。我说大年初一早上，恐怕他不会上班。郭先生说：别人不上班，竺校长可能上班。到了校长办公室，果然全院一个人也没有，唯有竺校长一个人在那里办公。这给我一个终生难忘的印象。"

很多老先生毕生以国际一流水平鞭策自己，却很少言及治学的经验。他们反对急功近利，唯以为心态平和，才能有所创见。他们天赋甚高，却又深信熟能生巧，因此毕生勤奋有加，事事精益求精。从事研究是他们人生的最大享受，也是他们生命的支撑点。

（二）

旧时代，报纸上那种浅易文言随处可见，而真正堪称纯正、名下无虚的，是著名记者陈布雷那支虎虎有生气的妙笔。他于1926年3月12日上海《商报》撰写《中山逝世之周年祭》，尝谓"岁月迁流，忽忽一星终矣。国辱民扰，世衰道歇，山河崩决，莫喻其危……虽然，吾人之纪念逝者，其所奉献之礼物，岂仅鲜花酒醴、文字涕泪而已乎"，即可见一斑。陈先生天纵奇才，又加以文言功底深郁，真积力久，根深叶茂，发而为文，必有可观之处。大学者王力（了一）先生对他也甚为叹服，以为"他的文言文是最好的"。

知识分子常常是文弱书生，在抗战期间的重压之下，情形就更其不堪。像陈布雷，"他的身体很坏，用脑过度，面孔上常摆着苦恼的形象"（《张治中回忆录》）。到他的身体已是风中残烛的时候，走几步路都虚汗频出，可是他的心里，仍担心"心无空闲，夜无安睡，而工价大事之贻误，又何堪设想？"张治中在成都带他逛街，买小吃慰劳，他竟高兴得像小孩。

1937年7月17日蒋介石在庐山发表了全民抗战的声明："我们既是一个弱国，如果临到最后关头，便只有拼全民族的生命，以求国家生存；那时节再不容许我们中途妥协，须知中途妥协的条件，便是整个投降，整个灭亡的条件。全国国民最要认清，所谓最后关头的意义，最后关头一到，我们只有牺牲到底，抗战到底，唯有牺牲到底的决心，才能博得最后的胜利。若是彷徨不定，妄想苟安，便会陷民族于万劫不复之地！"为陈先生手笔。他这样一个极为自信的学者，后来竟堕入极度的失望之中，服用过量安眠药自尽，结束了雄奇而又委屈的一生。

然而，还是有相当多文人苦中作乐，苦况中寻觅苦趣，精神独立于乱世之外，并坚持著书立说。钱锺书，1939年，二十九岁时，赴湖南蓝田国立师范学院任英文系主任，为时约两年。在此期间完成《谈艺录》初稿的一半，以及《围城》的布局、构思。1941年暑假辗转赴上海，时值珍珠港事件，散文随笔集《写在人生边上》由开明书店出版，1944—1946年，写《围城》。其困顿于上海沦陷区时期的经历和情绪，对《围城》题旨和书名的确有重要影响。他在湖南偏僻小城期间，常得鸡蛋烧食之，而以为美味。

老舍在重庆的住所多老鼠，老舍遂命曰"多鼠斋"，在这里，他写下长篇小说《火葬》《四世同堂》一、二部和话剧《桃李春风》《张自忠》《王老虎》等大量作品，与抗战有直接关系。而1938年初，张恨水辗转到了重庆，为《新民报》主笔，主编副刊《最后关头》。抗战胜利后，他获得国民政府颁发的"抗战胜利"勋章。其间，他写了寓言式长篇小说《八十一梦》，形式很"先锋"。和他的大量时评一样，深沉而犀利，不免触及权贵，甚至引来军统过问。

长沙临时大学迁往南岳之际，正是兵荒马乱的时节，冯友兰就吴宓的诗"相携红袖非春意"开玩笑，闻一多因此写了一首打油诗有谓"吟诗马二评红袖"云云。

这些生活细节，包括民众的更多生活滋味，在重庆《新民报》的副刊圣手笔下，表现得出神入化。这是一种特别的文体，备受读者欢迎，它的作者，乃是副刊名家程沧（程大千）。民国时期，军队在向现代军人转进，谋臣如雨，名将联翩，而报界的副刊名家，也是奇人辈出才情四射。

程大千先生的名作是《重庆客》，他的小说语言很奇怪，和当时的名报人如张恨水、张慧剑等有所区分。恨水的行文，是极从容悠缓的，像大江大河，浩浩荡荡整体推进。和鸳鸯蝴蝶派的哀感顽艳更是两路，和左翼青年的恶俗欧化更是颇不相类。程先生的行文，则简捷爽利，有些欧化的影子，但这种欧化，是善性有节制的，好像是点到为止，因此在句法的安排上有清新的洋味，而在字词的选择上，又将旧文学词汇的生命力与当时的新词杂糅合用之，强弱巧拙的分寸感极得体，造成一种醒豁得力的句法效果。在转折过渡的叙述上，甚至加入了政论时评的诘问与点染，故其整体效应，像陶诗一样，是有篇又有句，因此，篇幅有限，而容量奇大。《来凤驿》寥寥千把字，写了战争时期人心的流变、情感的出位、发国难财者的影子，朦朦胧胧，影影绰绰，有点神秘，又有些清晰，像模糊的铜镜。《十二磅热水瓶》就一个疯汉在路边小店点菜的可笑图景，带出滇缅路这条战时大动脉上的辛酸与悲情。《风雨谈》则以古典散文绘景的手腕，一路迤逦写来，当中融会了小品、时评、调侃诸笔法，随时轻松点染中西典故，然而"战都千万种的不平，都交给它爆炸了"。读之胸臆充溢深重的嗒然。《战都酒徒》则素描几种酒客的行状，从个人的遭际，从清寒的杯底，看出民族的哀乐。这些都是事出有因查无实据的大时代小故事。

林语堂先生是有国际影响的大作家，他的《吾国与吾民》，观察角度从军阀、瘟疫、贫困的中国印象中转圜出来，令美国读者大开眼界。其《日本必败论》，后收入《拾遗集》，文长近二万字，发表于《宇宙风》1938年7月。此文注意到的人不多。实则此文有它相当的重要性。文分七部分。一则总论。先从国际经济贸易来谈日本的劣势，着眼在战期的长与短，为胜负之关键。又断言，此战争为两败俱伤，中国若胜，日本固然是失败。即中国不胜，日本亦败。二则论军事。分析日军初期侵略中国的重要交通线，算出总长，算出部署，再得出军力及战斗之消耗，比较双方武器及军火接济。三则论政治。分析日本的暴虐，必定导致其政治的失败，认为南京大屠杀为近代史第一大屠杀，国际知闻。日本轰炸中国平民，为国际上所痛恶。华北及其他地方的政治建设，为抗敌要具，其间也谈到八路军的民众组织的成功。四则论经济，为中国持久抵抗能力，与日本金融财力之互相消耗，力先竭者先输。此节相当详尽，细数日本之军工和商用原料，对国际经济的依赖，公债，准备金……他依据美国报纸及他种媒体的数字，列出日本当时几年中的财政预算，有几十组数字支持他的论点。五则论外交，在波澜交错的各国时局中，分析俄、美、英等国的反应，他称英国外交为事实主义，美国为感情主义，说美国的舆论最为重要，国会受舆论牵制而制定政策，美国民意已知日本若征服中国则为美国劲敌，所以必然来加干涉。最后还有《撮要》等节。要之，眼光远大，论事则高屋建瓴，观察则气势夺人，观点则正大磊落，是可用可读可传的好文章。林语堂论汉奸，有警句："日本军人开棺将此辈陈腐尸体暴露于世。"知彼辈为傀儡，为政治生活所淘出之渣滓，亦明矣。

周作人那样的情况似乎还情有可原，毕竟保护了大量的图书及文化设备，与血债不沾边。另一些人，就不同了，他们是百计逸出包围圈，去给敌人磕头，完全污染自己的羽毛，都在所不惜。

抗战时期从事情报工作的多为文人，也真是怪了。汪伪特工总部的两个头头李士群、丁默邨，抢着要去管理情报，控制情报系统的也是周佛海，都是诗人、画家、记者、文人，甚至还是大文人，这些是下了水的。他们的总头目汪兆铭，在辛亥革命时期，乃《民报》主笔，一时政论文之雄杰，有文豪之喻。依附者多为政论专才、报纸主笔、大学教授，如林柏生、胡兰成……实际情况是，伪府开场冷清，人才奇缺，百端拼凑，乌龟王八，一时沉渣泛起，这一批人遂得以因缘际会，在乱世中抛头露面，最后为时代的巨浪所涤荡，成为无足轻重的泡沫。

他们选择这样的道路，自身也意识到是一条道走到黑的绝路。政治在飘摇板荡的境况当中，则政治的操作情态极易使人失望，患得患失、贪缘攀附奔竞倾轧既成事实。这就是梁启超所说的"中国今日膏肓之疾，乃在举全国聪明才智之士，悉萃集于政治之一途"。专制政治数千年一贯，而不获转型，致令知识分子在外患突击之际，选择至为混乱。相当一部分智识者中的软脚虾，不思根本改良、卧薪尝胆，乃转投于侵略者的卵翼之下，苟且偷安，既是专制政治之病，也和他们性格的严重缺陷有所关联。

另一面搞情报的，也是一批知识分子。潘汉年，创造社的小伙计，谍海翻滚半辈子。在上海、香港等地领导隐蔽战线的斗争，并做海外侨胞的统战工作，建立华东地下交通线。

关露，左联女作家，电影《十字街头》的插曲《春天里来百花香》，几是她作的词。她肩负秘密使命，在所谓敌伪心脏里，与敌寇周旋，情报、宣传，颇有斩获。他们在敌占区的工作方针："隐蔽精干，长期埋伏，积蓄力量，以待时机。"利用《女声》这样的刊物，巧妙宣传抗日。她也做李士群的工作，李因顾虑多多，在她挑明关系后，也不敢对她不利。

与虎狼狐鬼相周旋，世情错综复杂，"你中有我，我中有你"，长期要在纸醉金迷、醉生梦死的环境中摸爬滚打，极易引发误解，甚至身败名裂。所以，潘汉年、关露等的结局都很惨烈。

（三）

桂林是抗战时期的交通要道。头几年中，市面很见繁荣，文化活动多多，气氛也很热络。郭沫若、茅盾、巴金、柳亚子、夏衍、田汉……都时常在此。

到抗战中后期，桂林出版、发行的报纸多达二十余家；新闻机构亦多，出版社、书店更多，近二百家。杂志、纯文学期刊、综合性文艺期刊不可胜数。大批作家、画家、戏剧家、音乐家、科学家、学者麇集于此。抗日文化运动声势颇壮。展览会、音乐会、戏剧演出、街头宣传等都很活跃。文协桂林分会成立后，提出"文章下乡，文章入伍"的口号，推动和组织作家深入生活，奔赴战地，慰问、采访。

这些活跃的文化生活，仅仅在声势上支持了抗日战争，到后来，间接的抗日活动变成直接进入战斗序列，这个转变，可以说是书生从戎、君子豹变的一个过程。

知识青年从军，到驻印军和远征军的最多。抗战后期，极峰在国民参政会即席演讲称："国家在此紧急战时关头，要先其所急，使知识青年效命于战场，因为知识青年有知识，有自动判断的能力，队伍中增加一个知识青年，就不啻增加了十个普通士兵。""一寸山河一寸血，十万青年十万军"也是实情写照，有的大学报名人数竟达三分之一。抗战后期，学生参军形成热潮，仅四川三台县，大中学生613人报名，录取213人。寓居三台的史学家、东北大学文学院院长萧一山，发电报促其在成都的长子萧树勋（北大毕业生）回三台报名从军。陈布雷、平江不肖生、田汉……也都送子参军。仅四川就征集从军知识青年近二万人，居全国各省之冠。

青年从军，规模空前，为有史以来所仅见。远征军的配备及训练都是美国化的，包括驾驶、跳伞等特种训练，训练科目由兵器到战术，学科、术科及思想并重。青年学生多安排在王牌部队及宪兵、教导队、译员训练班、无线电训练班及派赴美国受训的海空军等单位。缅北大反攻，如密支那、八莫、南坎、腊戌诸战役，学生军作用极巨。

学生参加远征军，时在抗战后期，为什么呢？因为远征军分两期，1942年1月下旬，日军猛攻缅甸，驻缅英军不支，损失惨重。英方根据《中英共同防御滇缅路协定》，向中方请求援助。1942年2月下旬，远征军入缅作战，此为第一期，杜聿明任实际总指挥；第二期，是在杜败退以后，一部回国驻云南，一部退入印度。再在印度整军，在兰姆珈尔成立训练基地，也叫驻印军，接受美军训练及装备。驻印军就是第二期远征军，郑洞国任实际总指挥。

穆旦（查良铮）乃其中代表之一。先前，他从长沙长途步行至昆明入西南联大。期间，他每天从英汉词典撕下数页，边走边记，背熟之后就把这部分丢掉。到达昆明时，那本字典已经所剩无几。参加远征军后，任军部随军翻译，战败突围路过缅北密支那野人山，陷入了濒死边缘。蚂蟥、蚊子、热带丛林的瘴疠、毒蛇毒虫的侵袭，绿得发黑的丛林中，到处是腐烂的尸体。"在阴暗的树下，在急流的水边，/ 逝去的六月和七月，在无人的山间，/ 你们的身体还挣扎着想要回返，/ 而无名的野花已在头上开满。"这是穆旦的名作《森林之魅——祭胡康河上的白骨》，乃中国现代诗史上直面战争与死亡的代表作。

青年军的形成，可以说是知识分子从文化的抗战，直接进入了武器的抗战阶段。抗战后期，兵员严重匮乏。"有的一个师在一次战役后只能编四个连，而一个连只有三十几个人。"（见《张治中回忆录》）可因为青年军逐渐壮大，原定编为八个师，后竟编成足数十二个师。文化的传存，仿佛民族的精神细胞，只要活的细胞永远存在，中国总是有办法的。

曹聚仁在抗战时为中央社战地特派员，随军进退，冒着枪林弹雨，出生入死，源源不断地为《大晚报》《立报》和中央通讯社撰写战地通讯。他曾进入谢晋元524团驻守的"四行仓库"，目睹了八百壮士苦战的全过程，及时报道，给沮丧的中国人一剂强心针。他编的《中国抗战画史》中写道："二十七年（1938年）夏初，笔者随军鲁南，乃开始有计划的搜集。首要敌情，包括敌军文件、日记及俘虏口供。"后来，他随战线变动，也渐往西往北退去，赶上了台儿庄战役和徐州会战。1938年4月7日，轰动海内外的台儿庄大捷，首发者就是曹聚仁。1939年他到了顾祝同的防区，落脚赣州，应蒋经国之请创办《正气日报》，任总编辑，兼做蒋经国的高参。

曹聚仁做战地记者的时候，曾往江西临川做客（第三战区防地），在某军驻地讲演。曹先生主讲哲学，又以为面对军人，"谈哲学总不会出毛病的"。乃就地取材，谈当地人王荆公、陆九渊、汤若士的情理观。次日，该军汪参谋长，就和他大谈张载《东铭》的话题。"张子的《西铭》人所熟知，他偏谈《东铭》岂不是有意要估量我的见识么？"而《东铭》的内容，曹先生恰恰不大记得了，乃硬着头皮，凭印象谈张载的哲学路线，捏着一把汗。后来找到《近思录》重看《东铭》，觉所谈并不太出格，才略略放心。（事见《书似青山常乱叠》）

曹先生差点被军人考住，这有趣的一幕并非偶然现象，也并不是当时军人喜欢附庸风雅，原因有二：一是辛亥以来，知识分子投身社会实际运作，军人书生往往一物两面，初未可分；一是抗战的形势需求，社会各界当然包括知识界，从军者甚多，导致军队高层中层，相当程度地"学术化"。钱穆先生在成都中央军校演讲时，也对学员的水平有所肯定。

黄仁宇最为典型，他出身同盟会员家庭，后入成都中央军校（黄埔陆军官校）为十六期生，毕业后赴抗日前线，为基层军官。1943年加入远征军，在印、缅与日军作战，在密支那负伤，受颁海陆空军一等奖章。1946

年参加全国考试，名列前茅，保送美国陆军参谋大学。毕业后为国防部参谋及战胜国（中国）驻日代表团少校团员。随即再度赴美，在密歇根大学攻读历史，1964年获博士学位。20世纪七八十年代，他在海外史学界影响甚巨；九十年代以后，他的名字在中国内地以《万历十五年》为嚆矢，几乎无人不知；近年则其《资本主义与二十一世纪》《中国大历史》《赫逊河畔谈中国历史》在学界影响很大，已成学术畅销书。其治史以历史之"当时人身经验，积累之则与我们今日之立场有关"为贯穿，而树立一种追溯"体制"前因后果的长远视界。其军旅生涯，则在《地北天南叙古今》一书中叙述甚详，尤其是远征军的抗日态势作战经过，高明之处，不下于雷马克之《西线无战事》。

国军将领的学术气，实在并不是空穴来风，而是所来有自。最要一点，乃辛亥老辈形成的学术风气及知识结构的无形框架。老一辈融军人、书生、学者、文人、革命家、狙击专家于一体，自孙中山、黄兴以起，蔡元培、叶楚伧、马君武、胡汉民、吴稚晖、蒋百里、章太炎、戴季陶、廖仲恺、冯自由、徐锡麟、秋瑾、陶成章……俱允文允武之士。陶成章湛通经史，文章朴茂有奇气。蒋百里为现代军事家第一人，却也是文学研究会发起人之一，其《欧洲文艺复兴史》为开山之作，孙中山先生则是唐德刚教授所称的"洋翰林"，后于国学用功甚勤，所获极丰，知识结构合理全面。蔡元培、吴稚晖、黄兴则分别是晚清实授之进士、举人、秀才……

黄埔军校的学生构成，也不可小觑，他们或为耕读人家子弟，或为中等人家出身，或于投考前，已是大学在校学生。若廖耀湘自幼家学渊源，他所写回忆录文辞朴茂；若邱清泉入黄埔以前，是于右任任校长的上海社会大学学生。所以国民党军队第二代将领中，也多文武全才。胡琏研究宋史极有心得；刘峙是旧尺牍专家；邱清泉、黄杰的旧体诗，俱深可称道；唐纵日记不特文辞雅健，即于国政之改革，也有痛心而良好可行的建议，罗列日记也是一种"流水草自春"的文学作品；蔡省三则是政论专材。中下级军官，甚至士兵，尤在太平洋战争爆发以后，十万青年十万军，如陈布雷、乔大壮、向恺然（平江不肖生）俱送子参军，此即奠定了军队人员素质的构成，故也尝有出人意料之修养。而大作家、记者加盟军队，一则有知识之亲和关系，一则也有军人、文人两种不分的渊源，若曹聚仁、张恨水、郁达夫、黄裳、冯英子、张文伯，以后又有司马中原、王鼎均……遂造成军人文化人千丝万缕、密不可分的情势。郁达夫后来亡命海外，却心系万里家国，深怀信心抵御外族的同时，却又伴随国政转型不上轨道的深沉痛苦，一向遵循的那条"梦中道路"和现实相交替，有时无法排遣，竟以抄古书来发泄。

南怀瑾先生序青年军系统的阎修篆《易经的图与卦》一书，即谓："故论军中学术之盛，人才辈出者，较之往史，尚莫过于国民革命之后期，如此时此地之辉煌灿烂也。"

正义存乎天壤之间。

法国当代法学巨匠，曾任司法部长、宪法委员会主席的罗贝尔·巴开特尔所著《孔多塞传》题词尝谓："任何不为哲学家所启迪的社会，都会被江湖骗子所误导。"思想自由的生活方式的追求，和救亡图存的民族意识的捍卫相交织。这是那一代知识分子的精神取向。自由之精神价值之所以值得捍卫，乃因其已成为知识界的灵魂，为大智者视为当然。其实，这正是衰疲老大的中国不可征服的深层原因。当其时学校师生所受冲击很大，但人们精神十分饱满，教授们备课十分认真，学生学习特别刻苦，以此表明中国的文化不是敌人的飞机大炮可以摧毁的。

孙中山、蔡元培先生那一代辛亥智识者，留下了新理想光焰万丈的榜样。他们所引起的同情和景慕，融化为精神价值的成分。当时的大文人之间，有不少是相见而悦，莫逆于心，砥砺志业，相辅相成。清末的革命党自孙中山以下，牺牲的青少年如史坚如、吴樾，既能深刻了解世界文明的进程，又能葆有极佳之中国学问。于中国古书，尤三致意，故每一诗文出，必理精辞粹，彬彬可诵；思想上更能以今魂脱略古胎。吴宓先生发表在《新华日报》（1952年7月8日）的文章，言以为中华民族即使亡于异族，一定时期以后，最终也必能驱除侵略，恢复独立；但是"若中国文化灭亡或损失了，那真是万劫不复，不管这灭亡损失是外国人或中国人所造成的"。老先生真是忧患漠漠，包含一种高迈深远的卓识在里头。任何现代类型的民主与法治，任何将欲刷新政治的表现，任何改革的大手笔，若失却了本民族丰厚的人文精神去滋养发荣，必将以缺乏精神养料和成长基础而归于夭折。文化香火一旦彻底断灭，进而沦于无道德无信仰无文化的惨境，转以拍胸捋袖以大老粗相炫示威，则该民族铩羽折损的末日也就必为期不远。

中国数千年专制政治锢蔽积压，人民忍受已达极限，此时又受外力的全面侵迫，改革的呼声可谓贯彻于上智与下愚。在反抗的过程中，对于自由的生活方式，对于创造一个机会均等的社会，冀望高于一切，仿佛天鹅肉般的诱惑。此时又需做局部的牺牲，也竟出于大多数人的意愿。所以，茅茨土阶，粗衣粝食，而能安之如饴。知识分子的表现，其情形令人快慰，知国人之迷梦已有渐醒之兆。世道巨变之际，知识分子更用他们的智慧、心血、坚忍甚至生命，为动荡时期的中国文化写下了新的一页。

战后，有的大知识分子厌倦与日俱增，乃是在付出绝大牺牲后，对政治不上轨道的严重失望，竟至结束性命，如戴季陶、陈布雷先生，实在是久闷不舒变本加厉的巨哀大悲。

——写于抗战胜利六十周年之际

傅增湘《藏园游记》印象

20世纪90年代中期，收得《藏园游记》一书，每于颓唐之际接读，辄耽于其文字的雄深雅健，而迷醉不能自拔。

最先拜读的是《光绪戊戌旋蜀舟行日记》，这是傅增湘逗留北京考试，从少年到青年，首次返川的行路日记，满纸故园之思。既多古典式细腻刻画的笔触，更时有印象式的笔墨予以调和；舟泊陆行，一路风尘，以移步换景的山河风景为经纬，穿插市井风貌、生活方式，地方人物的人生沉浮，劳顿、忧伤、惊喜之余，还有一种近乡情怯的清空和孤寂……那是诗的泥土，也是烟火人间的泥土。一部游记，层次极其丰富而又分明，味道深醇，读之令人心情低回不已。

他这部文集虽以游记为名，实为自然地理历史之人文考察。所至之处，往往因战火、时间摧残，日就废弛，名胜古迹，荡然无存，所仅存者，荒冢一坯、破殿一院而已，或者，冢墓祠宇，大半剥落，碑记不存，基址杳然，致古人之遗迹湮没无闻。凭吊感慨，不胜今昔之悲，带出时间深处的悲辛和哀愁。

作者之伟力，乃在以政治文献，借以考证，推原故实，甚至也从樵夫牧童碎语中索取隐约信息，加以抽萃，大可昭当代而传来世。

《南岳游记》："人家往往错落涧谷间，时见瀑布悬于对嶂，声势殊壮，惜不知名。道旁边杂花怒放，红白争艳，足慰岑寂。行二时许，微雨飞洒，山径荒凉，无可驻足。"通篇都是这样神完气足的文字。

在此篇的末尾，他也比较日本对山河地理的研究，说他们无论怎样的重岩绝嵘，都力求修路通车，花费巨量资金而不恤，对山上的庙宇、文化遗迹、林木的渊源，都要详尽地编为志书，视为国宝，供人观览赏玩。

他的游山，地方志是他必要的参考书。除此而外，更有他的现场观察、比勘、描述，对驻地山人或居民的访问，使其游踪带有饱满的人文因素。而且他的登山也是不辞劳苦，无论怎样崎岖的险道，都要设法周览，使其盲区扫荡无遗。

先生为中国现代藏书家、版本目录学家，号藏园居士，四川江安县人。光绪二十四年中进士，授翰林院编修。辛亥革命以后，曾任约法会议议员、教育总长等职。1927年任故宫博物院图书馆长。藏书积至20万卷之多，为中国近现代藏书大家，他也是中国地学会创建者。

他的文字，气韵丰美，整体元气浑噩，简重严深。而他的悲情，叙述文字带着衰爽的风声。对于残迹种因之解读，触目惊心，常令人顿生悲叹。描述自然生态，尤为穷形尽相。遣词造句，似乎深入物象之血脉骨髓。其对气氛的造设，最注意干湿浓淡的急剧变幻，实更有寻常遣兴文字所不到的重量。甫读之下，仿佛为其文字所一把揪住，动弹不得。其文字之魔力一至于是。

《游中岳记》显示，这里所保存的魏晋六朝的碑碣数量既大，质量也高。"所足惜者，沧桑递变，陈迹咸湮，访古之兴虽殷，而览胜之情多沮。盖由于流泉畏缩，林木荒枯，以至胜水名山，黯然无色，而寺宇之倾颓，古迹之芜废，犹其末焉者也。……少林一曲，岳庙周垣，差具葱茏森秀之姿。其他故址，皆委于荒榛残砾之中，使人望之气索……弥望荒凉，牛山濯濯，求一合抱之木，蔽亩之阴，而渺不可得。"

《登泰岳记》则是山川形势和地理细节、人文遗传总的梳理。其中写到普照寺，既随笔点出其自唐至清的变迁，又说："昔宋思仁尝谓寻泰山名胜，屐履殆遍，唯普照寺一区，山环水绕，茂林修竹，野花幽芳，山禽噪杂，虽山阴兰亭之胜不是过。余等方自穷岩绝涧涉险而来，忽睹林泉秀蔚，山水淑清，心目俄然开朗。

"出过坊下，见有鬻泰山松者，松身高尺许，而枝干横出，鳞鬣苍森，大有摩云之势，因取数盆载之。暮返济南，大雨亦随车而至，似挟岱顶之云以俱归也。"

《塞上行程录》将山川态势、人物风貌、地理沿革、宗教变迁、边疆垦殖、民生经济一炉而烩之，大开大阖，大处劲拔从容，细处细于毫发。这是他晚年的游记，六十多岁的时候，因边疆地方史志部门的一再坚请，重修《绥远通志》，欲请为总纂，盖以志稿体例、结构、文字……非有如先生之宏通博览之人总摄其事不可。此篇笔力不稍衰。有趣的是，不管在省会还是区县，地方长官、银行经理、驻军长官、报社总编……各各风闻前来，接洽宴请，请益访谈，可见当时大学者的亲和力及学术分量。

在此人烟稀少的绝塞之上，先生也记录了多处苍润之境，"山外芳原百里，绿杨如荠，恍然如置身龙井之间……""两山夹耸，巨涧纵横，车即沿涧涉水而行，赭壁青林，时见野花四发，连冈被垄，皆紫萼黄英，山容益形秀丽，忘其为关塞荒凉也。"

王维的诗，可以说是谢灵运山水文学和陶渊明田园文学的折中；傅增湘游记，则可谓《游褒禅山记》之类纯文学和徐霞客地理游记文学的综合品。《洛阳伽蓝记》文章时空交错叠映，更增迷乱悲情，《水经注》描绘水道景色而多历史遐想，洵为旷世杰作，此皆地志之大成，当中最多黍离的悲情。《南方草木状》呢，则是旁观的风俗记录，文字较客观，几乎是不动声色，多记依附于地理的人事。如说《水经注》是顿挫的组曲，则傅增湘游记是衰飒的长调。

书中对自然的归依，乃是对自由观念的认同；迷恋山水的投入，加深了精神的向往和对山河风月的追随体认。文字的摹写，和画师的心曲相似，他刻画山水的眸子，也勾勒山水的体貌，传达整体的气韵。而山水受伤的所在，亦往往是人的悲情所寄。饱受摧残之地，其气息也使文字携带阴郁苦重的气味。历史、生命、美与真的毁灭、邪恶的泛滥……有机吸纳入文字的涌动之中。文字的容积感，既不嚣张也不突兀，然而暗中蕴藏巨大深厚的情感力量，再现历史的渴求。仿佛古典知识分子追求自由的基因，长期积淀，至此密集透露此种信息，它再现的自然物象镌刻上一种艺术价值和永恒性印记。

先生沉醉于孤本秘籍的赏奇析异之中，古籍目录版本、校勘之学，多发前人所未发，其成就一时无两。余嘉锡说："藏园先生之于书，如贪夫之陇百货，奇珍异宝，竹头木屑，细大不捐，手权轻重，目辨真赝，人不能为毫发欺，盖其见之者博，故察之也详……至于校雠之学，尤先生专门名家。平生所校书，于旧本不轻改，亦不曲循，务求得古人之真面目……"

他老先生为人处事平易谦和，但他的文字端的是洪波涌起，深具内在爆发力。山川和人文遗迹的追述记忆，形诸笔墨，重塑历史风月、自然万籁。多篇大型游记，文字繁复而自由，厚重如础石。他的游记重现历史的惊心动魄，使历史的空间更为深广，而意象的条理和艺术价值因此加密增重。

《藏园游记》十六卷，傅增湘著，印刷工业出版社1995年初版

回忆录：史识与文采

近年来，首次挖掘出版或修订出版的回忆录渐夥，形成非虚构类文学的重镇。它们既是研究者的至宝，也是读者经久不磨的欣赏品。回忆录是历史见证者的自白，饱含动机与心情，提供一个绝佳的勘察比较的对象，辗转对照，宜于窥破迷津，达至柳暗花明之境界。其中，不难衍化出淘汰与新生的学术动力。回忆录在某种角度上与自传得以重合，鸿爪留痕，小内幕有大精彩，自然深具历史价值。其上品，多缘情事生为波澜，别求义理以寓襟袍，叙事、考理、辨义都能恰到好处，饱含史家追求真相的推动力，充溢对人类命运的关注。乃经验、智慧、心血的结晶，自成一种风格。

廿四史中的前四史——《史记》《前汉书》《后汉书》《三国志》，秉春秋之笔，白历史真相，所谓述往事、思来者，最具史品、史识。《史记》不特是史家之绝唱，亦是文学之极品。《资治通鉴》虽非文学之供奉，却是写作（包括创作）之祖构，其文学价值，乃如血液之于人体，造成一种内在的精微之搏动。

《史记》等作品，本属历史的正宗，却正是不折不扣的文学；回忆录，隶属文学之一种体裁，却又是货真价实的历史。

民国时期来华抗战的美国军人所著回忆录，以陈纳德之作最具分量。而美国密电码专家雅德礼的《民国密码战》，则问题多多。其文学性，相对于陈纳德的对中国饮食、民俗、文化的认同，满心的欢喜，渊然的沉醉，雅德礼则是蜻蜓点水，心不在焉。

《陈纳德回忆录》十四章，谈抗战后期中国经济的衰败，通货膨胀，黑市交易和囤积居奇，公教人员三餐不继，农村已在搜吃树皮草根。他写道："从这只支离破碎的经济体系中孕育出来的腐败，就像下水道的污水一样四处泛滥。"第三次长沙会战的时候，日军八个师团长驱而入，陈纳德形容道："如同灼热的钢刀切在奶酪上一般，轻而易举地把中国军队分割得七零八落。"都是很漂亮的比喻，来自他的经验、感悟，相当直率而剀切。这位老军人，笔下颇有妙句，在谈到日军封锁中国西南部运输线时，他写道："如果切断了盟军的援助，中国的抵抗力量便会像刺穿了的肺一样萎缩下去。"陈纳德战争思想的波澜起伏、曲折萦回，都融汇归宿到他崇高而磅礴的民族气节。

《民国密码战》系雅德礼在华期间的回忆录，抗战初年他以一万美金的年薪聘到军统工作。作者当年失宠于白宫期间，醉心写书，其致命处在于真实的间谍素材，加上似是而非的人生经验，后者的不伦不类，也并非一种文学上的合理虚构，而是一种夸饰，即兴式的想当然，导致其下笔不能自休，充斥有口无心的无稽之谈，穿凿附会，怪诞百出，莫可究诘。

该书的英文版原序中有谓："戴笠这个黄埔军校的毕业生曾经逗留上海经月，策划暗杀他的老同学——汪精卫。"（15页）真是驴唇不对马嘴的叙述，并不存在戴笠本人专往上海刺汪氏的事实，戴也不可能和汪氏成为同学，汪氏奋力革命的时代，戴还是光屁股的小孩。作者写他遇到一个叫淑贞的上流社会女人，据一英国人向他介绍，"淑贞是汪精卫最喜爱的姨太太"（24页），作者问他有几个姨太太，那人说"汪精卫有十个姨太太，这不是什么秘密，汪非常富有"（25页）……这类记述，可能是天下最荒谬的民国史记录了，无疑是民国史研究的原始资料，但都是十足的废料。又如："自1937年开战以来，虽然已经有一百万日军被歼灭，但是中国政府手里的日本战俘只有六十人。"（75页）其言下之意，是抗战开始，到1939年3月就已取得这样的成绩。这更是荒谬透顶的记录。因为整个抗战史，所歼灭的日军还不到一百万。这类错得一塌糊涂的地方，不可胜数。这不仅让人怀疑他的数学基础，更让人怀疑他的心智是否正常。

《民国密码战》捕风捉影，大放厥词，所述所论，隐晦跳荡，来龙去脉，随意斩断。似此齐东野语，早已贻笑大方，现在出版者竟欲以之取宠一时，跻身民国史热潮，又焉可得？且于其极其荒谬叙述不加任何说明，显然非但不能达到传知的目的，反而添乱。

前些年有所谓百岁老人章克标所著回忆录《世纪挥手》，整本书就像一个病恹恹的衰人，记事则隔靴搔痒，叙述则木强寡神，粗枝大叶，结体则不见轮廓，论事则毫无风骨，文字因循庸陋，观之昏昏欲睡。虽曰敝帚，却不自珍；难免顾影，却不自怜。本来似他这般也算饱经世变，当有不少秘辛可供解剖，谁知看完只是一场竹篮打水，可以说是最差的回忆录，可是偏要命曰"世纪挥手"。

同样是民国报人的生涯回忆，相对于章克标记叙的庸常无聊，张林岚老先生回忆录《腊后春前》则可说是陡起一峰。老先生是《新民报》（赫赫有名的《新民晚报》的前身）的前辈。他叙述的方法，平稳而浩荡，信息相当密集，仿若一条集聚文化生命的链条，蕴含着大时代接踵而来的事件，成为关乎后人命运的潜在线索。全书有似慢镜头拉开巨幅长卷，可直截分为两个部分，即两个历史转捩时期，一是中年以前漫长的战乱时期，一是社会变异的运动时期。

他的书中，举凡办报理念，一代文化人谋生的艰辛苦楚，时代回旋与冲撞，与旧中国新闻检查持续的抗争，现代史上诸多政经、文化人物史事发生的渊源、情状、流向……其丰厚内涵，可以分解成无数的专题、事件来解析、考察，从而为历史、为时代做佐证、旁证、补证、疏证……正如老先生书中的感慨——"许多新闻在我们笔下奔流过去，成为历史……历史虽然总是在弯弯曲曲、跌跌撞撞中发展，但总是不断进步的……"

《高宗武回忆录》用英文写成，作者当时身在美国，写毕且束之高阁多年，不存在怕的问题，但他还是隐瞒了关键的事实行为，属于一种处心积虑的藏藏掖掖，却不知在他人的回忆录中事实清清楚楚，有如镜鉴。加以内容不周密，文笔欠流畅，以致事实多有不明，意义亦嫌含糊，价值大打折扣。该回忆录，他不敢生前示人，又想扳回自己在历史上的定位，为已开脱，试图在其身后的时段中公诸世人，故有很多设计、增减、算计，处处留下想从历史审判席上溜之大吉的魅影，其心可诛。殊不料越藏越露，老妖怪老而成精，那一番扭捏，令人无法忍受。

高宗武后来赴美，胡适对他颇为关照。傅斯年在重庆闻之，大怒，致信痛斥："近日高贼宗武常住大使馆，先生本有教无类之心，以为此人有改过之迹，或因是耶？然此贼实为穷凶极恶，以前即知其妄——大有代办外交之势……而汪逆之至于此，皆高逆之拉拢也。至于半路出来，非由天良，乃由不得志，且是政府已大批款买来的。国家此时不将其寸磔，自有不得已之苦衷，先生岂可复以为人类耶？"傅先生查资料做学问是"上穷碧落下黄泉"，大开大阖，斥骂丑类也是不留余地。

与高宗武并称的陶希圣，著有《陶希圣回忆录》。陶希圣是当时社会史理论建构的巨子，写到民国社会的转型问题，多有卓见；抗战前庐山牯岭的知识界茶话会，更有其不可替代的史料价值。但他后期生活，因了跟高宗武落水、出水的折腾，大受影响，似乎总在竭力按捺其六神无主的神情，很多关键的转捩点，竟然连一笔带过都说不上，而根本是略去不写。故而有的篇章充溢历史的神经末梢，清晰解渴；有的部分则大面积迟钝，令人观之生疑，不，是生气。

《知堂回想录》看似冲淡，实则就叙述笔法的选择而言，横亘着他那淡然而潜在的固执，也即对史事的观察叙论，均以其可疑的自我视点来统摄，期待深处失望也深。至于其文笔，并不像某些吹捧者所说平淡因而到达了散文艺术的极境，而是根本不把读者放在眼里。他的散文《初恋》有这样的句子："她在我的性的生活里总是第一个人，使我于自己以外感到对于别人的爱着，引起我没有明了的性的概念的对于异性的恋慕的第一个人了。"如此啰唆、夹缠的不知所云，真可以把人考住了！

至于他落水的心理暗影，在回忆录中反而不见，倒是在其《老虎桥杂诗》一书中隐约有所透露。

跟跌入政途的同行不同，他也有纯粹的校园生活图景。文教人物虽处于战乱岁月，但那也是现代学术成长期的黄金时代。生活虽然简朴平凡，难以超然物外，然而致志学术，却别有光辉四射、姿采缤纷的灵境。

《朱东润回忆录》对学界倾轧的描述，简直是《围城》现实版。内迁乐山的武汉大学文学院某掌门，为了排挤朱东润于校外，乃限定到校报到时间，那人笃定他从沦陷区到大后方万不可能插翅飞来，所以承诺之后就抛诸脑后。这和《围城》中那封子虚乌有的聘用电报如出一辙。殊不料朱东润竟然拿到吴稚晖的一个条子，从重庆搭乘军用水上飞机，提前到达乐山，那人傻眼了，瞠目结舌，张皇失措。其场面可谓惊险！较之方鸿渐对高松年撒谎的无可奈何，朱东润则制造了一个奇迹。另如大学里文言派教师挤对白话文学家，种种细节，煞是好看。武汉大学中文系主任刘赜，师承章太炎、黄侃，他们师徒都是鄙视白话文学的。黄侃骂人出了名，他酷嗜古文体例，因此视提倡白话文的胡适博士为大逆不道，经常痛斥胡氏之非，刘赜亦然。这本回忆录以这段抗战时期的文教生活最为动人，种种殊出意外的精彩，几乎可以全盘搬用为《围城》的真实注脚。

相较于朱东润的教书生涯奔波劳苦，心力交瘁，何炳棣则在很年轻时，即抗战尚未结束，就已考取第六届庚款留美公费生，殊少生活折磨苦累，更多生命交付学术探求。他的回忆录《读史阅史六十年》，包括西南联大时期的教与学，治学范围之广、成就之巨，与有允许其专注的环境有关系。所以他读史阅世的心路历程，又跟朱东润他们穷忙了一生的悲哀是亦合亦分的两种路数。但即使是朱东润之所遭遇学界倾轧，仍属一种不同学术源头的竞争，虽有不快，但生活与学术的空间仍在。到了四凶肆虐的时代，那就只有同声感悼了。

民国时期也有相当数量的知识分子不仅以国学自任，且以国事自任。

在行政工作方面也抱持学术上求取真知的态度，践行经世济民的实学，蒋廷黻就是其中的佼佼者。

蒋廷黻怀史迁之才，抱张骞之志。这是学者从政，善始善终的典型。《蒋廷黻回忆录》中道及的人生履历，充溢谋国的真诚，善谋善断，慧眼识人识事，坚毅的努力，寓于分寸感之中，可钦可佩。他早先的《中国近代史》一书，提出中国人能否近代化将关系国家兴亡的观点。他在学术上开创新史学、培养新式历史学家的教学目标，在行政方面也能如是。做人避免了虚骄，行政祛除了虚浮，学术上摒绝了虚妄。他对国事、外交、人性、战争……的判断，如龙跳渊门，虎卧凤阙，稳稳当当。无论在校园做学问，还是踏入政坛用以济世，他都踏实稳健，心中仍是赤子之心，对于世道的变迁，葆有较翁文灏们更为深透的认识。相对于当年一些鸡飞狗走的智识者，其伟岸自因时间推移而水落石出。作者以平实的文体写出不平凡的文章。

法国当代史家保罗·科利在论述历史认识论和方法论时尝指出，杰出史家须努力去完成一项不可能的任务：即复活历史。因为人类经历的真实的过去只能是一种假定，即我们不可能倒回时光、接触往事。史家的努力是什么呢？即在复活往事的过程中将理解和解释融为一体。职是之故，史论的目的是获得知识，这种知识又非死的知识，而是"在因果链的基础上，在终极关系、意义及价值的基础上获得有条不紊的观点"，这里面，又包含了"作为史家的主体确立了他所再现的往事与他本人现在方面的联系"（《法国史学及史论的贡献》，第48页）。

黄仁宇《黄河青山》《地北天南说古今》均为回忆录作品。其间屡屡提到部队战士的涣散、困穷、战力低下，吵架、斗殴、装备粗陋，简直是家常便饭。就是黄仁宇本人也染上粗鄙郎当的习气，1980年代他到中国社科院演讲，明史专家王春瑜负责接待，亲见他座谈时忽而跃起，蹲在沙发上，指手画脚，拍胸撸袖，就是当兵时留下的后遗症。

黄氏治学，将掌握的史料作有机的高度的压缩，文笔连绵辗转，浩荡不迫，而内里自呈洪波涌动之势。其感念与激发，均在不知不觉中完成。是以带动史学的热点，叙事角度的别致为青年人群起模仿，持续多年。他研究的是历史何以如是的因果关系，而在文体上，却竟然有美洲魔幻文学的效应，在混沌中暗寓判断，也属奇迹。

黄仁宇、蒋纬国都是学生军人，也都从下级幕僚做起。后来前者专注于史学，后者致力于兵学。《蒋纬国回忆录》则可谓回忆录中的奇书。纬国颇能退让、忍受、克制。人生的苦楚无论有形无形，俱以平常心应之。其实汗水和苦修渗透其冰雪聪明，他对兵种认识深透，所提出战略战术的构想和过渡时期的老军人不可同日而语。纬国是科班出身的高级幕僚，他的治兵方略和军事学的深度，精密宏深；而他对文化的估衡，也可说是独具只眼。

蒋纬国的生涯修为，令人想到辛弃疾。同样是刚毅坚卓，谦恭有礼，纬国可以说是辛弃疾在现代的化身，两人的气质、着眼点、作为参谋起家的心曲、战争观、军备问题、战略与战术，均葆有神似的认识和感悟。他们既是思考者、策划者，又是行动家、执行者，他们所遭遇的无形的社会阻力几乎如出一辙，志士的悲哽、政治的不上轨道、民间的愚贫、大小环境的矛盾与内耗，一种强大的无力感和消磨感，令人长喟不已。

《白崇禧回忆录》系最新推出的修订本。白氏晚年，认识越发坚定，不再带有先前的顾虑私心，但是也晚了，不乏开脱之处、省略之处、难言之隐，其间固有大环境不利于他，也有他的小算盘，其间还试图勾邀胡琏，以图自救自壮，不料却吃闭门羹。他的智谋在民国军政人物中凸起一座醒目的峰峦，小诸葛之称不算虚誉。小诸葛的小，并非他在幕僚符号人物诸葛孔明相形之下的谦辞，这一个小字，恰恰是时代的留影，也即个人根性在时代中所表露的局限。不过较之冯玉祥回忆录《我的生活》，白氏的观照范畴就要辩证精辟得多。两人都属我执固我在的性格，但白氏晚年，多少能够"破我执"，思维所涉天地宽泛得多。

不过这书却有让人难以忍受的毛病：错字很多，上下册勉强读完，不禁有些恼火。本来只是翻印已有的繁体字本，而非原创，但在繁体变简体一事，就有无数的错误。错字频出，鲁鱼亥豕，出版社太过粗糙的制作，也说不过去吧。

军政元戎的回忆录，《麦克阿瑟回忆录》堪称泰山北斗。自由与爱情不是现成的，需要精神血汗来争取。远瞻人类前途，人类如何掌控自己的命运，免除被奴役的危机，回忆录中提供足够的多角度的值得深思的问题。著述界正有其不同寻常的旁逸斜出，徐志摩以文学名家，他在欧美原来是读经济系的，对英国文坛文事其实不大熟悉。像麦克阿瑟这样的政军大佬，谁会想到他著述的文学性呢？但他偏偏就是一位不可多得的文学天才，敏锐的历史想象力与文学叙事技巧，得以大大地发挥。

该书充溢历史哲学眼光的深远，大气磅礴的胸襟，遣词造句掩饰不住史诗样式的文学性。此中文学性乃是为了更恰切、准确地表述，暗合史传传统。在治丝益棼的社会史中，这是一笔无形的财富，作者最重生命价值，也为生命的虚无而暗自感伤，他将农人的质朴、名门的出身、天生的孝子、职员的敬业……集于一身。读他的回忆录，借由他的慧眼观测历史的偶然性的捉弄，每每不禁要汪然出涕。

他的观察下，战争的小细节也以精妙的比喻出之，巴丹保卫战时，日本"一支完整的双引擎轰炸机编队，在耀眼的蓝空中闪闪发光地来到了，在远处，它们看起来是向太阳投射去的银币"。阵地被日本空袭后，"白色的兵营，一条混凝土直线，像一个玻璃匣子那样裂为碎片，屋顶上突出的马口铁的边缘，在一千磅炸弹的冲击下，像中国宝塔的飞檐那样翘了起来。金属碎片像五彩纸屑一样在空中回旋，令人毛骨悚然……铁轨和枕木卷成莫名其妙的图形……然后扫射起来，接着又轰炸起来……"这些都是不可多得的一手描写。

他对多场战事，点染杜鹃啼血般的总结叙说，于大势则直指要害关节，直指自由的精义、生存的目的。文字体现的胸怀，则示人以至诚。他的满腔孤愤，哀痛莫名，让后世扼腕伤绝。

华盛顿的官僚并不了解东方，导致麦帅单枪匹马地为此奋斗了几十年，令历史上罕见的成果最终毁于一旦。他对坏人有着天生的憎恶与抵御，但美国国事为小人政客所乘，麦帅解职，投置闲散，锦策不用，世界大势就急转直下了。民众的良愿，就毁于一旦了。他的事业为小人所折损，终告铩羽，导致贤人裹足，都是小人瞎指挥的策略一闪念而造成。焉得不谓历史太沉重！历史无情，杜鲁门彼辈，已成名副其实的骨灰而已，真是青山无辜埋昏庸。而麦帅的意义却愈加凸显，像不灭的星宿，在时间里面结晶，给混乱而迷茫的夜空增添希望。正如他屡次演说的名句："老兵永远不会死，他们只是悄然隐去。"

以铜为镜，可以正衣冠；以史为鉴，可以知兴替。读众多的回忆录，仿佛独驾扁舟，在风波浩渺的文学水泊里，静观周遭连山蓊郁，四面八方晨昏四季闪现不同的景色。诺贝尔文学奖获得者索尔仁尼琴说过："一句真话的分量比地球还重！"这种真话，必然在历史和时代中占有相当的分量。能否将回忆录看作文学作品，回答是肯定的。只是其文学的要素是文采、史识、思想，其终端则是真相，因而与虚构类的文学略有差别而已。

有不可信的材料，没有不可用的材料，这是一种陌生化的整合，由相距时空甚远的事象参互钩稽，来发现彼此之间无数的扞格矛盾以及无数的貌异质同。而历史歧途的重大性，致误的病根、病灶遂浮上前台。多量的回忆录文本参照互读，事象本质得以辩证会通，仿佛人工呼吸，顿成一强大之活体，又若激水然，一波才动万波随，史迹因果遂由隐而显。诚如梁启超所说："乘飞机腾高空周览山川形势，历历如掌纹，真所谓俯仰纵宇宙、不乐复何如矣。"（《中国历史研究法》第六章）

钱锺书先生说："阳明仅知经之可以示法，实斋仅识经之为故典，龚自珍仅道诸子之出于史，概不知若经若子若集皆精神之蜕迹，心理之征存，综一代典，莫非史焉，岂特六经而已哉。"（《谈艺录》266页）即是说，不仅六经皆史，概有典籍，皆具"史"之内涵，而且是心史、精神史。他论史之眼光，高出古人、同侪。而唐德刚则谓："我们谈口述历史与文学，应先扩大来谈文学与历史，才能厘清它们两者之间的关系。我编了十六字真言来涵盖文学与历史，那就是：六经皆史，诸史皆文，文史不分，史以文传。"（《史学与文学》）回忆录的上品，带给我们意外的文学惊喜，仿佛在幽微处发现亮光，在万枯之林遇洒法雨。其间史事生发的感喟，因为是建立在逻辑的知性考察上，故其发为感叹，颇具一种震撼人心的力量。回忆录之上品，既为最佳之史料，也应是极高明的作品，平淡竟能包举绚烂。其间佳构，文采斐然，议论周匝，踵事增华，由纸上风景，回到历史现场，大可激发今人志气与幽情。即令历史的废墟，亦大可流连徘徊。

附　录

伍立杨部分著作

《清凉赋》国际文化出版公司1990年
《时间深处的孤灯》国际文化出版公司1994年
《梦痕烟雨》四川人民出版社1995年
《浮世逸草》中央编译出版社1996年
《水月镜花》作家出版社1997年
《纸上的风景》中国国际广播出版社1997年
《鬼神泣壮烈》陕西师大出版社1998年
《夜雨秋灯有所思》漓江出版社1998年
《风雨叹逝录》四川人民出版社1998年

《梦中说梦录》百花文艺出版社1999年
《霜风与酒红》广东人民出版社2001年
《缀满比喻的生存》天津教育出版社2001年
《语文忧思录》大象出版社2002年
《漏船载酒》兰州大学出版社2003年
《墨汁写因缘》东南大学出版社2003年

《大梦谁觉》上海古籍出版社2005年

《故纸风雪》文化艺术出版社2005年

《伍立杨读史》安徽人民出版社2007年

《读史的侧翼》海南出版社2007年

《书生本色的历史机缘》同心出版社2008年

《倒计时》辽宁教育出版社2009年

《烽火智囊》辽宁教育出版社2009年

《幽微处的亮光》三晋出版社2009年

《书边上的圈点》商务印书馆2011年

《不懂幕僚就不懂民国》辽宁教育出版社2011年

《铁血黄花》北方文艺出版社2011年

《中国1911》春风文艺出版社2011年

《故纸风雪声》中国长安出版社2011年

《伍立杨自选集》（四卷）春风文艺出版社2012年

《先觉者》东方出版社2014年

《潜龙在渊——章太炎传》作家出版社2015年

《青山之隐》北方文艺出版社2016年

2